Das Kloster der lüsternen Nonnen

Memoiren des Saturnin

Das Titelbild steht in keinem Zusammenhang mit dem Inhalt des Buches.

1. Auflage 07/2009
2. Auflage 02/2011

Schäferweg 14, 24941 Flensburg

E-Mail: info@stephenson.de
Internet: www.stephenson.de
Druck: Norhaven A/S, DK-8800 Viborg
Printed in Denmark

ISBN 978-3-7986-0331-8
0145653 0000 • 256 Seiten

Das Kloster der lüsternen Nonnen

Memoiren des Saturnin

Wie alles begann

Ah, welche süße Genugtuung ist es für ein Herz, sich freigemacht zu haben von schalen Vergnügungen, von frivolem Amüsement und von gefährlichen Liebschaften, die es an die Welt fesselten! Nach einer langen Reihe von Verirrungen ist es endlich sich selbst wiedergegeben! In der Ruhe, die ihm die Befriedigung seiner früheren Genüsse bereitet, fühlt es noch jene Erschütterung der Seele, die die Erinnerung an entgangene Gefahren im Geiste zurücklässt. Aber es fühlt sie nur, um sich selbst zu beglückwünschen wegen der Sicherheit, in der es sich befindet. Diese Gemütsbewegungen werden ihm teuere Gefühle, weil sie den Reiz der ihm gewährten Ruhe besser auskosten lassen.

Dies ist, lieber Leser, meine Lage. Welchen Dank schulde ich dem Allmächtigen, dessen Mitleid mich aus dem Sumpfe der Liederlichkeit herausgezogen hat, in den ich versunken war und der mir die Kraft gibt heute meine Verirrungen niederzuschreiben, zur Warnung und Erbauung meiner Brüder.

Ich bin die Frucht der Unkeuschheit der heiligen Cölestiner der Stadt R… Ich sage DER heiligen Cölestiner, weil sich alle rühmten an meiner Entstehung mitgewirkt zu haben. Doch, welche Gedanken halten mich da plötzlich auf! Mein Herz ist bewegt; ist das die

Furcht vor dem Vorwurfe, ich entschleiere hier die Geheimnisse der Kirche? Ah! Überwinden wir diese Schwäche, diesen Gedanken! Weiß man nicht, dass jeder Mann ein Mann ist, und ein Mönch ganz besonders!? Sie haben also die Fähigkeit an der Verbreitung des Menschengeschlechtes mitzuarbeiten. Warum untersagt man es ihnen dann? Da sie sich ihrer Aufgabe so gut entledigen?

Vielleicht erwartest du, lieber Leser, dass ich dir eine detaillierte Schilderung meiner Geburt gebe. Ich bin selbst ärgerlich darüber, dich mit diesem Bericht so bald nicht befriedigen zu können und mich dir als Pflegesohn eines guten Bauern zeigen zu müssen, den ich lange für meinen Vater gehalten habe.

Ambroise, dies ist der Name des guten Mannes, war der Gärtner eines Landhauses, das die Cölestiner in einem kleinen Dorfe einige Meilen vor der Stadt besaßen. Seine Frau Toinette wurde zu meiner Amme erwählt; ein Sohn, den sie zur Welt gebracht hatte, der aber im Moment meiner Geburt starb, half das Geheimnis meiner Entstehung zu verschleiern. Man scharrte heimlich den Sohn des Gärtners ein, und der der Mönche trat an seine Stelle; Geld macht alles.

Ich wuchs unmerklich heran, immer, auch in meinen eigenen Augen, als der Sohn des Gärtners. Man möge mir diesen kleinen Zug der Eitelkeit verzeihen, aber ich wage nichtsdestoweniger zu sagen: meine Neigungen straften diese Abstammung Lügen. Ich weiß nicht, welcher göttliche Segen über den Werken der Mönche schwebt; es scheint, als ob die Tugend der Kutte an allem hängenbliebe, das sie berührt: Toinette war ein Beispiel dafür. Sie war sicher das munterste Weibchen, das ich jemals gesehen habe – und ich habe ihrer genug gesehen. Sie war dick, doch appetitlich, mit kleinen schwarzen Augen, einem Stupsnäschen, lebhaft, verliebt, sorgfältiger gekleidet, als es Bäuerinnen gewöhnlich sind. Das wäre ein prächtiger Notbehelf für einen ehrbaren Menschen gewesen, geschweige denn für Mönche.

Wenn die Schelmin in ihrer Sonntagsbluse erschien, die einen Busen einzwängte, den der Sonnenbrand immer respektiert hatte und der zwei herrliche Brüste sehen ließ, die ans Tageslicht drängten, da fühlte ich wohl, dass ich nicht ihr Sohn sei, aber dass ich mich gerne dafür halten ließ!

Ich hatte Anlagen, ganz wie ein Mönch. Lediglich durch den Instinkt geführt, konnte ich kein Mädchen sehen ohne es zu küssen, ohne dass ich ihm nicht mit der Hand überall hingefahren wäre, wo sie es nur zuließ, und wenn ich auch nichts Bestimmtes wusste, so sagte mir doch mein Herz, dass ich noch mehr getan hätte, wenn mir nicht Einhalt geboten worden wäre.

Eines Tages, da man mich in der Schule vermutete, war ich in einem kleinen Zimmer geblieben, in dem ich schlief. Eine einfache Wand trennte es von dem Zimmer Ambroisens, dessen Bett an der Wand stand, an der ich schlief. Ich schlief; es war entsetzlich heiß, nämlich Hochsommer. Plötzlich wurde ich durch heftige Stöße geweckt, die ich an die Wand schlagen hörte. Ich konnte mir das Geräusch nicht erklären; es wiederholte sich. Ich legte das Ohr an die Wand und hörte erregte und zitternde Laute, Worte ohne Sinn und halb ausgesprochen.

„Ah! ... langsam, meine liebe Toinette, mach nicht so schnell!“ „Ah, du Schelm, du tötest mich vor Lust ... Schnell! ... Ah, schnell! ... Ah, ich sterbe!“

Überrascht, solche Ausrufe zu hören, deren Erregtheit ich fühlte, setzte ich mich auf. Kaum wagte ich zu atmen. Wenn man mich da bemerkt hätte, musste ich alles befürchten; ich wusste nicht, was ich denken sollte; ich war sehr erregt. Meine Unruhe machte bald der Neugierde Platz. Ich hörte von Neuem das nämliche Geräusch und ich glaubte unterscheiden zu können, dass ein Mann und Toinette abwechselnd die Worte ausstießen, die ich schon gehört hatte. Meinerseits die gleiche Aufmerksamkeit. Die Begierde zu erfahren, was in jenem Zimmer vor sich gehe, wurde schließlich so lebhaft, dass sie alle meine Furcht erstickte. Ich entschloss mich in Erfahrung zu bringen, was da vor sich ging; ich glaube, ich wäre deshalb gerne in das Zimmer von Ambroise eingetreten, was auch immer hätte passieren können. Ich wurde dieser Mühe überhoben; sorgsam an der Wand tastend, ob ich nicht irgendein Loch in ihr fände, fühlte ich eins, das klein und durch ein großes Bild verdeckt war. Ich machte es frei und mir Licht. Welches Schauspiel! Toinette, nackt wie ihre Hand, lag ausgestreckt auf dem Bett und der Pater Polycarpe, Vorsteher des Klosters, der erst seit einiger Zeit da war, nackt wie Toinette, machte … Was? Das, was unsere Ureltern taten, als ihnen der liebe Gott befahl die Erde zu bevölkern. Die aber taten das unter weniger schlüpfrigen Umständen.

Dieser Anblick rief bei mir eine Überraschung hervor, die mit Freude vermischt war und mit einem lebhaften und prickelnden Gefühle, das ich nicht beschreiben könnte. Ich fühlte, dass ich mein Leben dafür gegeben hätte, an der Stelle des Mönches zu sein, dass ich ihn beneidete! Dass mir sein Glück ungeheuerlich erschien. Ein ungeahntes Feuer jagte durch meine Adern, mein Gesicht war gerötet, mein Herz klopfte zum Zerspringen; ich hielt meinen Atem an und den Speer der Venus, der von einer Kraft und Steifheit war, dass ich die Wand damit hätte zusammenschlagen können, wenn ich nackt ein wenig fest dawidergestoßen hätte. Der fromme Pater beendigte seinen Ritt, zog sich von Toinette zurück und ließ sie so ganz meinen verzehrenden Blicken ausgesetzt. Sie hatte Augen wie eine Sterbende; ihr Gesicht war vom tiefsten Rot bedeckt; der Atem war ihr ausgegangen; die Arme hingen ihr schlaff herab; ihre Brust hob und senkte sich mit erstaunlicher Schnelligkeit; sie zuckte von Zeit zu Zeit mit dem Hintern, indem sie sich streckte und tiefe Seufzer dabei ausstieß. Mit unbegreiflicher Schnelligkeit überflogen meine Augen alle Teile ihres Körpers; es blieb auch nicht einer übrig, auf den ich im Geiste nicht tausend brennende Küsse geheftet hätte. Ich presste meine Lippen auf ihre Brüste, auf ihren Leib und auf den köstlichen Ort, von dem sich meine Augen nicht mehr losreißen konnten. Plötzlich riss ich die Augen auf … Das war … Ihr versteht mich. Was hatte diese Schelmin für Reize für mich! Ah, diese liebliche Färbung! Obwohl mit einem leichten weißen Schaum bedeckt, verlor es für mich nichts von der Lebhaftigkeit seiner Farben. An dem Vergnügen, das ich bei seinem Anblick empfand, erkannte ich in ihm das Zentrum der Wollust. Es war von einem dichten, schwarzen und gekräuselten Haarbüschel beschattet. Toinette hatte die Beine gespreizt. Es schien, als ob ihre Unsittlichkeit mit meiner Neugierde verbunden wäre, um meinen Blicken keinen Wunsch zu versagen. Der Mönch hatte seine Kraft zurückgewonnen und kam, um sich von Neuem zum Kampfe zu stellen. Er schwang sich mit frischem Eifer auf Toinette, aber seine Kräfte straften seine Courage Lügen. Müde, sein Ross unnützerweise anzutreiben, sah ich, wie er sein Instrument aus der Muschel Toinettes bleich und mit niedergeschlagenen Augen herauszog. Toinette war aufgebracht über seinen Rückzug, fasste den Schwanz an und begann ihn zu schütteln. Der Mönch erschauerte wie verrückt und schien das Vergnügen, das er empfand, nicht länger ertragen zu können. Ich beobachtete alle ihre Bewegungen ohne anderen Führer als die Natur, ohne jede andere Belehrung als das Beispiel. Neugierig darauf zu erfahren, was diese krampfhaften Bewegungen des Paters hervorrief, suchte ich bei mir selbst deren Ursache. Ich war überrascht, ein unbekanntes Vergnügen zu fühlen, das sich unbemerkbar vergrößerte, bis ich erschöpft auf mein Bett fiel. Die Natur machte unglaubliche Anstrengungen und alle Teile meines Körpers schienen zu dem Vergnügen des Gliedes beizutragen, das ich streichelte. Endlich kam jener weiße Saft, von dem ich einen so gründlichen Niederschlag bei Toinette gesehen hatte. Ich kam aus meiner Ekstase heraus und machte mich wieder an das Loch in der Wand; es war zu spät, der letzte Schuss war gefallen, der Kampf war beendigt. Toinette kleidete sich wieder an, der fromme Pater war schon in seinen Kleidern.

Ich blieb einige Zeit liegen, Kopf und Herz voll des Abenteuers, das ich mit angesehen hatte. Ich empfand eine Betäubung, wie sie ein Mensch erleidet, wenn er von einem plötzlichen Lichtstrahl getroffen wird. Eine Überraschung löste die andere ab. Die Kenntnisse, die die Natur in mein Herz gesenkt hatte, fingen an sich zu entwickeln, die Wolken, mit denen sie bedeckt waren, sich zu zerstreuen. Ich begriff die Ursache der verschiedenen Gefühle, die mich alle Tage bei dem Anblicke von Frauen heimsuchten. Dieser unmerkliche Übergang von der Ruhe zur lebhaftesten Erregtheit, von der Gleichgültigkeit zur Begierde waren keine Rätsel mehr für mich.

„Ah!“, rief ich aus. *„Wie waren sie glücklich! Die Freude durchbebte sie beide. Das Vergnügen, das sie empfanden, muss groß gewesen sein! Ah … wie waren sie glücklich, wie waren sie glücklich!“* Der Gedanke an dieses Glück nahm mich vollständig gefangen, er nahm mir

für einen Augenblick jede Fähigkeit darüber nachzudenken. Ein tiefes Stillschweigen folgte meinem Ausrufe. Bald aber fing ich wieder an: „*Werde ich niemals groß werden, um ebenso mit einer Frau zu sein? Ich würde vor Vergnügen auf ihr sterben, da ich schon jetzt bei dem Zusehen so viel Lust empfand. Das ist sicher nur ein schwaches Bild von dem, was meine Mutter mit dem Pater Polycarpe fühlte. Aber*", setzte ich mein Selbstgespräch fort, „*ist es unbedingt nötig, groß zu sein, um dieses Vergnügen zu empfinden? Ich bin doch recht dumm! Wahrhaftig! Ich glaube, das Vergnügen wird nicht nach der Größe gemessen, wenn nur eines auf dem anderen liegt, muss schon alles ganz von selbst gehen.*"

Sofort fiel mir ein, ich solle meiner Schwester Suzon von meinen neuen Entdeckungen Mitteilung machen. Sie war einige Jahre älter als ich, eine kleine sehr schöne Blondine mit jener offenen Physiognomie, die man für dumm halten kann, weil sie gleichgültig dreinschaut. Sie hatte schöne, blaue, sanftmütige Augen, die ohne Absicht auf einem zu ruhen scheinen, deren Wirkung aber nicht geringer ist als die der brennenden pikanten braunen, die einem leidenschaftliche Blicke zuwerfen. Warum das? Ich weiß es nicht, denn ich habe mich einfach immer mit dem Gefühle an sich begnügt, ohne zu versuchen seine Ursache zu ergründen. Ist es nicht vielleicht deshalb, weil eine schöne Blondine mit ihren schmachtenden Blicken einen zu bitten scheint ihr sein Herz zu schenken, während dich die Braune mit Gewalt unterwerfen will? Die Blonde verlangt nur ein wenig Mitgefühl für ihre Schwäche und diese Art zu bitten ist sehr verführerisch. Du glaubst nur ein wenig Mitgefühl darzubieten und gibst deine Liebe. Die Braune dagegen will, dass du schwach seiest, ohne dir zu versprechen, dass sie es auch sein wird. Das Herz wappnet sich gegen diese. Ist es nicht so?

Ich gestehe es zu meiner Schande, dass es mir noch nie in den Sinn gekommen war, auf Suzon einen Blick der Begehrlichkeit zu werfen; seltene Sache bei mir, der ich alle Weiber, die ich sah, begehrte. Es ist zwar wahr, dass ich sie nicht oft sah, weil sie das Patenkind der Herrin des Dorfes war, die sie gerne hatte und bei sich aufziehen ließ. Sie war sogar seit einem Jahr im Kloster und erst vor acht Tagen dort weggegangen, da ihre Patin einige Zeit auf dem Lande verbringen wollte und ihr erlaubt hatte Ambroise zu besuchen. Ich fühlte mich sofort von dem Gedanken begeistert meine liebe Schwester zu belehren und mit ihr die Wonnen durchzukosten, die ich soeben Polycarpe mit Toinette hatte schlürfen sehen. Ich war nicht mehr der Gleiche wie früher ihr gegenüber. Meine Augen sahen tausend Reize, die ich sonst nicht an ihr bemerkt hatte. Ich fand bei ihr eine zarte, sich entwickelnde Brust, weißer als die Lilie, fest, voll. Im Geiste saugte ich mit einem unbeschreiblichen Entzücken an diesen beiden kleinen Erdbeeren, die ich auf dem Gipfel ihrer Brüste sah. Aber vor allem vergaß ich bei dem Ausmalen ihrer Reize nicht dieses Zentrum, dieses Hochgebirge des Vergnügens, von dem ich mir ein berauschendes Bild entwarf.

Belebt durch das lebhafte, brennende Feuer, das diese Ideen durch meinen ganzen Körper jagte, verließ ich das Haus und lief umher, um Suzon zu suchen. Die Sonne war schon schlafen gegangen, der Nebel stieg. Ich redete mir ein, dass ich unter dem Mantel der nächtlichen Finsternis bald auf dem Gipfel meiner Wünsche sein müsste, wenn ich sie fände. Von Weitem sah ich jemand Blumen pflücken. Suzon! Sie dachte in diesem Augenblick nicht daran, dass ich darüber nachsann, wie ich die kostbarste Blume ihres Buketts pflücken könnte. Ich flog auf sie zu, als ich sie bei dieser unschuldigen Beschäftigung sah. Ich schwelgte in Gedanken an den Moment, da ich ihr meinen Plan enthüllt haben würde. Doch mit jedem Schritte, der mich ihr näher brachte, verlangsamte ich meinen Lauf. Ein plötzliches Zittern schien mir meine Absicht vorzuwerfen. Ich glaubte ihre Unschuld respektieren zu müssen; ich wurde durch die Ungewissheit des Erfolges zurückgehalten. Ich war bei ihr angekommen, redete sie an, aber mit einem Stottern, das mich keine zwei Worte vorbringen ließ, ohne von Neuem Atem schöpfen zu müssen.

„*Was machst du denn da, Suzon?*“, sagte ich zu ihr, indem ich mich ihr näherte und sie küssen wollte.

Sie entwich mir lachend und antwortete: „*Siehst du denn nicht, dass ich Blumen pflücke?*“

„*Ah, ah!*“, erwiderte ich. „*Du sammelst Blumen?*“

„*He, ja, wirklich*“, antwortete sie mir, „*weißt du denn nicht, dass morgen der Namenstag meiner Pflegemutter ist?*“

Dieser Name ließ mich erzittern, als müsste ich fürchten, dass mir Suzon entwiche. Mein Herz hatte schon gesprochen (wenn ich mich dieses Ausdruckes bedienen darf), und ich betrachtete sie schon meiner Gewohnheit gemäß als sichere Beute. Der Gedanke an ihre Entfernung schien mich mit dem Verlust eines Vergnügens zu bedrohen, das ich schon als sicher betrachtete, obwohl ich es noch nicht gekostet hatte.

„Ich sehe dich also dann nicht mehr, Suzon?", sagte ich ihr mit trauriger Miene.

„Aber weshalb denn nicht?", antwortete sie. *„Komme ich denn nicht immer hierher? Doch los!"*, setzte sie mit einer entzückenden Miene fort. *„Hilf mir mein Bukett machen!"*

Ich antwortete ihr, indem ich ihr einige Blumen ins Gesicht warf. Sie warf wieder.

„Gib acht, Suzon", sagte ich ihr, *„wenn du mich noch einmal wirfst, so werde ich dich ... du wirst es mir bezahlen."* Um mir zu zeigen, wie meine Drohungen auf sie wirkten, zeigte sie mir die Faust.

In diesem Augenblicke verließ mich meine Furchtsamkeit; ich fühlte keine Angst mehr gesehen zu werden; der Nebel, der verhinderte, dass man über eine gewisse Entfernung überhaupt etwas sah, begünstigte meine Kühnheit. Ich warf mich auf Suzon; sie stieß mich zurück, ich küsste sie, sie gab mir eine Ohrfeige. Ich werfe sie auf den Rasen, sie versucht aufzusprin gen, ich hindere sie daran. Fest presse ich sie in meine Arme, küsse sie auf den Hals, sie verteidigt sich, ich versuche ihr die Hand unter den Rock zu schieben, sie schreit wie ein kleiner Teufel. Sie setzt sich so stark zur Wehr, dass ich fürchte, nicht zum Ziele zu kommen und dass sich überhaupt nichts ereignet. Ich erhob mich lachend und glaubte, dass sie mir mein Vorhaben, mit dem sie offenbar nicht einverstanden war, nicht nachtrüge. Wie täuschte ich mich!

„Na, komm, Suzon", sagte ich, *„damit du siehst, dass ich dir nicht wehtun wollte, will ich dir helfen."*

„Ja, ja", antwortete sie, mindestens so erregt wie ich, *„da kommt meine Mutter, und ich ..."*

„Ah! Suzon", erwiderte ich lebhaft, indem ich sie hinderte mehr zu sagen, *„liebe Suzon, sage nichts, ich gebe dir ... siehe, alles, was du willst."* Ein neuer Kuss war das Pfand meiner Worte. Sie lachte darüber, Toinette kam an; ich fürchtete, Suzon würde plaudern, aber sie sagte kein Wort; so gingen wir alle zusammen zurück zum Abendessen.

Seit seiner Ankunft hatte Pater Polycarpe neue Beweise der Zuneigung des Klosters für den angeblichen Sohn Ambroisens gegeben; ich war von ihm komplett neu gekleidet worden. In Wahrheit hatte Se. Reverenz weniger die klösterliche Wohltätigkeitskasse gefragt, die ziemlich begrenzt war, als die väterliche Zärtlichkeit, die es meistens nicht ist. Der gute Pater setzte durch eine neue derartige Freigebigkeit die Legitimität meiner Geburt argen Verdächtigungen aus. Aber meine Bauern waren gute Leute, die davon nichts merkten. Wer hätte es übrigens auch wagen sollen, die Großmut der frommen

Patres mit kritischem und scheelem Auge zu betrachten. Das waren so ehrenhafte, so brave Leute; man betete sie in dem Dorfe an; sie taten den Männern nur Gutes und achteten die Ehre der Frauen; jeder war zufrieden. Aber kommen wir zu mir zurück. Mein Gesicht: Ich hatte ein schelmisches Aussehen, das nicht gegen mich einnahm. Ich hatte regelmäßige Gesichtszüge und schlaue Augen, lange schwarze Locken fielen mir auf die Schultern und hoben die lebhaften Farben meines Gesichtes prächtig hervor, das zwar ein wenig braun war, aber etwas darstellte. Das ist ein authentisches Zeugnis, das ich dem Urteile sehr ehrenwerter und sehr tugendhafter Leute verdanke, denen ich meine Ehrfurcht bewies.

Suzon hatte, wie schon gesagt, ein Bukett für Madame Dinville gemacht. Das war der Name ihrer Pflegemutter, der Frau eines Rates der benachbarten Stadt, der auf das Land kam, um Milch zu trinken und so seine Lunge wiederherzustellen, die durch den Champagner und andere Ursachen gelitten hatte.

Suzon war in ihren besten Staat gesteckt worden, der sie in meinen Augen noch liebenswerter machte; ich sollte sie begleiten. Wir gingen zu einem Landhause. Wir trafen die Dame in einem Sommergemach, in dem sie frische Luft schöpfte. Denkt euch eine Frau von mittlerer Größe, mit braunem Haar und weißer Haut, umrahmt von einem bäuerlichen Rot, aber mit munteren verliebten Augen und mit einem feinen Busen wie eine Frau der feinen Gesellschaft. Das war damals die erste gute Eigenschaft, die ich an ihr bemerkte. Diese beiden Hügel waren immer meine Schwäche. Es ist auch etwas Erhabenes, wenn ihr das in der Hand haltet, wenn ihr … aber, bleibe jeder bei den seinen, und mir erlaube man hier über diese hinwegzugehen.

Sobald uns die Dame bemerkte, warf sie uns einen gutmütigen Blick zu ohne aufzustehen. Sie lag auf einem Kanapee, ein Bein heraufgezogen, das andere auf dem Fußboden. Sie hatte nur einen einfachen weißen Rock an, kurz genug, um ein Knie sehen zu lassen, das seinerseits wieder nicht genug bedeckt war, um es allzu schwierig zu machen, den Rest zu sehen. Ein kleines Korsett von der gleichen Farbe, eine rosarote Morgenjacke von Taffet mit leichter Einfassung und die Hand – unter dem Rock. Ratet, wozu! Meine Fantasie war in diesem Moment schon fertig mit ihrer Tätigkeit; mein Herz folgte ihr ganz in die Nähe. Von jetzt ab war es mein Schicksal, mich in alle Frauen zu verlieben, die mir vor die Augen kamen. Die Enthüllungen des vorhergehenden Tages hatten diese löblichen Eigenschaften zur Entwicklung gebracht.

„Ah, guten Tag, mein liebes Kind“, sagte Madame Dinville zu Suzon, *„sieh da, du kommst also zurück zu mir? Ah … du bringst mir ein Bukett, wirklich, ich bin dir sehr dankbar dafür, mein gutes Töchterchen, gib mir einen Kuss.“* Küsserei von Seiten Suzons. Dann warf sie einen Blick auf mich und fuhr fort: *„Aber wer ist denn dieser dicke schöne Junge da? Wie, mein kleines Fräulein, du lässt dich von einem jungen Mann begleiten? Das ist ja niedlich.“* Ich senkte den Blick. Suzon

sagte, ich sei ihr Bruder. Verbeugung von meiner Seite. *„Dein Bruder“*, ergriff Madame Dinville wieder das Wort und redete mich dann an: *„Küsse mich, mein Sohn, wir wollen Bekanntschaft miteinander schließen.“* Sie gab mir einen Kuss auf den Mund; ich fühlte, wie sich eine schmale Zunge zwischen meine Lippen schob und eine Hand mit meinen Locken spielte. Ich kannte diese Art des Küssens noch nicht; sie versetzte mich in eine seltsame Erregung. Ich warf der Dame einen furchtsamen Blick zu, der ihren leuchtenden, feurigen Blicken begegnete, die mit ihren Gluten meine befeuerten und mich zwangen meine niederzuschlagen. Ein neuer Kuss der gleichen Sorte, nach dem es mir freistand, mich zurückzuziehen. Ich war wohl kaum in der Verfassung, dass sie mich weiter hätte küssen wollen. Aber ich war ihr nicht böse darüber; ich glaubte, das gehöre zur Zeremonie der Bekanntschaft, die sie mit mir schließen wollte. Ich war ihr für die mir gewährte Freiheit nur dankbar, wenn ich auch den schlechten Eindruck derartig lebhafter, ungemäßigter Zärtlichkeiten beim ersten Besuch nicht verwinden konnte. Doch diese Gedanken waren nicht von langer Dauer; sie begann wieder ein Gespräch mit Suzon und das Ende jedes Satzes war: *„Suzon, küsse mich.“* Zuerst hielt mich der Respekt zurück. *„Na, du“*, wandte sie sich von Neuem an mich, *„du Dickerchen, willst du mich nicht auch küssen?“* Ich machte einige Schritte vor und küsste sie auf die Wange; ich wagte mich noch nicht an den Mund heran. Der Kuss war etwas feuriger als der erste. Übrigens war ich ihr gegenüber nicht leidenschaftlicher als sie gegen mich. So teilte sie ihre Zärtlichkeiten zwischen mir und meiner Schwester, um mich über den Grund ihrer Liebenswürdigkeit auf eine falsche Spur zu lenken. Ihre Politik gab mir Selbstbewusstsein, ich war geschickter, als mein Gesicht hätte vermuten lassen. Unmerklich passte ich mich dieser kleinen Hausarbeit so gut an, dass ich den Refrain gar nicht erst abwartete, um meinen Teil hinwegzunehmen. Nach und nach fand sich meine Schwester des ihrigen beraubt. Ich machte mich in dem ausschließlichen Privileg breit, die Gunstbezeichnungen der Dame allein zu genießen, Suzon hatte nur noch das Wort.

Wir saßen auf dem Kanapee und plauderten, denn Madame Dinville war eine große Schwatzbase. Suzon befand sich an ihrer rechten, ich war an ihrer linken Seite. Suzon sah in den Garten. Madame Dinville hatte ihre Blicke auf mich geheftet. Sie amüsierte sich damit, meine Frisur in Ordnung zu bringen, mich in die Wange zu kneifen, mir zarte Ohrfeigen zu geben, und ich vergnügte mich damit, ihr meine Hand um den Hals zu legen, zuerst mit Zittern. Ihre behäbigen Manieren gaben mir leichtes Spiel; ich war erstaunt, sie sagte kein Wort, betrachtete mich, lachte und ließ mich gewähren. Meine Hand war im Anfange furchtsam, wurde aber kühner durch die Möglichkeit, die sich fand, mich zu befriedigen. Sie stieg langsam vom Hals zum Busen und ließ sich mit Entzücken auf ihm nieder, wo ihn seine Elastizität in Schwingungen versetzte. Mein Herz schwamm vor Freude; schon hielt ich eine jener entzückenden Knospen in der Hand, die ich nach Herzenslust koste. Ich war gerade im Begriff meinen Mund daraufzudrücken – durch Vorrücken kommt man zum Ziel. Ich hätte, glaube ich, mein Glück bis zum Ende ausgekostet, als sich ein verwünschter Störenfried im Vorzimmer hören ließ, der Amtmann des Dorfes, ein alter Affe, den mir der Teufel, eifersüchtig über mein Glück, daherschickte. Madame Dinville kam durch das Geräusch, das dieses Original bei seiner Ankunft machte, zu sich und sagte mir: *„Was machen Sie da, kleiner Strolch!"* Bestürzt zog ich meine Hand zurück, einem derartigen Vorwurfe konnte ich die Stirne nicht bieten. Ich wurde rot, ich hielt mich für verloren. Madame Dinville sah meine Verlegenheit und ließ mich durch einen leisen Seufzer und ein entzückendes Lächeln merken, dass ihr Zorn nur ein scheinbarer war, und ihre Blicke sagten mir, dass ihr meine Kühnheit weniger missfiel als die Ankunft dieses blöden Amtmanns.

Er trat ein, der langweilige Kerl. Nachdem er gehustet, gespuckt, geniest und sich geschneuzt hatte, begann er seine Ansprache, die noch langweiliger war als sein Gesicht. Wenn wir davon befreit gewesen wären, so wäre das Unglück nur halb so groß gewesen, aber es schien, als hätte das Unheil allen Unglücksraben des Dorfes das Wort erteilt, die nach und nach an die Reihe kamen ihren Bückling zu machen. Ich geriet in Wut. Nachdem Madame Dinville alle die dummen Glückwünsche beantwortet hatte, drehte sie sich zu uns herum und sagte: *„Oh, dies Leid, meine lieben Kinder! Ihr kommt morgen zum Essen zu mir, da werden wir allein sein."* Es schien mir, als würfe sie bei diesen Worten einen liebevollen Blick auf mich. Mein Herz fand seine Rechnung in dieser Versicherung, und ohne mir nahetreten zu wollen fand sich meine kleine Eigenliebe geschmeichelt. *„Ihr kommt also, hörst du, Suzon?"*, fuhr Madame Dinville fort. *„Und du bringst Saturnin mit dir, Adieu, Saturnin"*, sagte sie und gab mir einen Kuss. Damit waren wir einander nichts mehr schuldig. Suzon und ich gingen.

Ich fühlte mich in der Verfassung, in der ich sicher Ehre bei Madame Dinville eingelegt hätte, wenn nicht die langweiligen Gratulanten dazwischengekommen wären. Aber was ich für sie fühlte, war kein Liebe, es war nur ein heftiges Verlangen mit einer Frau das Gleiche zu machen, was Pater Polycarpe mit Toinette getan hatte. Die Frist von einem Tage, die mir Madame Dinville gesetzt hatte, schien mir eine Ewigkeit. Ich versuchte unterwegs Suzon auf die Sache zu bringen, indem ich sie an das Abenteuer vom Abend vorher erinnerte. *„Wie einfältig du bist, Suzon"*, sagte ich ihr. *„Glaubst du denn, dass ich dir gestern wehtun wollte?"*

„Was wolltest du mir denn machen? Vielleicht ein Vergnügen, was?", antwortete sie überrascht. *„Wie du mir mit der Hand unter den Rock fuhrst, hast du mir etwa was Angenehmes tun wollen?"*

„Wenn du willst, dass ich dir das beweise", sagte ich, *„so komme mit mir, irgendwohin, wo wir ungestört*

sind.“ Ich betrachtete sie unruhig, ich suchte in ihrem Gesichte zu lesen, welche Wirkung meine Worte hervorbrachten; ich sah keine größere Lebhaftigkeit darin als sonst. „*Willst du, meine liebe Suzon?*“, fuhr ich unter Liebkosungen fort.

„*Aber, noch einmal*“, erwiderte sie, sich mit meinem Vorschlage einverstanden zu erklären, „*was ist das für ein Vergnügen, von dem du so viel Aufhebens machst?*“

Ich antwortete ihr: „*Das ist die Vereinigung eines Mannes mit einem Weibe, die einander küssen, die sich aneinanderdrücken und die in diesem engen Verschlungensein ineinander ergießen.*“ Die Augen fortwährend fest auf das Gesicht meiner Schwester gerichtet, ließ ich keine ihrer Gemütsbewegungen meinen Blicken entgehen; ich sah das fast unmerkliche Anwachsen ihrer Begierde; ihre Brust hob sich.

„*Aber*“, sagte sie mit einer sonderbaren Naivität, die mir von guter Vorbedeutung schien, „*mein Vater hat mich einige Male so gehalten, wie du sagst, und ich habe keinerlei Vergnügen dabei gespürt.*“

„*Das kommt daher*“, erwiderte ich, „*dass er mit dir nicht das machte, was ich dir wohl machen möchte.*“

Mit zitternder Stimme fragte sie: „*Oh, was möchtest du denn machen?*“

„*Ich würde dir*“, antwortete ich keck, „*etwas zwischen die Schenkel stecken, was er nicht wagte.*“ Sie wurde rot und ließ mich in ihrer Verwirrung fortfahren: „*Siehst du, Suzon, du hast da ein kleines Loch*“ – damit zeigte ich an die Stelle, wo ich bei Toinette die Spalte gesehen hatte.

„Na, wer hat dir das gesagt?“, frug sie mich ohne mich dabei anzusehen.

„Wer es mir gesagt hat?“, erwiderte ich. *„Das ist, weil ... weil alle Frauen eines da haben.“*

„Und die Männer?“, fuhr sie fort.

„Die Männer“, erwiderte ich, *„haben einen Stecken da, wo ihr eine Spalte habt. Diesen Stecken schiebt man in die Spalte, und das macht das Vergnügen, das ein Weib am Manne hat. Willst du meinen sehen? Aber nur unter der Bedingung, dass ich dein Löchelchen berühren darf. Wir werden einander kitzeln und uns sehr wohlfühlen.“* Suzon war wie mit Purpur übergossen; meine Reden schienen sie zu überraschen. Es schien, als ob sie Mühe hätte meinen Worten Glauben zu schenken. Sie wollte nicht, dass ich meine Hand unter ihren Rock stecke, weil sie, wie sie sagte, fürchtete, dass ich sie täuschen wolle und nicht alles gesagt hätte. Ich versicherte ihr, dass mir nichts auf der Welt jemals ein Geständnis entreißen könnte. Um sie von dem Unterschiede zwischen uns zu überzeugen, von dem ich ihr gesprochen hatte, versuchte ich ihre Hand zu ergreifen. Sie zog sie weg und wir setzten unsere Unterhaltung bis zum Hause fort.

Ich sah wohl, dass der kleine Schelm Gefallen an meinem Unterricht fand, und es kam mir nicht schwierig vor, sie am Schreien zu hindern, wenn ich sie noch einmal beim Blumenpflücken finden sollte. Ich brannte vor Begierde, die letzte Hand an meinen Unterricht zu legen und die Praxis damit zu verbinden.

Kaum waren wir in das Haus getreten, als wir Pater Polycarpe ankommen sahen. Ich erriet den Grund seines Besuches und zweifelte schon gar nicht mehr daran, als Se. Reverenz behäbig erklärte, er wolle zusammen mit der Familie essen. Man hielt Ambroise für weit entfernt. Man muss zwar eingestehen, dass er sich kaum genierte, aber man fühlt sich doch stets behaglicher von der Gegenwart eines Ehemannes befreit zu sein, so bequem er auch sein mag.

Ich zweifelte nicht daran, dass ich diesen Nachmittag das gleiche Schauspiel haben würde wie am Tage vorher, und fasste sofort den Entschluss dies Suzon mitzuteilen. Ich dachte mit Recht, dass ein derartiger Anblick ein vortreffliches Mittel sei, meine Absichten der Verwirklichung näherzubringen. Ich sprach nicht mit ihr darüber und verschob dieses Kampfmittel auf den Nachmittag, fest entschlossen, es nur im Notfalle anzuwenden.

Der Mönch und Toinette genierten sich sehr wenig in unserer Gegenwart; sie hielten uns für wenig gefährliche Zeugen. Ich sah die linke Hand des Paters geheimnisvoll unter dem Tische verschwinden und an den Röcken Toinettes herumarbeiten, die ihm zulächelte und, wie mir schien, ihre Beine spreizte, um dem wollüstigen Finger des Mönches den Weg freizumachen.

Toinette ihrerseits hatte eine Hand auf dem Tische, eine darunter und machte offenbar dem frommen Pater das, was er ihr machte; ich war auf dem Laufenden. Die kleinsten Begebenheiten bemerkt ein aufgeklärter Geist. Der ehrenwerte Pater zechte in starken Zügen; Toinette sprach ihm ebenso zu. Seine Wünsche gelangten bald so weit, dass er sich durch unsere Gegenwart geniert fühlte, was er uns zu verstehen gab, indem er meiner Schwester und mir riet einen Spaziergang durch den Garten zu machen. Ich verstand, was das heißen sollte. Wir standen sofort auf und gaben ihnen durch unser Verschwinden die Möglichkeit etwas anderes zu tun, als die Hände unter den Tisch zu stecken. Neidisch auf das Glück, das sie infolge unseres Weggangs auskosten konnten, versuchte ich nochmals bei Suzon zum Ziele zu kommen, ohne die Hilfe des Bildes, das ich ihren Blicken darbieten wollte. Ich führte sie zu einer Baumallee, deren dichtes Blätterwerk eine solche Dunkelheit verbreitete, dass sie meinem Vorhaben durchaus günstig schien. Sie durchschaute meinen Plan und wollte mir nicht folgen. *„Schau, Saturnin“,* sagte sie unschuldig, *„ich merke, dass du mich wieder davon unterhalten willst. Meinetwegen, sprechen wir darüber.“*

„Es macht dir also Spaß“, erwiderte ich ihr, *„wenn ich davon plaudere?“* Sie gestand mir das ein. Ich sagte zu ihr: *„Urteile nach dem Vergnügen, das dir meine Worte gewähren, über das, was du haben würdest, wenn ...“* Ich sagte nichts weiter, sondern sah sie nur an und presste ihre Hand gegen mein Herz.

„Aber Saturnin“, meinte sie, *„wenn ... wenn das nun wehtut?“*

„Welchen Schmerz kann es bereiten?", erwiderte ich, entzückt zu sehen, dass nur noch ein schwacher Widerstand zu überwinden war.

„Gar keinen?", antwortete sie rot werdend und die Augen senkend. *„Und wenn ich dick würde?"*

Dieser Einwurf überraschte mich ganz sonderbar. Ich hatte Suzon nicht für so wissend gehalten und muss gestehen, dass ich ihr keine befriedigende Antwort zu geben wusste.

„Wieso denn dick?", sagte ich ihr. *„Werden die Frauen auf diese Weise schwanger?"*

„Zweifellos", antwortete sie mit einem Tone der Sicherheit, die mich erschreckte.

„Und woher weißt du das?", fragte ich sie, denn ich fühlte wohl, dass sie jetzt an der Reihe war mir Unterricht zu geben. Sie entgegnete mir, dass sie es mir wohl sagen wolle, dass ich aber nie in meinem Leben davon sprechen dürfte.

„Ich halte dich für verschwiegen, Saturnin", fügte sie hinzu, *„und wenn du jemals den Mund öffnen solltest, um über das zu reden, was ich dir jetzt anvertraue, würde ich dich bis in den Tode hassen."*

Ich schwor ihr, dass ich nie darüber reden würde.

„Setzen wir uns hierher", fuhr sie fort, indem sie auf einen Rasenfleck zeigte, auf dem man am besten plaudern konnte ohne gehört zu werden. Ich hätte lieber die Allee gehabt, wo wir den Ohren und den Augen anderer verborgen gewesen wären; ich schlug diese von Neuem vor, aber Suzon wollte nicht.

Wir ließen uns auf dem Rasen nieder; zu meinem großen Leid. Um das Unglück vollständig zu machen, sah ich von ferne Ambroise herankommen.

Da ich für diesmal keine Hoffnung mehr hatte, fügte ich mich. Die Neugierde zu erfahren, was mir Suzon mitzuteilen hatte, zerstreute meinen Kummer.

Bevor sie zu sprechen anfing, verlangte Suzon neue Gelübde des Schweigens von mir; ich schwor. Sie zögerte doch noch und wagte immer noch nicht zu sprechen. Ich drängte sie so stark, dass sie endlich nachgab.

„Also, was geschehen ist“, sagte sie mir, *„ich will dir glauben, Saturnin. Höre! Du wirst erstaunt sein über das, was ich alles weiß, das sage ich dir im Voraus. Du glaubtest mich so viel lehren zu können; ich weiß davon mehr als du. Du wirst es gleich sehen. Aber glaube deshalb nicht, dass ich aus diesem Grunde weniger Vergnügen an dem gehabt hätte, was du mir erzählt hast. Man spricht immer gerne von dem, was gefällt.“*

„Wie das? Du sprichst wie ein Orakel. Man merkt wohl, dass du im Kloster warst! Wie das ein junges Mädchen bildet!“

„Ja, wirklich“, antwortete sie mir, *„wenn ich nicht da gewesen wäre, wüsste ich manches nicht, was ich weiß.“*

„So sage es mir doch“, entgegnete ich lebhaft, *„ich sterbe vor Ungeduld, es zu hören.“*

„Es ist noch nicht lange her“, fuhr Suzon fort, *„dass ich während einer sehr dunklen Nacht fest schlief. Ich wurde wach, da ich fühlte, dass sich ein ganz nackter*

Körper in mein Bett zwängte. Ich wollte schreien, aber man legte mir die Hand auf den Mund und sagte mir: 'Sei still, ich will dir nichts Übles tun; kennst du denn die Schwester Monika nicht?' Diese Schwester sollte in Kurzem den Novizenschleier nehmen. Es war meine beste Freundin. 'Oh Gott', sagte ich ihr, 'meine Liebe, warum kommst du zu mir ins Bett?' 'Weil ich dich liebe', antwortete sie mir unter Küssen. 'Und warum bist du ganz nackt?' 'Weil es so schwül ist, dass mir selbst das Hemd zu schwer ist. Es regnet furchtbar. Ich hörte den Donner grollen und fürchtete mich. Hörst du ihn nicht auch? Welchen Lärm er macht! Ah, drücke mich fest an dich, mein kleines Herz. Ziehe die Decke über unsere Köpfe, damit wir diese schrecklichen Blitze nicht sehen. So, gut. Ah, meine liebe Suzon, was ich für eine Angst habe!' Da ich keine Angst vor dem Donner habe, versuchte ich der Schwester Mut einzusprechen. Während all dieser Zeit hatte sie ihren rechten Schenkel zwischen meinen Schenkeln, ihren linken Schenkel darunter und rieb sich in dieser Stellung an mir, indem sie mir gleichzeitig die Zunge in den Mund steckte und mich leicht auf den Hintern schlug. Nachdem sie sich in dieser Weise etwas hin und her bewegt hatte, glaubte ich zu fühlen, dass sie mich am Schenkel nass machte. Sie stieß Seufzer aus, die ich auf Rechnung der Furcht vor dem Donner setzte. Ich beklagte sie. Bald nahm sie ihre natürliche Lage ein; ich glaubte, sie wolle einschlafen, und bereitete mich darauf vor, ein Gleiches zu tun, als sie mir sagte: 'Schläfst du schon, Suzon?', Ich antwortete ihr, dass ich es noch nicht täte, aber bald. 'Du willst mich also vor Angst sterben lassen?', begann sie wieder. 'Jawohl, ich sterbe, wenn du wieder einschläfst. Gib mir deine Hand, meine liebe Kleine, gib.' Ich ließ sie meine Hand nehmen, die sie an ihre Spalte führte, mit der Bitte sie da oben zu kitzeln. Ich tat es aus Freundschaft für sie. Ich erwartete, dass sie mich aufhören ließe, aber sie sagte kein Wort. Spreizte nur die Beine und atmete ein wenig lebhafter als gewöhnlich, indem sie von Zeit zu Zeit einen Seufzer ausstieß und den Hintern schüttelte. Ich glaubte, es sei ihr übel, und hörte mit dem Finger auf! 'Ah! Suzon', sprach sie mit halb gebrochener Stimme, 'vollende, fahre fort!' Ich arbeitete weiter. 'Ah! Ah!', schrie sie, sich windend und sich fest an mich drückend, 'beeile dich, meine kleine Königin, beeile dich! Ah!, ah! Schnell, ah … ich sterbe.' In dem Augenblick, da sie dies sagte, streckte sie sich der Länge nach aus und ich fühlte meine Hand von Neuem nass werden; endlich stieß sie einen tiefen Seufzer aus und blieb ohne Bewegung. Du kannst dich darauf verlassen, Saturnin, dass ich sehr erstaunt über alles war, das sie mich machen ließ."

„*Und du warst nicht erregt?*", fragte ich sie.

„*Na und ob*", antwortete sie. „*Ich sah, dass ihr meine Tätigkeit ein großes Vergnügen bereitete, und ich sagte mir, dass ich das auch haben würde, wenn sie mit mir das Gleiche täte. Aber ich wagte nicht ihr diesen Vorschlag zu machen. Immerhin hatte sie mich in einen unangenehmen Zustand versetzt. Ich brannte vor*

Begierde und wagte nicht ihr meinen Wunsch zu gestehen. Ich legte mit Lust meine Hand wieder auf ihre Spalte, ergriff die ihrige, die ich an verschiedenen Stellen meines Körpers führte, nur nicht dahin, wo ich sie nötig hatte. Die Schwester, die ebenso gut wie ich wusste, was ich wollte, und die Schelmerei besaß mich gewähren zu lassen, hatte endlich Mitleid mit mir in meiner Verlegenheit und sagte unter Küssen: 'Ich sehe wohl, kleiner Racker, was du willst.'

Und damit legte sie sich auf mich; ich drückte sie in meine Arme.

'Öffne die Schenkel ein wenig', sagte sie und ich gehorchte. Sie drang mit dem Finger da ein, wo ihr der meine eine solche Lust bereitet hatte. Sie tat selbst das, was sie mich gelehrt hatte; ich fühlte die Wollust mehr und mehr wachsen und bei jeder Fingerbewegung größer werden. Ich erwies ihr gleichzeitig denselben Dienst. Die Hände hatte sie hinter meinen Halbkugeln vereinigt, mir hatte sie geraten je nach ihren Stößen den Hintern etwas zurückzuziehen. Ah! Welche Lust sie mir in diesem entzückenden Spiele bereitete. Aber die war nur das Vorspiel dessen, was folgte. Das Entzücken raubte mir jede Überlegung; ich blieb erschöpft in den Armen meiner lieben Monika. Sie befand sich in dem gleichen Zustande, wir waren unbeweglich. Dann kam ich aus meiner Betäubung wieder zu mir; ich war ebenso benässt wie die Schwester und da ich die Ursache dieses Vorganges nicht kannte, glaubte ich, das sei Blut, das ich vergossen hätte. Doch war ich darüber nicht er-

schrocken, im Gegenteil, der Vorgang schien mich in eine gewisse Wut versetzt zu haben, so gierig war ich darauf, von Neuem zu beginnen. Ich sagte es Monika; sie sagte, dass sie müde sei und dass man ein wenig warten müsse. Dazu hatte ich nicht die nötige Geduld; so warf ich mich auf sie, wie sie sich auf mich geworfen hatte. Ich drückte meine Schenkel zwischen die ihrigen und rieb mich an ihr, wie sie es getan hatte.

'Holla, Kleine', sagte mir die Schwester, entzückt über den Beweis der mich durchtobenden Lust, den ich ihr gegeben hatte, 'bist du böse darüber, das ich in dein Bett gekommen bin? Ich wette, du zürnst mir, weil ich dich geweckt habe.'

'Ah!', erwiderte ich ihr, 'wenn du wüsstest, wie sehr das Gegenteil zutrifft! Wie könnte ich dir solch eine berauschende Nacht belohnen?'

'Kleiner Schelm', antwortete sie unter erneuten Küssen, 'geh, ich verlange nichts. Hatte ich denn nicht ebenso viel Vergnügen wie du? Ah, wie du mich erfreut hast, Kleine! Sage mir, meine liebe Suzon', fuhr sie dann fort, 'verbirg mir nichts, hast du niemals an das gedacht, was wir soeben gemacht haben?'

Ich sagte nein.

'Was', fing sie wieder an, 'du hast niemals den Finger in deine kleine Muschel gesteckt?'

Ich unterbrach sie mit der Frage, was sie mit diesem Worte meine. Sie antwortete mir:

'Dummchen, das ist diese Spalte, wo wir uns kitzeln. Was, das wusstest du noch nicht? Ah, Suzon, in deinem Alter wusste ich davon schon mehr als du!'

'Wirklich', erwiderte ich ihr, 'ich hatte keine Begierde danach, dieses Vergnügen zu kosten. Du kennst Pater Jerome, unseren Beichtvater. Er ist es, der mich immer daran hinderte. Ich zittere, wenn ich zum Beichtstuhl gehe. Er vergisst nie mich ganz besonders zu fragen, ob ich nicht unreine Handlungen vornähme mit meinen Gespielinnen, und er verbietet mir namentlich solches an mir selbst zu tun. Ich war immer so dumm ihm zu glauben; aber jetzt weiß ich, woran ich mich bezüglich seiner Verbote zu halten habe.'

'Und wie', fragte Monika, 'erklärt er dir die unreinen Handlungen, die er dir am eigenen Körper verbietet?'

'Ganz einfach, indem er mir z. B. sagt, dass das unrein ist, wenn man den Finger dahinsteckt, du weißt schon, wohin, wenn man seine Schenkel betrachtet, seinen Busen. Er fragt mich, ob ich auch den Spiegel nicht dazu benutze, noch andere Sachen als das Gesicht zu betrachten. Ähnliche Fragen stellt er mir noch Tausende.'

'Ah, der alte Spitzbub!', schrie Monika, 'ich wette, dass er nicht aufhört dich davon zu unterhalten!'

'Du machst mich', erwiderte ich der Schwester, 'auf gewisse Bewegungen aufmerksam, die er macht, während ich in seinem Beichtstuhl bin, und die ich einfältig nur für Freundschaftsbeweise hielt. Der alte Verbrecher! Ich begreife jetzt deren Ursache.'

'Ah, welche Bewegungen denn?', fragte mich rasch die Schwester.

Ich antwortete:

'Er küsste mich auf den Mund, sagte mir dabei, ich solle näher rücken, damit er mich besser verstehen könne, betrachtete aufmerksam meinen Busen, während ich zu ihm sprach, und verbot mir ihn jemand sehen zu lassen, weil das Koketterie sei. Trotz seiner frommen Reden aber zog er die Hand nicht da weg, sondern ließ sie weiter und weiter über meine Brüste gleiten, manchmal stieß er sogar an meine Brustwarzen. Wenn er die Hand endlich wegbringt, steckt er sie sofort unter seine Kutte, die er in kurzen Stößen hin und her bewegt. Dabei presst er mich wider seine Knie, umfasst mich mit seinem linken Arm, seufzt, seine Augen treten aus

ihren Höhlen, er küsst mich stärker als gewöhnlich, seine Worte werden unzusammenhängend, er sagt mir Schmeicheleien und zu gleicher Zeit Ermahnungen.

Ich erinnere mich, dass er eines Tages die Hand unter seiner Kutte hervorzog, um mir Absolution zu erteilen, und dass er mir dabei die ganze Brust mit etwas Warmem begoss, das in kleinen Tropfen weiterfloss; ich reinigte mich möglichst schnell mit einem Taschentuche, das ich seitdem nicht mehr gebrauchen konnte. Der Pater war ganz verblüfft und sagte, das sei Schweiß, der von seinen Fingern tropfte. Was hältst du davon, liebe Schwester?', sagte ich zu ihr.

'Ich will dir gleich sagen, was das war', antwortete sie. 'Ah, der alte Sünder! Aber weißt du Suzon', fuhr sie fort, 'dass du mir soeben genau das erzählt hast, was mir mit ihm passiert ist?'

'Wie das?', fragte ich, 'hat er dir auch etwas getan?'

'Nein, bestimmt nicht', erwiderte sie, 'denn ich hasse ihn bis auf den Tod. Und ich gehe nicht mehr zu ihm.'

'Und wie hast du denn gemerkt', forschte ich weiter, 'was er dir machte?'

'Ich will dir sagen', antwortete die Schwester, 'aber sei verschwiegen, denn du würdest mich sonst verlieren, liebe Suzon.'

Nach einem Augenblick des Schweigens fuhr meine Schwester fort:

„Ich weiß nicht, ob ich dir alles wiederberichten darf, was sie mir anvertraute." Die Lust eine Geschichte zu erfahren, deren Einleitung mich schon

entzückte, verlieh mir Worte, um das Schwanken Suzons zu besiegen. Zu meinen Worten fügte ich Zärtlichkeiten und kam schließlich zu dem Ziele sie zu überreden. Aber es ist Schwester Monika, die jetzt durch den Mund Suzons sprechen wird.

In welchem Lichte auch diese Schwester Monika erscheinen wird, ich fürchte, meine Worte bleiben noch hinter der Wirklichkeit zurück. Die kurze Zeit, die ich mit ihr verbracht habe, hat mir von ihr eine Meinung beigebracht, die ich kaum getreu wiedergeben kann.

Die Geschichte der Schwester Monika

„Wir sind nicht Gebieter unseres Herzens. Verführt im Anfange durch den Hang zum Vergnügen, schenken wir ihm unsere ersten Gefühle. Glücklich diejenigen, deren Temperament nicht zurückschreckt vor den keuschen Ratschlägen der Vernunft; sie finden in ihnen eine Hilfe gegen die Stimme ihres Herzens. Aber soll man sie um ihr Glück beneiden? Nein! Möge sie die Früchte ihrer Bravheit genießen, sie erkauften sie teuer genug, da sie die Lust nicht kennen. Ah, und was ist schließlich diese Bravheit, von der man uns die Ohren vollschreit? Ein Wahn, ein Wort, das die Unterdrückung ausdrückt, in der man unser Geschlecht hält. Das Lob, das man dieser angeblichen Tugend erteilt, ist für uns das, was einem Kinde seine Klapper ist, die es belustigt und veranlasst, nicht zu schreien. Greise, die ihr Alter unempfindlich für das Vergnügen gemacht hat, oder vielmehr, denen es ihre Zurückgezogenheit verbietet, glauben, sich für ihre Unfähigkeit, es auskosten zu können, dadurch entschädigen zu dürfen, dass sie uns ein abstoßendes Bild davonmachen. Lassen wir sie schwatzen, Suzon, wenn man jung ist, soll man nur sein Herz als Herrn anerkennen, nur auf das Herz hören, nur seinen Ratschlägen folgen.

Du wirst gerne glauben, dass es bei solchen Neigungen nicht weniger als des Zwanges eines Klosters bedurfte, um mich daran zu hindern, mich ihnen hinzugeben; aber gerade da, wo man meine Triebe zu ersticken hoffte, fand ich Gelegenheit zu ihrer Befriedigung.

Ich war noch ganz jung, als meine Mutter nach dem Tode ihres vierten Mannes dieses Kloster als Pensionärin zum Aufenthalt wählte. Ich war über diesen Entschluss erschrocken, ohne den Grund meines Schreckens erkennen zu können, ich fühlte nur, dass er mich unglücklich machte. Das Alter, das mich nach und nach aufgeklärter machte, zeigte mir auch den Grund meiner Abneigung gegen das Kloster. Ich fühlte, dass mir etwas fehlte: der Anblick des Mannes. Von dem einfachen Bedauern, dessen beraubt zu sein, ging ich bald zum Nachdenken über, was mir diesen empfindlichen Mangel wieder verschaffen könnte. Was ist denn ein Mann … vielleicht ein anderes Wesen als wir?, sagte ich mir. Was ist die Ursache der Erregung, die sein Anblick in meinem Herzen hervorbringt? Ist vielleicht ein Gesicht liebenswürdiger als das andere? Meine Erregung ist nicht größer oder kleiner je nachdem ich es mehr oder weniger anziehend finde. Die Erregung meines Herzens ist abhängig von diesem Reiz, da selbst der Pater Jerome, so abstoßend er ist, mich aufregt, wenn ich in seiner Nähe bin. Es ist also nichts als die spezifisch männliche Eigenschaft des Mannes, die diese Verwirrung hervorruft. Aber warum ruft sie sie hervor? Ich fühlte in meinem Herzen den Grund, aber ich kannte ihn doch nicht genau, er machte Anregungen, die Fesseln zu brechen, in denen ihn meine Unwissenheit hielt. Vergeblich! Ich erlangte keine neuen Kenntnisse ohne in neue Verlegenheiten zu geraten.

Manches Mal schloss ich mich in mein Zimmer ein und hing meinen Gedanken nach. Sie vertraten meine besten Freundinnen. Was sah ich in diesen? Weiber. Und wenn ich allein war, dachte ich an nichts als an Männer. Ich durchforschte mein Herz, ich suchte nach dem Grunde seiner Gefühle, ich entkleidete mich bis auf die Haut, ich untersuchte mich mit einem Gefühle der Wollust, ich warf entflammte Blicke auf alle Teile meines Körpers, ich brannte in innerem Feuer, ich spreizte die Schenkel auseinander, ich seufzte, meine entflammte Einbildungskraft zeigte mir einen Mann, ich breitete meine Arme aus, um ihn zu umfangen, meine Muschel war von einem verzehrenden Feuer ergriffen, aber ich hatte nicht den Mut den Finger dahinzubringen. Stets wurde ich zurückgehalten durch die Furcht mir wehzutun. Ich empfand die lebhaftesten Gelüste ohne es zu wagen, sie zu befriedigen. Einige Male war ich nahe daran zu unterliegen, aber erschrocken über meine Absicht brachte ich die Spitze eines Fingers dahin und zog ihn mit Bestürzung zurück, ich bedeckte mich mit der hohlen Hand, ich drückte es. Endlich überließ ich mich der Leidenschaft, ich steckte den Finger ein, ich lenkte meine Gedanken vom Schmerz ab, um nur für die Lust empfänglich zu sein; sie war so groß, dass ich glaubte sterben zu müssen. Ich kam mit neuer Gier darauf zurück und ich machte es so oft, als meine Kräfte es erlaubten.

Ich war entzückt von der Entdeckung, die ich gemacht hatte, sie hatte Licht in meinem Geiste verbreitet. Ich vermutete, dass die Männer das mit uns machen, was ich allein mit dem Finger gemacht hatte, da ich mir damit ein solches Entzücken bereitet hatte, und dass sie eine besondere Art von Finger hätten, den sie dahinsteckten, wohin ich den meinigen gesteckt hatte, denn ich zweifelte nicht daran, dass dies nicht der richtige Weg des Vergnügens sei. Zu diesem Grade der Erkenntnis gelangt, fühlte ich mich auf das Heftigste von dem Wunsche erfasst, an einen Manne das Original einer Sache zu sehen, deren Kopie mir eine so große Freude bereitet hatte.

Geleitet durch meinen eigenen weiblichen Instinkt, dass der Anblick der Frauen umgekehrte Gefühle in den Herzen der Männer wecken müsste, verstärkte ich meine Reize mit all den kleinen Mitteln, deren Gebrauch die Lust zu gefallen erfunden hat; sich die Lippen schminken, geheimnisvoll lächeln, neugierige, bescheidene, verliebte, gleichgültige Blicke um sich werfen, sei Halstuch ordnen und wieder in Unordnung bringen, um die Blicke auf seinen Hals zu lenken, seine Bewegungen geschickt beeilen, sich setzen und sich erheben. Ich besaß diese kleinen Talente der Koketterie bis zum höchsten Grade; ich übte mich beständig, aber hier war ihr Besitz nur Verlust. Mein Herz schrie nach jemand, der den Wert meines Wissens kannte und der mir die Wirkung hätte zeigen können, die es auf ihn gemacht hätte.

Ununterbrochen am Gitter, erwartete ich, dass mir das Glück das senden würde, was ich schon so lange vergeblich wünschte; ich machte mir alle Pensionärinnen zu Freundinnen, die Besuche von Brüdern empfingen. Fragte man nach einer von diesen, so versäumte ich nicht ohne Ziererei an dem Sprechzimmer vorbeizugehen; man rief mich, ich lief hin und ich wage zu behaupten, dass die, die mich dort trafen, nicht ungestraft sahen.

Ich betrachtete da eines Tages einen schönen jungen Mann, dessen schwarze und lebhafte Augen mir meine Blicke mit Zinsen zurückgaben. Ein delikates und prickelndes Gefühl, das selbst von meinem gewöhnlichen Vergnügen an der Gegenwart der Männer abwich, heftete in angenehmer Weise meine Aufmerksamkeit auf ihn. Die Hartnäckigkeit meiner Blicke, die er zuerst ganz gleichgültig aufgenommen hatte, belebte seine, und er wendete seine Augen nicht mehr von mir weg. Er war nichts weniger als furchtsam, oder vielmehr er war sehr keck, was ihm bei seinem schönen Gesicht Erfolg bei allen Frauen versprach, die er bestürmen wollte. Er benützte die Momente, während seine Schwester wegsah, um mir Zeichen zu machen, die ich nicht verstand, die ich aber in meiner kleinlichen Eitelkeit als verstanden zu erkennen gab und die ich durch ein Lächeln guthieß, das ihn so weit ermutigte, dass er mir Zeichen machte, die ich sehr gut begriff. Er brachte seine Hand zwischen die

Schenkel; ich errötete und folgte wider Willen der Bewegung mit einem Seitenblicke. Dort legte er sie hin, indem er mir mit der linken Hand ein Zeichen machte, die er auf seine rechte Faust setzte. Es gehörte keine besondere Weisheit dazu, um herauszufinden, dass er sagen wollte, das, was er berührt habe, sei von dieser Länge. Seine Bewegung hatte mich in Erregung versetzt, das Schamgefühl verlangte, dass ich mich entfernte, aber die Scham leistet nur schwachen Widerstand, wenn das Herz sie verraten will. Die Liebe hieß mich bleiben, ich senkte schüchtern die Augen, aber bald richtete ich sie wieder auf Verland (dies war sein Name), Blicke, die verwirrt erscheinen sollten und die das Vergnügen schmachtend machten. Er fühlte es; er sah, dass ich nicht die Kraft hatte ihn abzuweisen; er zog Vorteil aus meiner Schwäche und um mir keinen Zweifel zu lassen über das Feuer, dessen mich seine Blicke versicherten, verband er den ersten Finger seiner linken Hand mit dem Daumen, in diese Art Spalte steckte er den zweiten Finger seiner rechten Hand. Er stieß ihn nach vorne, zog ihn wieder zurück und seufzte dabei. Der Spitzbube rief mir dadurch zu schöne Bilder ins Gedächtnis, um mir die nötige Kraft zu lassen ihm den Zorn zu zeigen, den dieser neue Mangel an Respekt verdiente. Ah, Suzon, wie war ich mit ihm zufrieden! Und wie malte ich mir aus, dass ich es noch viel mehr wäre, wenn wir uns allein einander gegenüber befänden. Doch wenn wir es gewesen wären, hätte ein unübersteigbares Gitter unser Vergnügen gehemmt.

In diesem Augenblick rief man meine Freundin. Sie sagte, dass sie sehen wolle, was man wünsche, und dass sie sofort zurückkäme. Ihr Bruder benützte diesen Augenblick, um sich deutlicher auszudrücken. Er hielt keine großen Reden, aber sagte viel. Obwohl seine Komplimente nicht durchaus höflich waren, erinnere ich mich ihrer doch mit Vergnügen. Wir Frauen fühlen uns oft geschmeichelt durch eine Anrede, aus der die Natur ganz allein spricht, so wenig maßvoll oft auch ihre Ausdrücke sind, so fad oft die Schmeicheleien sind, so sehr sie das Herz auch zurückstößt und so rasch sie auch der Wind davonträgt. Kommen wir zu den Worten Verlands zurück. Sie lauteten: *'Wir haben keine Zeit zu verlieren. Sie sind entzückend, ich bin erregt wie ein Karmeliter, ich sterbe vor Begierde, es Ihnen zu machen, sagen Sie mir ein Mittel, in Ihr Kloster zu kommen!'* Ich war so bestürzt von seinen Worten und der Bewegung, mit der er sie begleitete, dass ich starr stehenblieb. So fand er Zeit durch das Gitter zu greifen, meine Brüste zu erfassen, sie zu streicheln und mir noch andere Liebenswürdigkeiten von derselben Art zu sagen, bevor ich mich von meiner Überraschung erholt hatte. Als ich wieder zu mir kam, war ich so wenig imstande seine Unternehmungen aufzuhalten, dass uns seine Schwester bei dieser Tätigkeit überraschte. Sie spielte die Hexe, sagte mir Beleidigungen, ebenso ihrem Bruder, und ich sah ihn nie wieder.

Bald wusste das ganze Kloster von meinem Abenteuer. Man tuschelte, man betrachtete mich, man lachte, man redete, man spottete. Ich beunruhigte mich sehr wenig darüber, solange das Gerede nicht über den Kreis der Pensionärinnen hinausging. Ich war sicher der Verschwiegenheit der Schönen, aber nicht zu sehr der der Hässlichen. Und da diese genau wussten, dass sie nie eine ähnliche günstige Gelegenheit haben würden zu predigen, schrien sie über den Skandal, zuerst leise, dann lauter, zuletzt so laut, dass auch die Alten es erfuhren. Zuerst lachten ich darüber, dann zitterte ich. Und ich hatte wohl Grund dazu, denn die Ehrenmütter sammelten sich, um darüber zu beraten, was man mit einer Verworfenen machen solle, die sich die Brüste berühren ließe. Unvergebbares Verbrechen in den Augen der alten Mumien, die ihre Hängebrüste über die Schultern werfen konnten. Man fand den Fall schwer, jede andere wäre ausgestoßen worden, was ich gewünscht hätte. Aber ich sollte ein schönes Vermögen bekommen. Meine Mutter hatte ihnen die Versicherung gegeben, dass sie mich den Schleier nehmen ließe. Man behandelte mich gnädig und das Ergebnis des Rates war, dass man mich bestrafen müsse. Man machte sich an die Arbeit. Ich hatte das vorausgesehen und mich in mein Zimmer eingeschlossen. Man erbrach meine Tür, man griff mich an. Die eine biss ich, die andere kratzte ich; ich trat mit Füßen und zerriss ihre Nonnenschleier. Ich riss ihnen ihre Mützen vom Kopfe. So gut verteidigte ich mich, dass meine Feinde auf ihr Vorhaben verzichteten. Sie trugen von ihrem Feldzuge nichts heim als die Schande, dass sechs Mütter ein junges Mädchen nicht bändigen konnten; ich war eine Löwin in diesem Augenblick.

Meine Wut und Verteidigung hatten mich bis dahin vollständig in Anspruch genommen; ich dachte nur daran, die alten Schachteln abzuwehren. Aber ich wurde bald ebenso schwach, wie ich einen Augenblick vorher kühn und kräftig gewesen war. Der Zorn machte der Verzweiflung Platz. Weniger stolz durch das Vergnügen, mich in Sicherheit zu wissen, als gekränkt durch den Angriff, den man auf mich unternommen hatte, war mein Gesicht in Tränen gebadet. Wie kann ich wieder im Kloster erscheinen?, fragte ich mich. Wenige werden mich beklagen, alle werden mich fliehen. Ich werde verspottet werden. Ah, so bin ich mit Schande bedeckt! Aber ich will meine Mutter aufsuchen, fuhr ich im Selbstgespräche fort, sie kann mich tadeln, aber vielleicht wird sie mir verzeihen. Ein junger Mann hat mich … nun ja, wo ist denn da das große Verbrechen? Habe ich es denn erlaubt? So überlegte ich. Ja, fuhr ich bei mir fort, ich will zu ihr gehen. Ich erhob mich mit diesem Entschlusse vom Bette und ich wäre hingegangen, wenn ich nicht, auf die Tür zugehend, auf etwas getreten wäre, das mich zum Fallen brachte.

Ich wollte die Veranlassung dieses Falles sehen, ich suchte und fand, denke dir, wie mir wurde bei dem Anblicke eines Dinges, das ganz naturgetreu eine Sache darstellte, die ich mir so oft in meiner Fantasie ausgemalt hatte: einen Schwanz."

„Na“, sagte sie, „du wirst darüber nicht lange in Unkenntnis bleiben; bei deiner Schönheit werden sich liebenswürdige Kavaliere glücklich schätzen, dich unterrichten zu können. Doch sie werden diesen Ruhm nicht haben, der gebührt mir. Ein Schwanz, meine liebe Suzon, ist das Glied eines Mannes. Man nennt es ‘das Glied’ an und für sich, weil es der König aller anderen ist. Ah, wie gut es diesen Namen verdient! Wenn die Frauen ihm nach Gebühr Gerechtigkeit widerfahren ließen, würden sie es ihren Gott nennen. Ja, es ist einer; die Muschel ist sein Herrschgebiet, die Wollust ist sein Element. Er sucht sie in den verborgensten Ecken, er dringt überall ein, er macht sich überall breit. Er kostet und lässt kosten. Er wird an jenem Platze geboren, lebt da und stirbt; er steht wieder auf, um das Leben noch einmal durchzukosten. Aber ihm allein kommt doch nicht aller Verdienst zu. Er steht unter den Gesetzen der Einbildungskraft und des Sehens. Ohne sie kann er nichts, ist er schlapp, feige, klein, wagt er nicht sich zu zeigen. Aber mit ihnen ist er stolz, feurig, stürmisch, er droht, rückt vor, zerstört, wirft jeden Widerstand nieder.“

„Halte ein“, sagte ich zu der Schwester, sie unterbrechend, „du vergisst, dass du zu einer Novizin sprichst, meine Gedanken verlieren sich in deinem Lobgesang. Ich fühle, dass ich eines Tages diesen Gott, den du predigst, anbeten werde, aber noch ist er mir fremd. Bevor ich das kann, muss ich ihn kennenlernen. Richte deine Schilderungen gemäß meinen schwachen Kenntnissen ein. Erkläre mir in ganz einfache Weise, was du mir soeben gesagt hast." „Das will ich wohl", antwortete mir die Schwester. „Der Schwanz ist schlapp, feige und klein, wenn er nicht im Dienst ist, das heißt, wenn die Männer nicht aufgeregt sind, sei es durch den Anblick eines Weibes, sei es durch die Gedanken, die ihnen kommen. Aber zeigen wir erst uns ihren Blicken, entblößen wir den Hals, lassen wir unsere Brüste sehen, zeigen wir unsere feine Gestalt, ein strammes Bein! Ein anmutiges Gesicht ist nicht einmal immer nötig, ein Nichts packt sie. Ihre Einbildungskraft arbeitet, sie regt sie auf, sie durchdringt sie, sie malt ihnen alle Teile unseres Körpers, sie zaubert ihnen die schönsten Bilder vor, sie gibt Brüsten Festigkeit, die oft gar keine haben, sie stellt den Busen appetitlich dar, den Leib weiß und glatt, die Schenkel rund, fleischig, fest, einen kleinen elastischen Venushügel, eine niedliche Muschel, umgeben von allen Reizen der Jugend. Sie bilden sich dann ein, sie genössen unbeschreibliche Wonnen. Oh, wenn sie ihren Stecken einstecken könnten! In diesem Augenblicke wird er dick, lang und hart, und je dicker, je länger und härter er ist, desto mehr Wollust verschafft er der Frau, denn desto besser reibt er, desto weiter stößt er; er löst Wonnen, Gefühle aus, die dich toll vor Vergnügen machen."

„Ah", sagte ich zu Monika. „Was danke ich dir nicht? Ich werde von jetzt ab die Mittel zu gefallen anwenden. Ich werde nicht verfehlen bei geeigneter Gelegenheit meinen Hals zu entblößen und meine Brüste zu zeigen." „Sieh dich vor", sagte die Schwester,

„das ist nicht das richtige Mittel, um Gefallen zu erwecken; dazu gehört mehr Kunst, als du denkst. Die Männer sind sonderbar in ihrem Begehren; sie würden verstimmt sein, unserer leichten Hingabe die Lust zu verdanken, die sie doch ohne uns nicht genießen können. Ihre Eifersucht macht sie misstrauisch gegen alles, was nicht von ihnen selbst kommt. Sie wollen, dass man ihnen die Leckerbissen nur mit einer leichten Gaze bedeckt zeigt, was ihre Fantasie noch etwas Spielraum lässt. Die Frauen verlieren dabei nichts, sie können sich auf die Einbildungskraft der Männer verlassen und auf deren Sorge, ihre Reize zu malen. Die ist freigebig für das, was ihnen schmeichelt, und malt sie nicht zu ihrem Nachteile. Du weißt nicht, was das für ein Gemälde ist, das sich die Männer machen, das ihre Begierden nährt. Die Liebe, das ist genau dasselbe; denn wenn man sagt: Monsieur von … ist verliebt in Madame …, so ist das das Gleiche, als wenn man sagt: Monsieur von … hat Madame … gesehen, dieses Sehen hat Wünsche in seinem Herzen geweckt, er brennt vor Begierde, ihr sein Glied in die Scheide zu stecken. Da hast du in Wahrheit das, was man sagen will. Da aber die gute Sitte nicht haben will, dass man Derartiges äußert, sagt man: Monsieur ist verliebt."

Entzückt von dem, was die Schwester mir sagte, war ich ungeduldig den Rest ihrer Geschichte zu erfahren; ich bat sie fortzufahren.

„Gerne", erwiderte sie, „wir haben uns ein wenig aufgehalten, aber diese Einzelbeschreibungen waren notwendig für deine Aufklärung. Kommen wir zurück zu der Überraschung, die mir der Anblick des Dinges verursachte, das ich gefunden hatte.

Ich hatte tausendmal von Godemichés reden hören und wusste, dass es dieses Instrument war, mit dem sich unsere guten Mütter bei den strengen Vorschriften des Zölibats trösteten. Dieses Ding ist wie ein Schwanz, es ist bestimmt, seine Tätigkeit auszuüben; es ist hohl und wird mit warmer Milch gefüllt, um die Ähnlichkeit vollkommener zu machen und durch diese Milch künstlich die zu ersetzen, die die Natur aus dem Gliede des Mannes kommen lässt. Wenn die, die sich dieses Instrumentes bedienen, sich durch wiederholtes Reiben in einen Zustand versetzt haben, weiteres zu bedürfen, lösen sie eine kleine Feder aus, die Milch spritzt heraus und überschwemmt sie. Sie befriedigen so ihre Wünsche durch eine Täuschung, deren Wonne sie die Wirklichkeit vergessen lässt.

Ich nahm an, dass irgendeine der Mütter, die zu meiner Bestrafung gekommen waren, bei einer heftigen Bewegung dieses kostbare Kleinod aus der Tasche verloren hätte. Ich war indessen nicht ganz sicher, ob es wirklich ein Godemiché war; freilich, mein Herz sagte: ja. Dieser Anblick verjagte alle meine Schmerzen, ich dachte an nichts anderes mehr als an den Gegenstand in meinen Händen und ich wollte ihn auf der Stelle versuchen. Seine Dicke erschreckte mich zwar in der Tat, aber sie regte mich auch an. Meine Furcht wich bald dem Feuer, das sein Anblick mir einflößte. Ein süßer

Schmerz, ein Vorläufer der Wonne, die ich genießen sollte, verbreitete sich über meinen ganzen Körper, ich zitterte vor Erregung und ich stieß tiefe Seufzer aus.

Zuerst schloss ich meine Türe gut zu, aus Furcht vor einer neuen Überraschung, dann kleidete ich mich, ohne einen Blick von dem Godemiché zu wenden, aus, mit der ganzen Ungeduld einer Jungvermählten, die man ins Hochzeitsbett legt. Der Gedanke an das Geheimnis, das die Wonnen verbergen mussten, an denen ich mich schon entzückt hatte, gab ihnen eine Lebendigkeit, die mich entzückte. Ich warf mich auf mein Bett mit meinem lieben Godemiché in der Hand, aber, meine liebe Suzon, welchen Schmerz empfand ich, als ich sah, dass ich ihn nicht einführen könnte! Ich geriet in Verzweiflung, ich machte Anstrengungen, die meine arme kleine Muschel hätten zerreißen können, ich öffnete sie halb, setzte den Godemiché davor und stieß; so bereitete ich mir selbst einen unerträglichen Schmerz. Ich ließ nicht nach. Ich nahm an, dass mich eine Einreibung mit Pomade mehr öffnen würde. Ich bestrich die brennende Stelle. Dieses innere Feuer zusammen mit der Pomade und dem, was die Aufregung aus meiner Muschel herausfließen ließ – unter einem Wonnegefühl, das meinen ganzen Körper durchbebte –, hätten zweifellos den Weg freigemacht, wenn das Instrument nicht von einer gewaltigen Dicke gewesen wäre. Ich sah die Wollust vor mir und konnte sie nicht erreichen. Ich war besessen, ich verdoppelte meine Anstrengungen, aber vergeblich. Der verfluchte Godemiché prallte zurück und verursachte mir nur Schmerzen. Ah, schrie ich, wenn Verland jetzt hier wäre! Ich fühlte genügend Mut in mir, um ihn zu erdulden, und wenn er es noch dicker hätte! Ja, ich würde den Schmerz erdulden, ich würde ihm helfen, und wenn er mich zerrisse und wenn ich daran sterben müsste! Ich empfinge den Tod mit Freuden, wenn er von ihm käme! Wenn er mir Schmerzen verursachen würde, so sagte ich mir, würden diese durch die Wonnen, die er mir verschaffen würde, sich zu süßen Schmerzen gestalten. Ich würde ihn in meinen Armen halten, ich würde ihn fest an mich pressen und er mich auch. Heiße Küsse würde ich auf seinen Purpurmund drücken, auch seine Augen, seine schönen, schwarzen, feurigen Augen. Er würde mich in seinen Armen halten! Welche Wollust! Er würde auf meine Bewegungen mit ebenso lebhaften Bewegungen antworten! Ich machte aus ihm mein Ideal. Ja, ich würde ihm anbeten! Ein schöner Kerl wie er verdiente das wohl. Unsere Seelen würden ineinandertauchen, sich vereinigen auf unseren brennenden Lippen. Ah, lieber Verland, warum bist du nicht hier? Welche Wonne wäre das! Die Liebe käme zu uns, ich würde mich dir ganz hingeben, wie meine Leidenschaft es eingibt. Aber ach, fuhr ich fort, warum mich durch eine so süße Illusion erschöpfen?

Ich bin allein, oh Gott, ich bin allein. Um meinen Schmerz auf den Gipfel zu treiben, habe ich auch noch ein Instrument in den Händen, dem Anscheine nach eine Quelle der Lust, das mir zu nichts dient als meine

Verzweiflung zu erhöhen, das mir Wünsche eingibt, ohne die Möglichkeit sie befriedigen zu können. Verfluchtes Werkzeug!, fuhr ich fort, indem ich den Godemiché direkt anredete und ihn mitten ins Zimmer warf, wutentbrannt wie ich war – gehe zum Teufel, und mach einer Unglücklichen, der du dienen kannst, ein Vergnügen; meines wirst du nie sein. Mein Finger ist tausendmal mehr wert als du! Ich fand bei ihm auch sofort eine Zuflucht und ich verschaffte mir eine solche Wonne, dass ich den Verlust, der mir vom Godemiché versprochen, verschmerzte. Ich fiel erschöpft zurück und schlief ein mit dem Gedanken an Verland.

Am nächsten Tag erwachte ich erst spät. Der Schlaf hatte meine Liebesgier erstickt, aber nichts an meinem Wunsche geändert das Kloster zu verlassen. Die Gründe, die mich dazu veranlasst hatten, ließen mich noch mit mehr Stärke die Notwendigkeit fühlen, den Entschluss auch auszuführen. Von diesem Augenblicke an betrachtete ich mich frei und der erste Gebrauch, den ich von meiner Freiheit machte, war, dass ich mich bis 10 Uhr der Ruhe hingab. Die Glocke konnte ruhig läuten, ich erschien nicht. Ich klatschte mir selbst Beifall wegen des Verdrusses, den meine Ungehorsamkeit bei unseren Alten hervorrufen musste. Endlich erhob ich mich und kleidete mich an. Um mich zu zwingen, meinen Plan auszuführen, zerriss ich meinen Klosterschleier, den ich als Mal der Knechtschaft ansah. Mein Herz schlug freier, es war mir, als hätte ich eine Barriere durchbrochen, die sich bis dahin meiner Freiheit entgegengesetzt hatte. Doch wie ich in meinem Zimmer auf und ab gehe, zeigt sich dieser verwünschte Godemiché wieder meinen Blicken. Dieser Anblick macht mich starr, ich halte an, ergreife ihn. Ich setze mich auf das Bett und betrachte ihn. Wie schön er ist! sagte ich, indem ich ihn mit Wohlgefallen in der Hand umdrehe, wie lang er ist! Wie süß er ist! Wie schade, dass er so dick ist. Kaum konnte ihn meine Hand umspannen. Aber er ist mir zu nichts nütze … nein, niemals wird er mir zu etwas dienen können, fuhr ich fort, indem ich meinen Rock in die Höhe hob. Von Neuem versuchte ich ihn da einzuführen, was mir wieder einen brennenden Schmerz verursachte, wie bei den Anstrengungen, die ich am Tage vorher gemacht hatte. Ich stieß auf die nämlichen Schwierigkeiten und musste mich wieder mit meinem Finger begnügen. Ich arbeitete mit all dem Eifer, den der Anblick des Instrumentes mir einflößte, und trieb die Sache so weit, dass mir die Kräfte ausgingen. Ich blieb unempfindlich für das Vergnügen, das ich mir verschaffte, meine Hand bewegte sich mechanisch hin und her, und mein Herz fühlte nichts. Dieser augenblickliche Misserfolg ließ eine Idee in mir reifen, die mir sehr gut gefiel. Ich sagte zu mir: Ich werde gehen, ich habe hier nichts mehr zu suchen. Gehen wir mit einem Eklat. Ich will dieses Instrument der Oberin zeigen, wir werden sehen, wie sie seinen Anblick erträgt.

Ich freute mich schon im Voraus bei dem Gange zu dem Zimmer der Oberin über die Verwirrung, in die sie kommen müsste, wenn ich ihr das Instrument zeigte. Ich fand sie allein und ging kühn auf sie zu. *'Ich weiß wohl'*, sagte ich, *'dass ich nach dem, was hier vorgefallen ist, und nach dem Angriff, den Sie auf mich zu machen gedachten, nicht mehr mit Ehre in Ihrem Kloster bleiben kann.'* Sie betrachtete mich mit Überraschung und ohne ein Wort der Erwiderung, was mir die Möglichkeit verschaffte, fortzufahren: *'Aber, Madame, Sie brauchen nicht bis zum Äußersten zu gehen, wenn ich einen Fehler begangen hatte, und das will ich nicht bestreiten, weil mir die Gewalttätigkeit, mit der der unwürdige Verland gegen mich vorging, die Möglichkeit genommen hatte mich zu verteidigen. Sie konnten mir einen Tadel erteilen. Obwohl ich ihn nicht verdient hatte, hätte ich ihn ertragen. Ich hätte nur darüber geseufzt ohne zu jammern, denn der Schein war gegen mich.'* – *'Einen Tadel, Mademoiselle'*, erwiderte sie trocken, *'einen Tadel für eine Tat wie die Ihrige! Sie verdienen eine exemplarische Bestrafung, und ohne die Rücksicht, die wir auf Ihre Frau Mutter nehmen, die eine fromme Dame ist, wären Sie …'*

'Sie strafen nicht alle Schuldigen!', unterbrach ich sie lebhaft, *'und Sie haben welche im Kloster, die noch ganz andere Sachen machen!'*

'Noch ganz andere Sachen', wiederholte sie, *'nennen Sie sie mir, ich werde sie züchtigen.'*

'Ich werde sie Ihnen nicht nennen', antwortete ich, *'aber ich kenne eine unter denen, die mich gestern so schmählich behandelt haben!'*

'Ah', schrie sie, *'das heißt den Trotz zu weit treiben! Da gehen Herzensverderbnis und Geistesverwirrung wirklich so weit wie nur möglich! Gerechter Himmel! Zu dem abscheulichsten Verbrechen auch noch Verleumdung fügen! Die Frömmsten unserer Mütter anzuklagen, Muster der Tugend, Keuschheit und Sittsamkeit! Welche Verirrung des Herzens!'*

Ich ließ sie ruhig ihre Rede vollenden. Als ich sah, dass sie anhielt, zog ich kaltblütig den Godemiché unter meiner Bluse hervor und zeigte ihn ihr.

'Hier', sagte ich mit dem gleichen Gesichtsausdrucke, *'ein Beweis ihrer Heiligkeit, ihrer Tugend, ihrer Keuschheit, zum Mindesten einer von ihnen.'*

Ich beobachtete während dieser Sekunde das Gesicht unserer guten Oberin. Sie sah mich an, wurde rot, verblüfft. Diese unfreiwilligen Zeugen ließen mich nicht mehr daran zweifeln, dass der Godemiché ihr gehörte. Ich wurde davon noch mehr überzeugt, durch den Eifer, mit dem sie versuchte ihn mir aus den Händen zu reißen.

'Ah, mein liebes Kind (das Wiederbringen des Instruments hatte sie wieder mit mir ausgesöhnt), *ah, meine teure Tochter, ist es möglich, dass es in einem Hause, wo es so viele Muster von Erbauung gibt, sich eine Seele findet, so von Gott verlassen, um Gebrauch von einer solch infamen Sache zu machen? Oh mein Gott, ich bin außer mir! Aber, meine liebe Tochter, sagen Sie niemand, dass Sie dieses Ding gefunden haben; ich wäre gezwungen dann Nachforschungen anzustel-*

len, strenge vorzugehen, und ich will den Weg der Milde gehen. Aber Sie, mein teures Kind, warum wollen Sie uns verlassen? Gehen Sie in Ihr Zimmer zurück, ich werde alles ordnen, ich werde sagen, dass man sich getäuscht habe: zählen Sie auf meine Zuneigung, denn ich liebe Sie sehr. Seien Sie versichert, dass man Sie wegen des Vergangenen nicht mehr schief ansehen wird. Ich sehe wohl ein, dass wir wirklich unrecht hatten, Sie so zu behandeln, Sie waren nicht schuldig. Ich werde mit Fräulein Verland ein Wort über den guten Ton reden. Jesus, mein Gott', fuhr sie fort mit einem Blicke auf den Godemiché, *'wie der Teufel hinterlistig ist! Ich glaube, der Himmel verzeihe mir, das ist ein ... oh, oh, das scheußliche Ding!'*

In dem Augenblicke, da die Oberin mit diesen Worten schloss, trat meine Mutter ein. *'Was habe ich erfahren müssen, Madame?'*, sagte sie zu der Oberin, und sich an mich wendend:

'Und du, mein Fräulein, warum bist du hier?'

Es musste geantwortet werden, ich war verwirrt, wurde rot, senkte die Augen. Man drängte mich. Ich fing an zu stottern. Die Oberin ergriff für mich das Wort; sie tat es mit Geist. Wie sie mir nicht vollständig unrecht gab in meiner Haltung bei dem Auftritte, den man mir gemacht hatte, belastete sie mich auch nicht genug, um mich für sehr schuldig erscheinen zu lassen. Mein Fehler wurde für eine Unklugheit angesehen, an der das Herz keinen Teil hatte, als die Gewalttat eines jungen verwegenen Mädchens, das man nicht mehr an das Gitter kommen lassen würde, und man kam zu dem Schlusse, dass nur Mademoiselle Verland schuldig sei, weil sie eine Sache breitgetreten hatte, die hätte verschwiegen werden müssen, wenn nicht mit Rücksicht auf die Ehre ihres Bruders, so doch auf meine. Denn ich litte nicht wenig darunter, so sagte die Oberin, was man daraus ersehe, dass ich für den mir angetanen Schimpf Genugtuung haben wollte. Ich konnte nicht mehr wünschen. Ich ging hinaus, weiß wie Schnee infolge eines Abenteuers, bei dem man, ohne mir unrecht zu tun, die Schuld auf mich schieben konnte. Aber ich hütete mich mir das anmerken zu lassen. Meine Mutter beklagte mich und sprach mit einer Sanftmut zu mir, die mich rührte.

Die für den Ruhm Gottes eifrigen Seelen wissen aus allem Nutzen zu ziehen. Es wurde zwischen der Oberin und meiner Mutter ausgemacht, dass ich mich, nachdem ich, wenn auch unfreiwillig, meine Nebenmenschen verstimmt hatte, mit dem Pater der barmherzigen Brüder aussöhnen und mich zu dem heiligen Sakramente der Buße begeben müsste. Man gab mir darüber gehörige Ermahnungen, die ich übergehe, um dich nicht zu langweilen.

Meine Mutter hatte mich mit ihren Worten fast bekehrt. Indessen machte die Pein, die ich empfinden musste, wenn ich meine Fehler gestände, meine Bekehrung wieder zweifelhaft. Doch entriss mir Pater Jerome das Geständnis rascher, als ich es ihm allein gemacht hätte. Gott weiß, welches Vergnügen er dabei hatte, der alte Sünder! Ich habe ihm niemals so viel gesagt wie dir; er wusste also nicht alles. Denn ich kann nicht glauben, dass der liebe Gott es einem jungen Mädchen als großes Verbrechen anrechnen kann, wenn sie sich zu erleichtern sucht, wenn sie sich bedrückt fühlt. Wenn sie es sich nicht selbst macht, ist es da ihre Schuld, wenn sie Begierden fühlt, falls sie ein liebebedürftiges Temperament hat? Ist es ihre Schuld, wenn sie keinen Mann hat, der sie befriedigt? Sie sucht diese Begierden abzuschwächen, die sie zerreißen, dieses Feuer, das in ihr brennt. Wenn sie sich dabei der Mittel bedient, die ihr die Natur verliehen hat, so gibt es nichts, was weniger verbrecherisch wäre.

Trotz der kleinen Geheimnisse, die ich Pater Jerome anvertraute, ließ ich mich nicht durchschauen. War das Reue? Nein, die wahre Ursache war die Weigerung des Paters, mir Absolution zu erteilen. Ich fürchtete, dass er der Bösartigkeit neuen Stoff liefere. Ich ließ mich dadurch bis zu Tränen hinreißen; ich fürchtete, dass er von meiner Verwirrung meinen Feinden erzählen würde und ihnen so eine Gelegenheit böte zu triumphieren. Ich setzte mich auf den Betstuhl gegenüber dem Altar, meine Klagen beruhigten mich selbst, ich schlief ein. Während meines Schlafes hatte ich den entzückendsten Traum. Ich dachte, ich wäre mit Verland zusammen, der mich in seinen Armen hielt, der mich mit seinen Schenkeln drückte. Ich öffnete die meinigen, ich gab mich allen seinen Bewegungen hin; er streichelte mir die Brüste mit Leidenschaft, packte sie an, küsste sie.

Das Übermaß der Wonne weckte mich auf. Ich befand mich tatsächlich in den Armen eines Mannes. Noch ganz beschäftigt mit den Wonnen meines Traumes, dachte ich, mein Glück hätte die Einbildung mit der Wirklichkeit vertauscht. Ich glaubte, mit meinem Geliebten zusammen zu sein, aber es war nicht er. Man hielt mich von hinten fest umschlungen. In dem Moment, in dem ich die Augen öffnete, schloss ich sie auch schon wieder vor Wollust. Ich hatte nicht die Kraft den zu betrachten, der sie mir verschaffte. Ich fühlte, wie ein heißer Saft mich überschwemmte und wie etwas Hartes und Heißes unter Seufzern in mich eindrang. Ich seufzte ebenfalls. In diesem Augenblicke drang aus einem gewissen Teile meines Körpers unter Wonneschauern ein ähnlicher Saft und vermischte sich mit dem anderen, der mich ein zweites Mal überschwemmte. Ich fiel bewegungslos auf meinen Betstuhl.

Wenn dieses Vergnügen ewig dauerte, es wäre tausendmal schöner als das des himmlischen Lebens. Ach, die Wonne war bald zu Ende! Ein Schrecken überkam mich bei dem Gedanken, dass ich in der Nacht allein in der Kirche wäre – und mit wem? Ich wusste es nicht, ich wagte nicht mich darüber aufzuklären, mich nur zu bewegen. Ich schloss die Augen und zitterte. Mein Zittern erhöhte sie noch, als ich fühlte, dass man meine Hand drückte und küsste. Da man sie festhielt, konnte ich sie nicht zurückziehen; ich hatte nicht den nötigen Mut. Aber ich kam ein wenig zu mir selbst, als ich leise in meine Ohren sagen hörte: *'Fürchten Sie nichts, das bin ich.'* Ich erinnerte mich dunkel, diese Stimme schon einmal gehört zu haben, und fand den Mut zu fragen, wer das sei, ohne jedoch mich umzuwenden.

'Eh, das ist Martin, der Kammerdiener des Pater Jerome.' Diese Erklärung verscheuchte meine Furcht; ich fürchtete nicht mehr die Blicke zu erheben und ich erkannte ihn. Martin war blond, aufgeweckt, schön, verliebt. Ah, und wie! Er zitterte seinerseits und wartete auf meine Antwort, ob er fliehen solle oder mich noch einmal vornehmen. Ich gab ihm keinen Bescheid, aber ich sah ihn mit lachender Miene an, mit Augen, die noch leuchteten von dem Vergnügen, das ich genossen hatte. Er sah wohl, dass dies kein Zeichen des Zornes war, und warf sich mit Leidenschaft in meine Arme. Ich schloss die meinigen um ihn ohne daran zu denken, dass jemand im Kloster mein Fehlen merken, jemand kommen und uns zusammen sehen könnte ... Was sagte ich? Die Liebe entschuldigt alles. Ohne Ehrfurcht vor dem Altar, auf dessen Stufen wir uns befanden, beugte mich Martin ein wenig zurück, hob meine Röcke in die Höhe und fühlte mir mit der Hand überall hin. Ebenso feurig wie er brachte ich meine Hand an sein Glied. Das erste Mal in meinem Leben hatte ich das Vergnügen ein solches zu streicheln. Ah, wie das seine schön war! Dünn, aber lang, so wie ich es brauchte. Welches Feuer, welches wollüstige Kitzeln verbreitete sich sofort über meinen ganzen Körper! Ich war stumm. Ich presste diesen teuren Schwanz mit meiner Hand, ich beliebäugel-

te ihn, ich streichelte ihn, ich brachte ihn an meinen Busen und zu meinem Mund. Ich saugte an ihm, ich hätte ihn aufessen mögen. Martin hatte den Finger in meine Muschel gesteckt, bewegte ihn sanft, zog ihn zurück und schob ihn wieder hinein. So erneuerte er meine Wonnen mit jedem Augenblick. Er küsste mich, saugte an meinem Nabel, meinem Schamhügel und meinen Schenkeln. Dann presste er seine brennenden Lippen auf meinen Hals. Ich wurde in diesem Augenblicke von seinen Küssen ganz bedeckt. Gegen diese Angriffe der Wollust konnte ich nicht standhalten. Ich ließ mich fallen, indem ich ihn mit meinem rechten Arme sanft liebkosend zu mir zog. Ich küsste ihn auf den Mund, während meine linke Hand den Gegenstand aller meiner Wünsche hielt. Ich versuchte ihn mir einzuführen und mir ein solideres Vergnügen zu verschaffen. Die gleiche Leidenschaft ließ ihn sich auf mich legen, er fing an zu stoßen. *'Halt ein!'*, sagte ich ihm mit tonloser Stimme, mit Seufzern vermischt, *'halt ein, mein lieber Martin, mache nicht so schnell, ruhen wir einen Moment.'*

Sogleich schob ich mich unter ihn, öffnete die Schenkel so weit als möglich und stellte meine Füße auf sein Kreuz. Meine Schenkel waren an seine geklebt, sein Leib presste gegen meinen, seine Brust gegen meine, sein Mund auf meinem; unsere Zungen fanden sich vereint, unsere Seufzer erstarben ineinander. Ah, Suzon, welche wunderbare Lage! Ich dachte an nichts in der ganzen großen Welt, nicht einmal an die Wonne, die ich genoss, ich war nur Gefühl. Die Ungeduld verhinderte mich den Vorgeschmack länger zu genießen. Ich machte eine Bewegung, Martin machte die Gegenbewegung, und mit Wollust ergossen wir! Aber dabei fühlten wir, wie unendlich groß sie war, sie zeigte uns ihre lebhaftesten und entzückendsten Seiten, um uns mit Wonne zu erfüllen. Dann blieben wir ohne Gefühl, wir öffneten die Augen nur, um uns von Neuem aneinanderzupressen. Aber das Vergnügen spottete unserer Anstrengungen.

Es ist Zeit“, fuhr Monika fort, „dir, liebe Suzon, beizubringen, was das für ein geweihtes Wasser war, mit dem Pater Jerome dir seinerzeit den Hals bespritzte, indem er dir Absolution erteilte.

Meine erste Tat, nachdem Martin aus meinen Armen war, bestand darin, dass ich die Hand dahin brachte, wo ich die Stöße empfangen hatte. Da war alles mit jener Flüssigkeit bedeckt, deren Erguss mir solches Vergnügen bereitet hatte. Aber sie hatte ihre Wärme verloren und war kalt wie Eis. Es war Lebenssaft. So nennt man den weißen, dickflüssigen Stoff, der aus Scheide und Schwanz strömt, wenn man entlädt. Die Entladung ist der Akt, der dem wollüstigen Schauer folgt, durch den sie sich anmeldet.“

„Wie?“, sagte ich zu Monika. „Das war es also, was du eben verspritztest?“

„Jawohl“, antwortete sie, „und du hast mir ebenfalls davon gegeben, kleiner Schalk. Hast du nicht deine kleine Grotte ganz nass werden gefühlt? Das war das.

Aber, meine liebe Kleine, die Liebe, die du gespürt hast, war tausendmal weniger schön, als die ist, die man in den Armen eines Mannes kostet. Denn das, was er uns gibt, vermischt sich mit dem, was wir ihm geben, fließt hin und her, durchdringt uns, setzt uns in Flammen, erfrischt uns und verbrennt uns! Welcher Wollustschauer! Ah, meine liebe Suzon, er ist erhaben über jeden Ausdruck, erhaben selbst über die Einbildungskraft! Aber höre das Ende meines Abenteuers", fuhr sie fort.

„Wie du dir denken kannst, war ich schön zerzaust nach der Liebesübung, die ich hinter mir hatte. Ich brachte mich so gut wie möglich in Ordnung und fragte Martin nach der Zeit.

'Oh, es ist noch nicht spät', antwortete er, *'ich hörte soeben die Glocke zum Abendessen rufen.'*

'Ich will mich beeilen dazuzugehen', erwiderte ich, *'dann will ich mich schnell schlafen legen. Aber bevor ich dich verlasse, mein lieber Martin, sage mir, durch welchen Zufall du mich hier getroffen hast und wie du es wagen konntest, mir ...'*

'Na, verzeihen Sie mir, an Unverfrorenheit fehlt es mir ja nicht. So ... einfach so ist alles gekommen. Ich war gekommen, um die Kirche in Ordnung zu bringen, denn morgen ist, wie Sie ja wissen, ein großes Fest. Ich bemerkte Sie und sagte mir, indem ich Sie beliebäugelte: Aha, da ist eine Dame, die recht innig zum lieben Gott betet. Verzeihung für meine Tat! Die muss ja wohl von einer wütenden Frömmigkeit besessen sein, um die-

se Zeit in der Kirche zu kommen, wenn alle anderen sich den Schnabel stopfen. Aber schläft sie nicht auch?, sagte ich mir, da ich bemerkte, dass Sie weder Hand noch Fuß bewegten. Pardon, ich glaube das wohl. Dann schlich ich mich ganz leise an Sie heran und sah, dass Sie wirklich schliefen. So blieb ich einen kleinen Augenblick, Sie anschauend. Dabei schlug mein Herz, ticktack, ticktack, der Teufel ist gar schlau. Martin, flüsterte er mir ins Ohr, zum Mindesten ist sie sehr schön; da ist ein guter Stoß zu führen, mein liebes Kind. Lasse dir diese Gelegenheit nicht entgehen, so leicht findest du sie nicht wieder. Entscheide dich, Martin. Wahrhaftig, ich entschied mich sofort. Ich hob ganz vorsichtig Ihre Halskrause in die Höhe und sah zwei prächtig weiße Brüste. Donnerwetter, ich legte meine Hand darauf, dann küsste ich sie ganz zart und dann, da ich sah, dass Sie wie eine Ratte schliefen, bekam ich Lust, noch etwas anderes zu tun, und das andere, ich habe es gemacht, indem ich Ihren Unterrock von hinten tapfer aufhob, dann habe ich gestoßen.'

Trotz seiner grobkörnigen Sprache und der angenommenen unschuldigen Miene entzückte er mich. *'Holla'*, sagte ich ihm, *'mein guter Freund, hast du Spaß dabei gehabt?'*

'Zum Teufel', antwortete er, indem er mich umarmte, *'ich habe so viel Vergnügen gehabt, dass ich sofort noch einmal anfangen möchte, wenn Sie wollen.'*

'Nein, nicht jetzt', sagte ich ihm, *'man könnte etwas merken. Aber du hast ja den Schlüssel zur Kirche; wenn*

du morgen um Mitternacht kommen willst, lasse die Tür offen, ich werde dich finden. Hörst du, Martin?'

Frech antwortete er: *'Selbstverständlich, das ist ein famoser Vorschlag, wir werden uns einander hingeben mit vollem Herzen, wir werden zu dieser Stunde nicht belauscht werden!'*

Ich versicherte ihm, dass ich mich einfinden würde. Die Überlegung ließ mich meiner Begierde und den Bitten Martins Widerstand entgegensetzen, der wollte, dass wir das nur noch ein kleines Mal machen sollten, bevor wir auseinandergingen. Meine Weigerung hätte ihn ganz traurig gemacht, wenn ich ihn nicht mit der Hoffnung auf übermorgen getröstet hätte. Wir umarmten einander, ich kehrte ins Kloster zurück und kam glücklicherweise in mein Zimmer ohne gesehen zu werden.

Du wirst leicht erraten, dass ich vor Ungeduld starb, mich zu besichtigen, um zu wissen, in welchen Zustand ich nach den erduldeten Angriffen geraten war. Ich fühlte einen brennenden Schmerz, kaum konnte ich gehen. Auf dem Gange hatte ich ein Licht genommen, meine Vorhänge zog ich gut zu, damit mich niemand sehen könne. Dann setzte ich mich auf einen Stuhl, ein Bein auf dem Bette, das andere auf dem Boden. Ich untersuchte mich. Wie groß war meine Überraschung, als ich fand, dass meine Schamlippen, die vorher so fest und drall waren, ganz weich und entstellt worden waren. Die Haare, die sie bedeckten, bildeten, obwohl noch feucht, tausend Locken. Das Innere war tiefrot und ein wenig entzündet, von äußerster Empfindlichkeit. Das Jucken da veranlasste mich den Finger da hinzulegen, aber der Schmerz zwang mich sofort ihn wieder wegzuziehen. Ich rieb mich an dem Arme meines Lehnstuhles und bedeckte ihn mit Likör, Marke Martin. Das Vergnügen schlug alle Ermüdung nieder; aber doch schlossen sich langsam meine Augen. Ich legte mich und verfiel in einen Schlaf, der nur durch die Träume belebt war, die mir die genossenen Wonnen zurückriefen.

Man sagte mir am anderen Tage nichts über meine Abwesenheit. Man betrachtete sie als den Rest der Entschädigung, die ich für die erduldete Behandlung empfangen musste. Ich setzte eine stolze Miene auf, die diesen Gedanken bestärkte. Wie die Übrigen wohnte ich dem Gottesdienste bei; alle kommunizierten, ich nicht. Um die Wahrheit zu sagen, ich fühlte mich erhaben über die Schande ihrem Beispiele nicht zu folgen. Die Liebe verjagt alle Vorurteile. Die Gegenwart meines kleinen Geliebten, den ich in der Kirche umherschweifen sah, entschädigte mich vollständig. Mehr als eine unter meinen Mitschwestern hätte um diesen Preis gerne die geistige Nahrung gelassen, zu der sie jetzt hinlief. – Ich warf mehr Blicke der Liebe nach meinem Geliebten als Blicke der Ehrerbietung nach dem Altar. In den Augen einer Dame von Welt wäre Martin nur ein Bauernbursche gewesen, in meinen Augen war er die Verkörperung der Liebe selbst. Er hatte ihre Jugend und alle ihre Reize. Die Kenntnis von seinem versteckten

Vorzuge ließ mich sein Äußeres übersehen. Ich bemerkte jedoch an diesem Tage, dass er sich schön frisiert hatte und dass er sich Mühe gab besser auszusehen als gewöhnlich. Ich war ihm dankbar für diese Aufmerksamkeit, die ich mehr dem Bestreben zuschrieb mir zu gefallen als dem Feste, das man feierte. Nichts entgeht den Augen einer Verliebten. Ich sah, wie er die Blicke nach der Seite der Pensionärinnen wandern ließ und sich bemühte mich zu entdecken. Ich wollte nicht, dass er mich wiedererkenne, und gab mir Mühe mich zu verbergen. Aber ich wäre ärgerlich gewesen, wenn er sich nicht diese vergebliche Mühe gemacht hätte. Was willst du, ich war verliebt bis zur Raserei. Denke dir selbst aus, ob ich die Nacht mit Ungeduld erwartete, um das gegebene Wort zu erhalten.

Endlich kam sie, diese Nacht, so heiß ersehnt; die Mitternachtsstunde schlug. Ah, wie ich mich verwirrt fühlte! Zitternd durchschlich ich den langen Korridor und obwohl alle Welt im Schlafe lag, fühlte ich aller Augen auf mir ruhen. Zu meiner Führung hatte ich kein anderes Licht als meine Liebe. Ah, sagte ich zu mir, während ich in der dunklen Finsternis herumtappte, wenn Martin sein Wort bräche, stürbe ich vor Schmerz. Aber er war pünktlich da, mein lieber Martin, ebenso ungeduldig wie ich. Ich war nur ganz leicht gekleidet, denn es war sehr heiß und ich hatte am Tage vorher gemerkt, dass die Röcke, das Leibchen, das Halstuch, dass alles das zu hinderlich sei. So wie ich merkte, dass die Türe offen war, schnürte mir ein Zittern der Freude die Kehle zu. Ich öffnete nur den Mund, um leise meinen lieben Martin zu rufen. Er erwartete mich, eilte in meine Arme, küsste mich und ich gab ihm Liebkosung um Liebkosung zurück. Wir hielten einander lange eng umschlungen, aber als wir endlich die ersten Aufwallungen unserer Freude hinter uns hatten, suchten wir einander möglichst aufzuregen. Ich brachte meine Hand an die Quelle meiner Freuden, er die seinige dahin, wo er wusste, das er mit Sehnsucht erwartet wurde. Sehr bald war er imstande mich zu befriedigen. Er entkleidete sich, machte mir ein Bett aus seinen Kleidungsstücken und ich warf mich darauf … Zwei Stunden lang folgten unseren Wonnen mit einer Schnelligkeit, mit einer Erneuerung der Lebhaftigkeit, dass mir kaum Zeit blieb sie herbeizuwünschen. Wir gaben uns ihnen hin, als hätten wir sie noch nie gekostet, als sollten wir sie nie mehr genießen. In dem Feuer der Wollust denkt man kaum daran, die Mittel zu ihrer Unterhaltung zu schonen. Die Glut Martins entsprach nicht mehr der meinen, man musste sich aus den Banden der Liebe lösen, es hieß sich zurückzuziehen.

Unser Glück dauerte knapp einen Monat, inbegriffen die Zeit, die wir notgedrungen ruhen mussten. Obwohl diese nicht durch das Vergnügen ausgefüllt wurde meinen Geliebten zu sehen, so war sie es doch durch die angenehmen Erinnerungen an die Wonnen, die mir seine Gegenwart verschaffen würde. Ah, welche wonnigen Nächte habe ich in seinen Armen verbracht! Wie rasch sind sie dahingegangen und wie lang waren die, die ihnen gefolgt sind!

Verdoppele deine Aufmerksamkeit, meine liebe Suzon, wiederhole mir dein Versprechen, mir immer treu zu sein und niemals den Schleier zu lüften von einem Geheimnis, das ich nur dir anvertraue. Ah, Suzon, wie gefährlich ist es, einem Schmeichler Gehör zu schenken und sich ihm ohne Überlegung hinzugeben! Wenn die Lust, die ich empfand, auch köstlich war, so ließ die ihr folgende Unruhe sie mich teuer genug bezahlen. Wie ich es bereute, zu verliebt gewesen zu sein! Die Folgen meiner Schwäche zeigten sich meiner Fantasie in den furchtbarsten Bildern. Ich weinte, ich seufzte."

„Was ist dir denn passiert?", fragte ich sie.

Sie antwortete: „Ich merkte, dass meine Regel nicht mehr kam. Es waren schon acht Tage verflossen, seitdem sie hätte erscheinen müssen; sie ließ sich nicht sehen. Ich war darüber bestürzt, denn ich hatte oft sagen hören, dass dies ein Zeichen der Schwangerschaft sei. Fortwährend hatte ich Herzbeklemmungen und Schwächegefühle. Ah, rief ich mir selbst zu, es ist nur zu wahr, ich Unglückselige, ich kann nicht mehr zweifeln, ich bin geschwängert! Ein Bach von Tränen folgte diesen traurigen Gedanken."

„Du warst schwanger?", fragte ich die Schwester mit Erstaunen. „Ah, liebe Monika! Wie hast du es nun gemacht, um das den Blicken Neugieriger zu verbergen?"

„Ich hatte nur", erwiderte sie, „den Schmerz, mein Unglück zu kennen, nicht den, die Folgen tragen zu müssen. Martin hatte es verschuldet, er befreite mich auch davon. Die Entdeckung, die ich gemacht hatte, hinderte mich nicht daran, mich weiterhin zu den Rendezvous zu begeben. Ich war beunruhigt, ja ich zitterte, aber ich war noch verliebter als vorher. Die unbesiegbare Anziehungskraft der Wollust zog mich dahin, was konnte mir noch mehr passieren? Mein Unglück ist auf der Höhe, möge der, der es verursacht hat, wenigstens zu meinem Troste dienen.

Eines Nachts, nachdem ich von Martin die gewöhnlichen Bezeugungen der Liebe empfangen hatte, die nicht schwächer wurden, bemerkte er, dass ich traurig seufzte und dass meine Hand, die er in der seinigen hielt, zitterte. (Wenn meine Leidenschaft befriedigt war, nahm die Unruhe in meinem Herzen den Platz ein, den die Liebe einen Augenblick vorher besessen hatte.) Er fragte mich teilnahmsvoll nach der Ursache meiner Erregung und beklagte sich darüber, dass ich ihm meine Leiden verheimliche. *'Ah, Martin'*, sagte ich ihm, *'mein lieber Martin, du hast mich verloren! Sage nicht, dass meine Liebe nicht mehr die gleiche sei wie früher; ich trage unter meinem Herzen einen Beweis davon, der mich zur Verzweiflung treibt, ich bin schwanger!'*

Diese Nachricht machte ihn bestürzt. Das Erstaunen machte einen tiefen Nachdenken Platz, von dem ich nichts zu halten wusste. Auf Martin setzte ich in dieser verzweifelten Lage alle meine Hoffnung; er schwankte, was sollte ich davon denken? Vielleicht, sagte ich zu mir selbst, niedergeschlagen durch sein Stillschweigen, vielleicht überlegt er, wie er fliehen kann. Er wird mich meiner Verzweiflung überlassen. Oh, dass es bleiben möge, ich will lieber in Liebe mein Leben aushauchen als hasserfüllt sterben! Ich weinte, was er bemerkte. Er war ebenso zärtlich, ebenso treu, wie ich ihn niederträchtig vermutet hatte, als ich ihn mit dem Gedanken beschäftigt hielt sich meiner Liebe zu erledigen. Und er hatte sich nur darum gesorgt, wie er meine Tränen stillen könnte, indem er deren Ursache beiseite schaffte. Er sagte mir nach einer zärtlichen Umarmung, dass er endlich das Mittel gefunden habe. Die Freude, die mir dieses Versprechen verursachte, war der nicht gleich, mich in meinem Verdachte getäuscht zu sehen. Sie gab mir das Leben wieder. Entzückt von seinen Versicherungen, wurde ich neugierig auf das Mittel, das er anwenden wollte, um mich von meiner Last zu befreien. Er sagte mir, dass er mir ein Getränk geben wolle, das im Zimmer seines Herrn sei und das die Mutter Angelika vor mir ausprobiert habe. Ich wollte wissen, was der Pater Jerome mit dieser Mutter besonders zu tun gehabt habe. Ich hasste sie bis aufs Blut, weil sie eine der Feindseligsten gegen mich war an dem Tage des Abenteuers an dem Geländer. Ich hatte sie immer für eine Vestalin gehalten; sollte ich mich getäuscht haben? Sollte sie umso strenger gewesen sein, weil sie so besser ihren lasterhaften Charakter verbergen konnte? Wollte sie mit der Scheinheiligkeit der Tugend ihre verderbten Neigungen verschleiern? Sie hatte eine Liebschaft mit Pater Jerome gehabt. Martin erzählte mir alle Einzelheiten. Er sagte mir, dass er beim Wühlen unter den Papieren seines Herrn einen Brief von ihr gefunden habe, in dem sie ihm anzeigte, dass sie sich in den gleichen Verlegenheiten befinde, weil sie zu viel auf ihn gehört habe, in denen ich mich jetzt befand, weil ich zu willig auf Martin gehört hatte, und dass der Pater ihr eine kleine Flasche von dem Likör gesandt habe, den ich jetzt auch genießen sollte. Ferner, dass die Mutter beim Empfange des Geschenkes von Freude ergriffen gewesen zu sein schien und dass er einem zweiten Brief gefunden habe, in dem die Mutter ihrem alten Liebhaber anzeigte, dass der Likör Wunder gewirkt habe, dass sie keinerlei Unannehmlichkeiten mehr hätte und bereit sei wieder von vorne anzufangen.

'Ah, mein lieber Freund', sagte ich zu Martin, *'bringe mir morgen schon diesen Trank, du wirst mich damit von allen meinen Leiden befreien. Und wenn ich meine Gedanken noch weiter schicke, so glaube ich, dass ich durch dieses Mittel meine Rache an Mutter Angelika nehmen und meinen Hass an ihr kühlen kann.'* Ich erbat die Briefe von Martin, der nicht daran dachte, wie teuer uns diese Unklugheit zu stehen kommen würde, sondern glaubte mir seiner Liebe dadurch bezeugen zu können und sie mir am andern Tage bewies mit dem, was er versprochen hatte.

Ich hatte überlegt, dass mich das Licht verraten könnte, wenn man es zu einer solchen Stunde in meinem Zimmer sehen würde. Deshalb zügelte ich meine Ungeduld, die Briefe der Mutter zu lesen. Ich wartete, bis der Tag kam. Es graute, ich las. Sie waren mit Leidenschaft geschrieben und mit ebenso wenig Maß, wie das Gesicht und die Manieren derjenigen waren, die sie verfasst hatte. Sie malte die Liebeswut mit Strichen und Ausdrücken, die ich niemals für möglich gehalten hätte. Schließlich genierte sie sich auch nicht, weil sie glaubte, dass Pater Jerome die Vorsicht besäße die Briefe zu verbrennen, worum sie ihn gebeten hatte. Er war so unvorsichtig, das nicht zu tun, und ich triumphierte. Ich dachte lange darüber nach, wie ich mich dieser Briefe bedienen sollte, um meinen Feind loszuwerden. Selbst zur Oberin gehen? Das hätte wohl keinen Wert für mich; ich hätte sagen müssen, wie ich sie bekommen habe. Sie durch irgendjemand zurückgeben lassen? Das hätte geheißen den Boten Fragen aussetzen, denen er vielleicht nicht mit heiler Haut entgangen wäre und die meine Niederlage hätten herbeiführen können. Ich wählte einen anderen Weg, der darin bestand, sie selbst zur Türe der Oberin zu bringen, wenn sie, wie ich wusste, bestimmt zurückkommen würde. Ich blieb bei dieser Idee, unklug, wie ich war. Ich hätte diese Briefe verbrennen müssen. Was haben sie mir für Kummer verursacht! Ich beraubte mich durch sie meines Geliebten! Wenn mir dieser Gedanke gekommen wäre, so hätte er meinen Hass erstickt, so stark auch mein Rachegefühl war. Nur einen Moment hätte die Süßigkeit der Revanche dem Schmerze um den Verlust Martins die Waage gehalten. Nein, er war mir tausendmal köstlicher als das, was mir im Moment am besten gefiel. Ich verschob nur die Ausführung meines Planes auf die Zeit, da ich außer Gefahr sei. Ich war es bald. Martin hatte ich um einen Waffenstillstand von acht Tagen gebeten; ich glaubte dann den gefassten Plan ausführen zu können. Er hatte ganz und gar die erwartete Wirkung. Die Oberin fand die Briefe; sie ließ die Mutter Angelika kommen und überführte sie ihres Verbrechens. Vielleicht hätte ihr reifliche Überlegung die Begnadigung der Sünderin angeraten, wenn nicht die Größe des Verbrechens in der Rivalität bestanden hätte, was die Frauen niemals vergeben, und wenn nicht dadurch Bestrafung für die Ruhe der Oberin nötig gewesen wäre. Denn wenn sie auch, wie ich dir schon sagte, geeignete Hilfsmittel besaß, um die Nadelstiche der Fleischeslust abzustumpfen, so ist es doch recht unangenehm, wenn man großen Appetit hat, sich mit dieser künstlichen Ernährung zu begnügen, die den Hunger reizt, ohne ihn zu stillen.

Ein Godemiché ist doch, richtig ausgedrückt, nichts als ein Geheimmittel, um das Temperament einzuschläfern. Aber der Schlaf ist nicht von langer Dauer; es wacht wieder auf und beruhigt sich, wütend über die erduldete Täuschung, nur durch den Genuss der Wirklichkeit.

Die Oberin befand sich in dieser Lage. Eine Frau, die einige Kenntnisse in den Mysterien der Liebe besitzt, sieht klar bei einem diesbezüglichen Unrecht. Wenn ihr die geeigneten Objekte fehlen, so sucht sie diese durch die Fantasie zu ersetzen, aber sie leidet unter den

Schwierigkeiten, die man ihr entgegensetzt, sie umgeht sie und geht manches Mal weiter, als die Natur es zulässt; aber mit einem Manne … Bei einem Weibe von dem Charakter der Oberin, mit einem Manne von der Art des Pater Jerome fürchtete ich eher zu viel in dieser Beziehung denken zu müssen als zu wenig. Bei der Liebschaft, die zwischen ihnen statthatte, hegte ich keinen Zweifel, dass der Leiter des Klosters im Herzen die Tröstungen billigte, die sie der Mutter Angelika zukommen ließ. Die Promptheit, mit der deren Bestrafung eintrat, bestätigte meinen Verdacht. Bald büßte sie in der Einsamkeit einer dunklen Kammer das Verbrechen, mir missfallen zu haben und der Oberin das Herz eines Liebhabers entreißen zu wollen, der in seinen Rechten und Pflichten bestätigt war.

Es dauerte nicht lange, bis ich meine Tat zu bereuen hatte. Ich hatte mir immer geschmeichelt, dass der Sturm nur über Mutter Angelika kommen würde. Er brauste weiter. Der Leiter war ärgerlich darüber, dass ihm seine Lieblingsmätresse genommen war, und warf den Verdacht sein Unglück verschuldet zu haben auf meinen Geliebten. Er konnte nur ihn seinem Gefühle opfern, aber er tat das auch; er jagte ihn weg und ich habe ihn seitdem nicht wiedergesehen.

Da hast du also meine Geschichte, meine liebe Suzon", fuhr Schwester Monika fort. „Ich empfehle dir noch einmal sie geheim zu halten, daran hast du jetzt selbst ein Interesse, denn du bist nun Beteiligte an meinen Vergnügungen. Ach, ich habe sie fast gar nicht mehr genossen, seit ich meinen Geliebten verloren habe! Wenn wir nicht hier wären", fuhr sie unter einer Umarmung fort, „ich äße dich auf vor Zärtlichkeit!"

Die Erinnerung an Martin belebte sie, ihre Erzählung hatte sie selbst begeistert. Wir befanden uns unwillkürlich in einer Stellung, die es nicht zuließ, bis zum nächsten Tage zu warten mit der Feier über den Verlust des teuren Geliebten. Ich rief Monika die Wonnen ins Gedächtnis zurück, die sie ehemals mit ihm durchkostet hatte. Getäuscht durch meine Liebkosungen vergaß sie, dass ich nur ein Mädchen war, sie gab mir dieselben Kosenamen, die sie einst ihm gegenüber in ihren gemeinschaftlichen Aufregungen gebraucht hatte; ich war ihr Engel, ihr Gott. Ich hatte auch nicht einmal den Gedanken, dass es noch ein größeres Gut gäbe als das, das ich genoss, und Monika erfüllte in meinen Armen meine höchsten Wünsche. Die Einbildungskraft geht immer noch weiter als zu dem, was man besitzt. Monika dachte an die Wonne, die ihr das Reiben an den Haaren Martins bereitet hatte, als sie ihre Hinterbacken in jener abenteuerlichen Nacht des Betstuhles an seine Schenkel gepresst fühlte. Sie versprach mir ein ebensolches Vergnügen, wenn ich ihr das noch einmal verschaffte. Ich willigte ein. Sie legte sich auf den Bauch; ich bewegte mich. Wir regten uns in der Weise auf, dass wir versuchten uns gegenseitig zu gleicher Zeit den Erguss zu verschaffen. Zu diesem Zwecke legte die eine den Kopf nach dem Kopfende des Bettes, die andere nach den Füßen. In dieser Lage schoben wir uns einander zu; der eine meiner Schenkel war über dem Bauch von Monika, der andere unter ihren Hinterbacken, mein Bauch und meine Hinterbacken befanden sich zwischen ihren Schenkeln. Eng aneinandergeklebt pressten wir uns fest aneinander; wir seufzten; wir rieben uns gegenseitig, wir gaben uns einander ganz hin. Die Quellen unserer Lust, angeschwollen durch den fortlaufenden Reiz, der keinen anderen Ausweg hatte als von der einen in die andere, erschienen wie zwei Reservoirs von Entzückungen, in denen wir hätten sterben können, ohne des Todes bewusst zu werden und in denen wir wiederauferstanden wären durch das Übermaß an Wollust. Erschöpfung allein konnte unserer Leidenschaft ein Ende machen. Eine von der anderen entzückt, verließen wir einander nur unter dem Versprechen, am anderen Tage wieder zusammen zu schlafen. Sie kam wieder zu mir und machte mich bei dieser zweiten Unterhaltung noch wissender. Diese himmlischen Nächte wurden nur durch meine Entfernung vom Kloster unterbrochen, die ich vornahm, um hierherzukommen."

Die Erzählung Suzons hatte so stark auf meine Einbildungskraft gewirkt, dass ihre starken Worte auf ein gewisses Subjekt empfindlichen Einfluss ausübten. Obwohl ich mich so hingestellt hatte, als wollte ich ihr die Tränen verbergen, die sie mir entlockte, so hatten mich doch das Vergnügen sie zu vergießen und die leidenschaftlichen Blicke verraten, die ich unter meinen

Tränen auf sie warf. Sie hatte meine Bewegungen gemerkt; sie war stolz darauf, den Eindruck auf mich gemacht zu haben, den sie wollte, aber sie verheimlichte mir geschickt ihre Befriedigung darüber. In einer schlecht verstandenen Politik bekämpfte sie noch in sich selbst die süße Neigung, die der Preis des mir eingeflößten Feuers sein musste. So viel Erstaunen mir ihre Worte bereitet hatten, so viel Hoffnung gaben sie mir auch. Diese lebhaften und belebten Bilder der Lage der Schwester Monika, unter Umständen, die fast die gleichen waren wie die, in denen wir uns jetzt befanden, konnten nur von einem Herzen ausgehen, das von Mitgefühl und Verständnis erfüllt war. Sie hatte mir nichts verborgen von ihren eigenen Handlungen, sie hatte mir ihre Empfänglichkeit für die Freuden der Liebe nicht verschwiegen. Sie hatte alle Worte offen ausgesprochen, nichts war geschminkt. Wenn wir in der Allee gewesen wären, hätte sie nicht einen Ton gesagt, den ich nicht ausgenützt hätte. Sie hätte dort nicht ein Bild entworfen, das ich nicht in die Wirklichkeit umgesetzt hätte. Sie wollte nicht dahingehen; was sollte ich von diesem Widerstand denken; wie ihn mit dem Gehörten zusammenreimen? Ah, was hätte ich mir für Unruhe erspart, wenn ich in ihrem Herzen hätte lesen können. Fest entschlossen meinem Plane zu folgen, aber auf der Hut gegen eine Übereilung, die Suzon hätte wild machen können, ergriff ich meine Maßregeln in anderer Weise. Ich suchte in der Erzählung selbst, die sie mir geboten hatte, Waffen zu ihrer Bekämpfung. Zuerst begnügte ich mich damit, sie mit einer gleichgültigen Miene zu fragen, ob Schwester Monika schön sei.

„Wie ein Engel", erwiderte sie. *„Ich weiß nicht, was nötig ist, um ein junges Mädchen gefallen zu machen, aber ich denke mir, sie muss sein wie Schwester Monika. Ihre Gestalt ist fein und wohlproportioniert, ihre Haut ist von blendender Weiße und vollkommener Glätte, sie hat den schönsten Hals auf der ganzen Welt, ihr Gesicht ist ein wenig bleich, aber hübsch und von einem Schnitt, dass ihr die schönsten Farben weniger gut stünden als diese Bleichheit; ihre Augen sind dunkel und unergründlich, aber im Gegensatz zu den braunen Augen verführerisch, voller Feuer, um zu zeigen, dass sie glänzend wären, hätte sie keine so verliebte Natur."*

„Du erweckst in mir Teilnahme für sie", sagte ich zu Suzon, *„ihre Leidenschaft für die Männer machte sie unglücklich für ihr ganzes Leben."*

„Mache dir keine Sorge", erwiderte Suzon, *„wie ich dir schon sagte, hat sie erst seit Kurzem den Schleier genommen, und auch das hat sie nur aus Gefälligkeit für ihre Mutter getan. Die Zeit, um ihr Gelübde abzulegen, ist noch nicht gekommen; ihr Glück hängt von dem Tode eines Bruders ab, den seine Mutter vergöttert. Er läuft große Gefahr nicht mehr länger zu leben, als seine Schwester es wünscht. Schon hat er sich in einem Pariser Bordell eine Krankheit zugezogen."*

„Ein Bordell? Was ist das für ein Ort?", fragte ich Suzon, wohl in einer Vorahnung dessen, was mir eines Tages passieren sollte.

„Ich will dir sagen“, erwiderte sie, *„soviel ich darüber von Monika erfahren habe, die alles weiß, was mit ihren Neigungen zusammenhängt. Das ist ein Ort, wo sich galante und leichtfertige Mädchen zusammenfinden, deren Beruf es ist, mit Freundlichkeit die Artigkeiten der Lebemänner aufzunehmen und sich ihren Gelüsten hinzugeben, in der Hoffnung auf Bezahlung. Ihre Neigung führt sie dahin, die Lust hält sie da fest.“*

„Ah!“, schrie ich, sie unterbrechend. *„Ich möchte in einer Stadt sein, wo es solche Häuser gibt! Und du, Suzon?“*

Sie antwortete nichts und ich entnahm ihrem Stillschweigen, dass sie ihrem Temperamente gegenüber nicht grausamer sein werde als eine andere und dass dieses Vergnügen nicht weniger Herrschaft über ihr Herz ausübe als jener zärtlicher Mädchen, die die Verehrung der Männer zu öffentlichen Idealgestalten stempelte.

„Ich glaube, Monika ginge gerne hin.“

„Ich muss allerdings sagen“, erwiderte sie, *„dieses arme Mädchen liebt die Männer bis zur Wut; schon der Gedanke an sie bringt Gluten über sie.“*

„Und du, kleiner Schalk“, fing ich wieder an, *„du liebst sie also nicht?“*

„Ich will es dir gestehen“, antwortete sie, *„ich würde sie lieben, wenn das, was man mit ihnen macht, nicht so gefährlich wäre.“*

„Du kannst es mir glauben“, sagte ich ihr, *„das ist nicht so schlimm, wie du denkst. Sieh, Suzon, wenn man*

das mit einer Frau macht, muss sie nicht immer schwanger werden. Siehe", fügte ich hinzu, *„unsere Nachbarin. Sie ist schon lange verheiratet, sie macht es mit ihrem Manne, und doch hat sie keine Kinder."*

Dieses Beispiel schien sie wankend zu machen.

„Höre, meine liebe Suzon", fuhr ich fort, wie belebt von einer Intelligenz, die über mein Alter hinausging und die mich in die Mysterien der Natur eindringen ließ, *„die Schwester Monika hat dir gesagt, dass sie ganz erfüllt war von dem, was Martin ihr gab, wenn er es ihr machte. Das war zweifellos das, was ihr ein Kind machte."*

„Nun wohl", sagte Suzon, mit einem Blick auf mich, wie nach einem Mittel suchend, um ihre Lust zu befriedigen ohne sich Zufällen preiszugeben, *„was willst du damit sagen?"*

„Damit will ich sagen", ergriff ich wieder das Wort, *„dass man die Wirkung vereiteln kann – wenn das, was der Mann ausspritzt, diese hervorbringt –, indem man sich zurückzieht, wenn man fühlt, dass es kommt."*

„Ah, kann man das tun?", unterbrach mich Suzon lebhaft. *„Hast du niemals zwei Hunde gesehen, den einen auf dem anderen? Man kann sie schlagen, so viel man will, um sie zu trennen. Sie bellen, sie mühen sich ab, sie möchten sich voneinander losreißen und können nicht. Sie sind offenbar derartig aneinandergekettet, dass ihnen das unmöglich ist. Sage mir nur, wenn ein Mann so an einer Frau angeklebt wäre und es käme irgendjemand, man überraschte sie?"*

Dieser Einwurf entwaffnete mich, das Beispiel war einleuchtend. Es schien, als hätte Suzon vorausgesehen, was ich ihr vorschlagen würde. Das Beispiel passte auf uns; wir wären in der gleichen Lage, wenn sich Suzon ergab. Sie schien meine Antwort mit Ungeduld zu erwarten; wenn ich hätte entdecken können, was in ihrer Seele vorging, hätte ich gesehen, dass sie es bereute, mir einen Einwand gemacht zu haben, den ich offenbar nicht widerlegen konnte. Ich war umso begieriger darauf, ihr Vorurteil zu zerstören, als ich fast nicht mehr daran zweifelte, dass mein Glück von meiner Antwort abhing. Ich suchte nach Gründen, um sie zu überzeugen; ich erinnerte mich ganz genau, dass der Pater Polycarpe am Tage vorher nicht diese Schwierigkeiten hatte sich von Toinette zurückzuziehen. Gerne hätte ich ihr dieses Beispiel angeführt, aber ich wollte lieber, dass sie es sähe. Meine Beweisführung überzeugte sie nicht, aber ihre Wünsche kompensierten deren Mängel. Sie schützte indessen immer noch Widerstand vor und ich fühlte, dass es kein anderes Mittel gäbe, um sie zu überzeugen, als ihr ein Beispiel vom Gegenteil zu zeigen. In diesem Augenblicke sah ich den guten Ambroise aus dem Hause kommen und nach der Straße zu gehen. Ich betrachtete seine Entfernung als die günstigste Gelegenheit, die sich bieten konnte, da ich nicht daran zweifelte, dass der fromme Pater und Toinette die Freiheit benützen würden, die ihnen seine gefällige Gutmütigkeit ließ, um das nachzuholen, was sie durch seine Anwesenheit verloren hatten. Ich sagte mit sicherem Tone zu Suzon:

„Komme, ich werde dir zeigen, dass du dich getäuscht hast.“

Ich erhob mich sofort und half auch Suzon aufzustehen, nicht ohne ihr vorher eine Hand unter den Rock gesteckt zu haben, die sie lachend zurückstieß.

„Wo willst du mich hinführen?“, fragte sie, als sie merkte, dass ich den Weg nach dem Hause zu einschlug.

Der kleine Schelm glaubte, ich wolle sie nach der Allee führen; sie wäre mir auch dahin gefolgt. Wäre ich doch dahin gegangen, ich hätte besser daran getan! Aber ich war noch nicht erfahren genug, um zu sehen, dass sie nichts Besseres wünschte. Ich furchtete neuen Widerstand von ihr und so zog mich mein Schicksal dahin. Ich antwortete ihr, dass ich sie an einen Ort führen würde, von wo sie etwas Amüsantes sehen könnte.

„Wohin denn?“, fragte sie ungeduldig, da sie sah, dass ich den Weg auf das Haus zu fortsetzte.

„In mein Zimmer“, erwiderte ich.

„In dein Zimmer? Oh, nein, da will ich nicht hin. Das ist schlecht; sieh, Saturnin, du willst mir etwas tun.“

Ich schwor ihr, dass dies nicht der Fall sei, und ich merkte an ihrer Miene, mit der sie zum Entschluss kam, dass sie weniger böse darüber war, mir folgen zu können, als sie es gewesen wäre, wenn ich ihr durch mein Versprechen artig zu sein nicht einen Vorwand geliefert hätte sich verführen zu lassen. Mit welchem Vergnügen ich mich dieser entzückenden Szene aus meiner Kindheit erinnere! Die Gewohnheit alles meiner Leidenschaft gefügig zu machen und der unmäßigste Genuss haben in meinem Herzen die Empfindung für diese göttlichsten Augenblicke meines Lebens nicht abgestumpft.

Ohne bemerkt zu werden kamen wir in mein Zimmer. Ich hielt Suzon an der Hand; sie zitterte. Ich ging auf den Zehen, sie machte es mir nach. Ich gab ihr ein Zeichen nicht zu sprechen und ließ sie auf mein Bett niedersetzen. Dann näherte ich mich langsam der Wand. Es war noch niemand da. Leise sagte ich zu Suzon, dass man gleich kommen würde.

„Aber was willst du mir denn zeigen?", fragte sie mich, durch meine geheimnisvolle Weise irre gemacht.

„Du wirst es schon sehen", antwortete ich und warf sie, indem ich Vorschuss nahm auf das Recht, das mir der kommende Anblick geben musste, sogleich auf mein Bett, indem ich versuchte mit meiner Hand ihre Schenkel zu berühren. Ich war noch nicht an den Strumpfbändern, als sie sich lebhaft in die Höhe richtete und sagte, dass sie Lärm schlagen würde, wenn ich so frech wäre sie zu berühren. Sie ging sogar so weit so zu tun, als wolle sie weggehen. Ich hielt diese Drohung für ein Zeichen des Zornes und war dumm genug zu glauben, sie wolle sich tatsächlich zurückziehen. Ich war verblüfft, mein Herz schlug heftig, kaum wagte ich zu antworten. Nur mit Stottern und doch leicht überredete ich ein Mädchen, das sehr böse gewesen wäre, wenn es mein Stillschweigen in die Notwendigkeit versetzt hätte der Drohung die Tat folgen lassen zu müssen. Sie fügte sich zu bleiben. Ich zweifelte schon daran, mein Ziel zu erreichen, als ich die Türe von

Ambroisens Zimmer öffnen hörte, die Zuversicht kam mir wieder und ich erwartete mit Ungeduld, dass Suzon die Neugier überkommen würde.

„Sie sind da", sagte ich, sie auf das Bett zurückbringend, *„sie sind da, meine liebe Suzon."*

Ich machte mich sogleich an die Wand, gab ihr ein Zeichen zu schweigen, brachte das Bild an die Seite, das meinen Blicken die Vorgänge im Nebenzimmer verbarg, und bemerkte den Pater, der an der Brust Toinettes Vorschüsse nahm, die ihre Bereitwilligkeit noch gar nicht entsprachen. Unbeweglich, eng aneinandergedrückt, in sich selbst versunken schien es, als wollten sie in tiefem Nachsinnen die Größe der Mysterien in sich aufnehmen, die sie erleben wollten. Sie aufmerksam beobachtend wartete ich, bis sie ein wenig weitergingen, um Suzon ein Zeichen zu geben sich zu nähern. Toinette war zuerst des langen Besinnens müde, wand sich aus den Armen des Mönchs los, warf Leibchen, Rock, Hemd, alles zur Erde und erschien so in dem Kostüm, wie es die Heiligkeit des Aktes erforderte. Ah, wie es mich ergötzte, sie so zu sehen! Meine Liebeswut, die die Kämpfe mit Suzon nur erregt hatte, erhöhte sich bei diesem Anblick noch um einen Grad.

Suzon hatte meine aufmerksame Beobachtung neugierig gemacht; sie verließ das Bett und näherte sich mir. Ich aber war so stark in Anspruch genommen, dass ich das gar nicht gemerkt hatte.

„So lasse mich doch auch etwas sehen", sagte sie, indem sie mich ein wenig wegstieß. Ich verlangte nicht

mehr. Sogleich überließ ich ihr meinen Posten und hielt mich an ihrer Seite, um auf dem Gesichte zu lesen, welchen Eindruck das sich abspielende Schauspiel auf sie machte. Zuerst bemerkte ich, dass sie rot wurde, aber ich rechnete zu stark auf ihren Hang zur Liebe, als dass ich eine andere Wirkung auf sie befürchtet hätte als die erhoffte. Sie blieb. Dann war ich neugierig zu erfahren, ob das Beispiel wirkte. Ich begann ihr mit der Hand unter die Röcke zu fahren. Dabei fand ich nur noch einen mäßigen Widerstand. Sie begnügte sich damit, meine Hand sanft mit der ihren wegzustoßen, ohne mich indessen zu hindern bis zu den Schenkeln vorzudringen. Sie schloss diese fest zusammen und erst bei dem Erguss der Kämpfenden gelang es mir, sie etwas auseinanderzudrücken. Ich hätte die Stöße zählen können, die sich der Pater und Toinette gaben beziehungsweise empfingen, an den Schlägen, die meine Hand, mehr oder weniger eingepresst, auf ihren prächtigen Schenkeln machte. Endlich gewann ich das Ziel. Da verzichtete Suzon auf ihren Widerstand und gab sich mir ganz hin. Sie öffnete selbst die Beine, um meiner Hand freien Zugang zu ihrem Vergnügen zu geben. Ich profitierte davon und brachte den Finger an die kitzlige Stelle; kaum konnte er eindringen. Sie zitterte, sobald sie merkte, dass der Feind sich des Platzes bemächtigt hatte, und dieses Zittern wiederholte sich jedes Mal, sobald sich mein Finger nur ein bisschen bewegte.

„Ich habe dich, Suzon!“, sagte ich ihr.

Sogleich hob ich ihr den Rock in die Höhe und sah, ah!, und sah den schönsten, den weißesten, den schönstgeformtesten, den festesten, den entzückendsten kleinen Hintern, den sich die Fantasie ausmalen kann. Nein, keiner von denen, die ich später gefeiert habe, keiner konnte sich blicken lassen neben dem Hintern meiner lieben Suzon! Göttliche Halbkugeln, deren liebliche Farben noch die des Gesichtes in Schatten stellten! Bewundernswürdiger Hinterer, auf den ich tausend verliebte Küsse drückte! Verzeihe, wenn ich dir damals nicht die Ehre antat, die dir gebührte! Ja, du verdientest angebetet zu werden, du verdientest die reinste Verehrung! Aber du hattest einen beachtenswerten

Nachbarn. Oh, du prächtiger Hinterer, dich allein glaubte ich meiner Leidenschaft wert, da mein Geschmack noch nicht geläutert genug war! Meine Reue möge deine Rache sein! Ja, ich werde dein Andenken stets in Ehren halten! Ich habe dir in meinem Herzen einen Altar errichtet, vor dem ich alle Tage meines Lebens meine Blindheit beweine.

Ich lag vor diesem anbetungswürdigen kleinen Hintern auf den Knien, ich umarmte ihn, ich drückte ihn an mich, ich öffnete ihn halb, ich regte mich an ihm auf. Aber Suzon hatte noch tausend andere Schönheiten, die meine Neugier reizten. Ich erhob mich leidenschaftlich, ich heftete meine gierigen Blicke auf zwei kleine harte, feste Brustwarzen, die so schön gestellt waren, angeordnet durch die Liebe selbst. Sie hoben und senkten sich, keuchten und schienen nach einer Hand zu schreien, die ihre Bewegungen leiten sollten. Ich brachte die meinige dahin, ich presste die Brüste. Suzon überließ sich hingebend meiner Leidenschaft. Nichts kann dem Anblick verglichen werden, den sie bot. Ich war entzückt, aber ihr Abwarten dauerte zu lange für meine Ungeduld, ich fand mich in einer Glut, die nur durch den Erguss gelöscht werden konnte. Ich wollte Suzon ganz nackt sehen, um den Anblick eines Körpers ganz in mich aufzunehmen, dessen so schöne Teile ich streichelte. Es schien mir, als konnte nur dieser Anblick meine Glut löschen. Bald war ich in einer Verfassung, um anderes zu beweisen. Ich entkleidete Suzon, ohne dass sie sich widersetzte. Meinerseits nackt, suchte ich alle Mittel, um meine Leidenschaft zu befriedigen. Ich hatte aber nicht genug Kühnheit, sie an mich zu drücken. Mit tausend und abermals tausend Küssen, den lebhaftesten Beweisen der Liebe bedeckte ich sie. Sie waren tausendmal schwächer als das, was ich fühlte. Ich suchte ihn ihr hineinzustecken, aber ihre Haltung war zu hinderlich. Man musste es von hinten machen; sie spreizte die Beine und die Hinterbacken, aber der Eingang war so eng, dass es mir unmöglich war, zu Ende zu kommen. Ich steckte den Finger hinein und zog ihn zurück, ganz bedeckt mit Liebessaft. Ihre Tätigkeit brachte bei mir die gleiche Wirkung hervor. Von Neuem machte ich Anstrengungen, um an diesem entzückenden Ort den Platz einzunehmen, den mein Finger besetzt gehalten hatte. Wieder die gleiche Unmöglichkeit trotz der Erleichterung, die sie mir gewährte.

„Suzon", sagte ich, verzweifelt über das Hindernis, das ihre Aufmerksamkeit meinem Glücke bereitete, *„Suzon, lass das, komm, meine liebe kleine Suzon, wir können ebensolches Vergnügen haben wie sie."*

Sie wandte mir ihre Blicke zu, die voller Leidenschaft waren. Ich reiße sie liebestoll in meine Arme, trage sie auf mein Bett, werfe sie auf den Rücken. Sie spreizt die Schenkel auseinander, meine leidenschaftlichen Blicke verzehren eine purpurne Rose, die im Aufblühen begriffen ist, und einen blonden Lockenwald, der einen Venusberg zu beschatten begann, dessen lebhafte und belebende Farbe der Pinsel des größten Meisters nicht hätte malen können. Suzon, unbeweglich, erwartete ungeduldig mehr fühlbare und befriedigende Beweise meiner Leidenschaft … Ich bemühte mich sie ihr zu geben. Dabei benahm ich mich sehr ungeschickt, kam bald zu tief, bald zu hoch. Ich erschöpfte mich in zwecklosen Anstrengungen. Da steckte sie mir ihn selbst hinein. Jetzt fühlte ich, dass er auf dem richtigen Wege sei. Ah! Zuerst hielt mich ein Schmerz auf, den ich nicht zu finden geglaubt hatte, auf einem Wege, den ich nur mit Blumen bedeckt wähnte. Suzon fühlte das Gleiche, aber wir ließen uns dadurch nicht aufhalten. Suzon bemühte sich die Bahn weiter zu machen, ich machte heftigere Anstrengungen, die sie unterstützte. Schon hatte ich die Hälfte meines Weges zurückgelegt. Suzon warf ersterbende Blicke auf mich, ihr Gesicht stand in Flammen; sie atmete nur noch stoßweise und hauchte mir eine brennende Hitze entgegen. Ich schwamm in einem Meere von Entzücken, aber ich erhoffte ein noch größeres, das ich mich auszukosten beeilte. Oh Himmel, mussten diese süßen Momente durch das grausamste Unglück gestört werden? Ich stieß feurig zu, und das Bett, dieses verfluchte Bett, Zeuge meiner Leidenschaft und meines Feuers, verriet uns. Es war nur ein Gurtbett, der Pflock ließ nach, wir fielen unter schrecklichem Lärm hin. Dieser Fall war mir günstig, denn er ließ mich so weit wie möglich kommen, wenn auch unter äußersten Schmerzen für beide. Suzon unterdrückte mit Gewalt einen Schrei; erschreckt suchte sie sich meinen Armen zu entwinden. Ich war wütend vor Liebe und Verzweiflung und drückte sie nur noch fester an mich. Meine Hartnäckigkeit sollte mich teuer zu stehen kommen.

Toinette hörte das Geräusch und lief herbei. Sie öffnet, tritt ein und sieht uns. Welches Schauspiel für die Augen eines Sohnes, einer Tochter! Die Überraschung machte sie starr; als wenn eine Kraft zurückgehalten hätte, stärker als sie selbst. Es schien, als ob sie nicht vorwärts gehen könnte. Sie betrachtete uns entflammten Blickes, aber mehr durch Wollust entflammt als durch Wut. Ihr Mund stand offen, aber sie brachte kein Wort über die Lippen.

Suzon war in Ohnmacht gefallen, ihre zärtlichen Augen schlossen sich, ohne dass sie den Mut oder die Kraft gefunden hätte sich zurückzuziehen. Ich warf den Blick abwechselnd auf Toinette und Suzon, auf die eine mit Wut, auf die andere mit Schmerz. Ermutigt durch die Unbeweglichkeit, in der das Erstaunen Toinette zurückzuhalten schien, wollte ich Nutzen daraus ziehen und machte einen Stoß; da gab Suzon ein Lebenszeichen von sich. Sie stieß einen tiefen Seufzer aus, öffnete die Augen wieder, drückte mich an sich und gab mit ihrem Hintern einen Stoß. Suzon genoss das höchste Vergnügen, sie entlud. Ihr Entzücken erweckte meine Begierde, ich wollte es teilen. In dem Augenblicke aber, da ich das Nahen der Lust spürte, trat Toinette vor und riss mich aus den Armen meiner lieben Suzon. Oh Gott, hatte ich nicht genug Kraft, um mich zu rächen? Die Verzweiflung raubte sie mir offenbar, da ich unbeweglich in den Armen dieser eifersüchtigen Stiefmutter blieb.

Der Pater Polycarpe, der nicht weniger neugierig als Toinette war auf das, was sich ereignet hatte, war unterdessen herbeigelaufen und blieb nicht weniger überrascht als sie stehen bei dem Anblicke, der sich ihm bot, besonders, da er Suzon nackt sah. Sie lag auf dem Rücken, hielt den einen Arm über die Augen und die Hand des anderen an den schuldigen Ort, als ob das ihre Reize den Blicken eines wollüstigen Mönches hätte entziehen können. Auf sie zuerst warf er seine Augen, meine hingen wie festgebannt an ihrem Zentrum und Toinettes an mir. Überraschung, Wut, Furcht, nichts hatte mich entwaffnet; mein Schwanz stand aufrecht und war härter als Eisen. Toinette sah ihn an; dieser Blick erwirkte mir Gnade und versöhnte sie mit mir. Ich fühlte, dass sie mich langsam aus dem Zimmer zog; ich war verwirrt, wusste nicht, was ich tat. Nackt, wie ich war, folgte ich ihr, ohne irgendetwas zu denken, und alles das geschah, ohne dass von der einen oder der anderen Seite ein Wort geredet wurde.

Toinette führte mich in ihr Zimmer; ich merkte, dass sie nach unserem Eintritt die Tür verriegelte. Die Furcht hielt mich in meiner Betäubung. Ich wollte fliehen, ich suchte einen Zufluchtsort, der mich den Gefühlsäußerungen Toinettes entzöge. Da ich keinen fand, warf ich mich unter die Bettdecke.

Kaum hatte sie mir den Rücken zugedreht, als ich zu dem Loche in der Wand flog. Ich sah, wie der Mönch Suzon in seinen Armen hielt, die sich wieder angekleidet hatte, deren Unterrock und Hemd aber in die Höhe gehoben waren. Die Kutte des Mönches war es ebenfalls und ich vermute, dass das Geräusch nur von der außerordentlichen Dicke des Gliedes Sr. Reverenz kam, der zweifellos vergebliche Anstrengungen machte, um an einem Orte einzudringen, der nicht für ihn geschaffen war. Der Kampf endigte bei dem Anblicke von Toinette. Sie stürzte auf die Streitenden. Sie riss Suzon aus den Armen des unzüchtigen Mönches und gab ihr mit zwei oder drei Ohrfeigen die Erlaubnis fortzugehen. Es schien, als habe die kräftige Handlung, die Toinette ausgeführt hatte, sie erschöpft und als bliebe ihr nicht Kraft genug, auch dem Pater Polycarpe ihre Unzufriedenheit zu erkennen zu geben. Sie sah ihn atemlos an. Einem Mönche fehlt es kaum an Unverschämtheit. Indessen die des Paters hielt der Scham doch nicht stand in flagranti ertappt worden zu sein. Vielleicht war es auch die Furcht vor Vorwürfen, die er von Toinette erwartete, vielleicht auch das Gefühl der Schande, der seiner Meinung nach ein Mönch verfallen musste, der ein junges Mädchen vornimmt ohne zum Ziele zu kommen. Kurz, er wurde rot und blass und wagte es kaum, Toinette anzusehen, die ihrerseits von den gleichen Gemütsbewegungen ergriffen schien. Ich betrachtete sie aufmerksam und erwartete, bald Zuschauer einer heftigen Szene zu sein, die ich befürchtete. Wie wenig ich sie kannte, die eine wie den anderen! Der Mönch schien verwirrt, aber nicht entwaffnet. Rüstet ein Mönch jemals ab? Toinette schien wütend, aber sie betrachtete den Schweif des frommen Bruders. Ihre Schwäche bestand immer darin, all ihren Zorn bei diesem Anblicke zu vergessen; mein Beispiel hatte mich darauf vorbereitet, eine ähnliche Nachgiebigkeit dem Pater gegenüber eintreten zu sehen. Die Versöhnung kam bald zustande. Der Mönch näherte sich ihr, gab ihr seinen Speer in die Hand und sagte ihr ins Ohr:

„Wenn ich die Tochter nicht vögeln konnte, so werde ich wenigstens die Mutter ficken!"

Oh, Toinette war dennoch geneigt ihm zu verzeihen. Sie opferte sich der Liebeswut des Mönches, der sie wild umarmte. In dieser Umschlingung fielen sie auf mein durchwühltes Bett und besiegelten die Versöhnung durch einen reichlichen Samenerguss. Ich durfte dies zumindest annehmen; denn der Klosterbruder wand sich in Verzückungen und Toinettes Popo hob und senkte sich.

Was tat der Knirps, der Saturnin, inzwischen, werdet ihr fragen? Sah er, wie ein rechter Dummkopf, ruhig durch das Loch in der Wand ohne sich an den Liebkosungen der zwei zu berauschen? Schöne Frage das! Saturnin war nackt und in ihm glühten noch die Zärtlichkeiten, die Toinette ihm hatte zuteil werden lassen. Das Schauspiel erhitzte ihn noch mehr; was hätte er da tun sollen? Er onanierte und wütete innerlich, dass er den Mönch auf Toinette liegen sehen müsse ohne etwas davon zu haben, und der kleine Wicht entlud zu gleicher Zeit, wo die Mutter sich fest an den Pater drückte und dieser erschöpft in ihre Arme sank.

Der Mönch sagte nun: *„Na also, findest du, dass ich's ebenso gut mache wie Saturnin?"*

„Was, Saturnin!", erwiderte sie. *„Ich habe mit Saturnin nichts zu tun gehabt. War denn der Schelm gar unterm Bett? Vielleicht ist er sogar da. Nur Geduld, wenn Ambroise kommt, wird er schon seine Dresche bekommen. Saftige Dresche!"*

Ich hörte dieses Gespräch und fand begreiflicherweise keinen Gefallen daran. Ich verdoppelte meine Aufmerksamkeit und hörte auch die Antwort des Paters:

„Na, na, Toinette, halten wir uns nicht weiter darüber auf. Du weißt, dass er nicht immer hierbleiben darf; er ist jetzt groß genug, nicht wahr? Wenn ich abreise, werde ich ihn mitnehmen."

„Es ist das Beste", meinte Toinette, *„denn wenn der Kerl dableibt, sind wir ewig gestört. Er hat ein gutes Mundwerk und es ist nicht ausgeschlossen, dass er schon um unser Geheimnis weiß. Ah … sieh da … was ist denn das?!"* Sie hatte das Loch in der Holzwand entdeckt. *„Ah, zum ersten Mal seh ich dieses Guckloch, durch das der Hundling alles gesehen haben mag!"*

Ich fürchtete sie könne herantreten und sich von der Richtigkeit ihrer Annahme überzeugen. Ich verkroch mich rasch ins Bett und wagte nicht wieder hervorzukommen, so sehr mich auch die Weiterführung des Gesprächs interessierte. Ich blieb, wo ich war, und harrte ungeduldig des Ergebnisses der Auseinandersetzung.

Schritte näherten sich meinem Zimmer. Ich hörte, wie jemand die Tür öffnete, und zitterte beim Gedanken, es könne Ambroise sein. Es war nur Toinette, die mir meinen Anzug brachte und mir sagte, ich möge mich sofort ankleiden. Ich tat's ohne Weiteres; ohne Angst vor ihren Drohungen. Auch sie beendete ihre Toilette und richtete sich her.

„Los, Saturnin, komm mit mir“, sagte sie, und mir blieb nichts anderes übrig, als mich zu fügen.

Wohin führten sie mich? Zum Pfarrer!

Ich gestehe, dass mich beim Anblicke des Pfarrhauses Zittern befiel. Der Pfarrer hatte schon mehrere Male die „Ehre“ gehabt, meinen Hintern eingehend zu „besichtigen“ – eine Sache, der er durchaus nicht abgeneigt war –, und ich konnte mit Recht annehmen, dass man mich auch diesmal zu diesem vergnüglichen Zwecke herführte. Ich verbarg meine Angst vor Toinette. Hätte ich mich verraten, so hätte das nichts anderes geheißen, als Öl ins Feuer gießen. Sie hätte nur umso größere Freude empfunden.

Wir traten ein und alsbald schwand meine Furcht, denn Toinette übergab mich dem geistlichen Herrn mit der Bitte, mich einige Tage lang bei sich zu behalten. Nur einige Tage – das beruhigte mich. Und dann würde Pater Polycarpe mich mit sich nehmen. Diese Aussicht entzückte mich und ich fand mich nun leichteren Herzens in mein Schicksal.

Suzon, liebe Suzon, ich verliere dich also für immer!, flüsterte ich in der Zimmerecke vor mich hin, wohin ich mich in meiner ersten Angst zurückgezogen hatte und wo ich nun blieb, weil es sich dort gut träumen ließ. Wovon? Von Suzon! Die Erregung der letzten Stunden konnte meine Gefühle für sie nicht bannen; jetzt aber, wo ich wieder Herr meiner selbst war, erfüllte mich der Gedanke an sie völlig. Das Herz wollte mir brechen, wenn ich daran dachte, dass ich Suzon verlieren könnte. Meine Fantasie ergötzte sich an all ihren Reizen. Berauscht sah ich ihre Schenkel vor mir und ihre Hinterbacken, ihren Busen mit den kleinen weißen und harten Brüsten, die ich so oft abgeküsst hatte. Ich vergegenwärtigte mir die Genüsse, die sie mir vermittelt hatte, und träumte von solchen, wie ich sie bei Toinette gefunden hatte. Bei dieser war ich vor Wollust schier ohnmächtig geworden, bei Suzon stürbe ich! Freudig gäbe ich in ihren Armen mein Leben hin! Was mochte aus ihr geworden sein? Der Wut Toinettes ausgesetzt, müsste sie Kummers sterben. Vielleicht weinte sie gerade jetzt, vielleicht verwünschte sie mich. Suzon weint und ich bin die Ursache, Suzon flucht mir und schwört mich zu hassen … Durfte ich noch am Leben bleiben, da sie mich hasste?! Ich, der sie anbetete, der alle Martern litte, um ihr den geringsten Kummer zu ersparen. Ach, sie ahnte unser Unglück, und ich habe es über sie gebracht! Diese Gedanken bewegten mich; Melancholie überkam mich und hielt mich gefangen, bis der Ton einer Glocke mir anzeigte, dass das Abendessen schon auf dem Tische stehe. Ade, Suzon … Wir werden bald wieder beisammen sein.

Bei Tisch lernte ich meine neue Umgebung kennen. Der Pfarrer war einer jener Leute, bei deren Anblick man sich eines Lächelns schwer erwehren kann. Er maß nur vier Fuß und sein Gesicht allein einen halben. Dieses leuchtete in dunklem Rot; eine Farbe, die sicherlich nicht aufs Wassertrinken zurückzuführen war. Die Stumpfnase war mit Weinfinnen übersät, die kleinen braunen Augen blickten lebhaft und waren von dichten Brauen überschattet. Über der niederen Stirne war das Haar wie bei einem Pudel frisiert. Stets war er zu boshaften Scherzen aufgelegt.

Viele Geschichten waren über ihn im Umlauf. Er war übereifrig im Garten des Herrn und setzte manch einer Schönen nach. Kleine hässliche Menschen – und er war einer – sind oft kräftig und ausdauernd, und der Pfarrer war, wie ich hörte, reichlich mit diesen Vorzügen begabt, die mehr gelten als ein schönes Gesicht; naturgemäß, wenn man in die Lage kommt sie zur Geltung zu bringen.

Dann war die Haushälterin da! Madame Françoise. Eine alte Hexe, boshafter als ein tückischer Affe, schlimmer als der ärgste Teufel. Wenn man von diesen Tugenden absieht, war sie allerdings die Güte selbst. Sie mochte ihre 50 Jahre auf dem Buckel haben; da aber jedes Land und jeder Stand seine Eitelkeiten hat, muss man's der Alten billig anrechnen, dass sie sich für 35 ausgab. Trotz ihrer freien Redeweise führte sie ein musterhaftes Leben und in den 15 Jahren, die sie dem Pfarrer diente, hatte sie ihm den Geschmack an hinterhältigen Vergnügungen verleidet, die ihm im Seminar zur zweiten Natur geworden waren. Und wenn die gute Dame auch rot umränderte Augen und eine vom Tabakschnupfen verschmierte Nase hatte, wenn der

Mund ihr auch bis zu den Ohren reichte und nur wenige lockere Zähne enthielt, ließ es der Pfarrer, aus Dankbarkeit für die geleisteten Dienste, doch nicht im Geringsten an Achtung fehlen und, was weit mehr bedeutet, an Zärtlichkeit. Madame Françoise hatte die Wirtschaft über. Alles ging durch ihre Hand, sogar das Geld der Pensionäre, das allerdings auch dort blieb. Vom Pfarrer sprach sie nie anders als in Verbindung mit sich: da hieß es immer *„wir“*. Handelte es sich um das Lesen der Messe, so sagte sie: *„wir lesen ...* “ Ersuchte man um andere kirchliche Verrichtungen, so lautete die Antwort unter Umständen: *„um diesen Preis können wir das nicht machen ...* “

„Aber Madame Françoise“ – das *„Madame“* sehr deutlich gesprochen; wehe dem, der diese ehrenwerte Anrede vergessen hätte –, *„aber Madame Françoise, mehr kann ich nicht zahlen ...“*

Auf diesen Einwurf ging's unfehlbar los: *„Sie scheinen zu glauben, dass man uns alles schenkt? Wir brauchen Wein, wir brauchen Kerzen! Und die Mühewaltung? Zählt die nicht mit?!“*

In der Sonne des guten Einvernehmens, die zwischen den Alten herrschte, reifte ein Mädchen heran, das als Nichte des Pfarrers galt, ihm aber sicherlich näherstand. Ein dralles pausbackiges Ding mit sehr lichtem Teint, dessen Reinheit durch Blattnarben ein wenig beeinträchtigt war, und einem prachtvollen Busen. Die Nase der Kleinen geriet der des Pfarrers nach: sie war leicht gerötet; die gute Anlage war also vorhanden. Die Augen waren klein, aber in ihnen brannte das Feuer der Leidenschaft. Sie wollte nicht für rothaarig gelten, weil sie vom Hörensagen wissen mochte, dass diese Farbe nicht beliebt sei. Blond müsse jede sein, die auf Schönheit Anspruch erhebe, und sie hielt sich für schön, da sie blond zu sein glaubte. Ob nun blond oder rot – die Frage interessierte kaum den unausstehlichen Studenten der Philosophie, der von Zeit zu Zeit eine Woche im Pfarrhaus zuzubringen pflegte. Freundschaftliche Gefühle für den Pfarrer waren es wohl nicht, die ihn herzogen, eher noch für die reizende Nichte … Doch davon später.

Nicole, so hieß die Kleine, die ich auch schon vorgestellt habe, war der heiß umworbene Gegenstand aller Pensionäre; aber auch die Externen hätten gern mit ihr zu tun gehabt. Die Großen behandelte sie liebenswürdig, die Kleinen stellte sie barsch ab. Leider gehörte ich nicht zu den Größten. Meine Jugend war mir hinderlich; womit ich nicht sagen will, dass ich nicht oftmals versucht hätte mein Ding in die Nähe des ihren zu bringen. Man beging ständig den grausamen Fehler es immer nur auf die Probe ankommen zu lassen, dass ich etwas leisten könnte. Man hielt mich für jünger, als ich war, und um das Maß meiner Verzweiflung vollzumachen, hinterbrachte man meine verliebten Streiche der gestrengen Frau Françoise, die sie wiederum dem Pfarrer mitteilte, der mich dafür prügelte. Es machte mich wütend, dass ich solch eine kleine Gestalt hatte; war sie doch die Ursache all meiner Leiden.

Die Schwierigkeiten bei Nicole anzukommen ließen mich verdrießlich werden; es durfte nicht dabei bleiben, dass sie mich barsch abwies und der Onkel mich verdresche. Diese Maßregeln hatte auch durchaus nicht die Gluten ersticken können, die in mir lohten; sie schlummerten nur und schlugen stets von Neuem empor, wenn Nicole in meiner Nähe war. Und das war oft genug der Fall und nicht nur bei des Pfarrers schöner Nichte. Frau Dinville schürte auch mein Liebesfeuer.

Ich hatte ihre Einladung zum Essen nicht vergessen und auch nicht meine Zusage. Fest entschlossen mein Wort zu halten, legte ich mich zu Bett, und man kann sich denken, dass der nächste Tag nichts an meinem Entschlusse änderte. War es aber wirklich die Sehnsucht nach Frau Dinville, die mich ins Schloss zog? Ich hätte damals kaum eine rechte Antwort finden können. Zu allertiefst schlummerte wohl in mir der Gedanke an die Lust, die meiner wartete, und diese Lust war zunächst mit der Person Suzons verknüpft. Die Dinville stand erst in zweiter Reihe. Es war nicht allzu unwahrscheinlich, dass meine Hoffnung Suzon zu sehen in Erfüllung ginge.

Ich fragte mich, warum man mich zum Pfarrer gegeben habe … Zweifellos, weil Pater Polycarpe der Meinung war, Toinette habe mir eine Lektion erteilt, die durchaus nicht in seinen Kram passe, und dass ich an den Ergebnissen des Unterrichts allzu großen Gefallen finden könnte. Toinette wiederum hatte den Pater kennengelernt und zumindest gleich großen Grund Suzon aus seiner Nähe zu entfernen. Suzon mochte also im Schlosse sein.

Und wenn ich sie dort fände? Ich würde sie auffordern hinter eines der verschwiegenen Gebüsche des Parkes zu kommen. Die kleine Schelmin ist ein verliebtes Ding und wird mir auf abgelegenen Pfaden folgen, sagte ich mir. Wir werden allein sein, ohne Furcht entdeckt zu werden. Ach, diese wunderbare Lust! Unter solch angenehmen Gedanken kam ich bis ans Schlosstor. Ich trat ein …

Tiefe Stille ringsumher. Niemand begegnete mir auf meinem Wege und so fasste ich den Mut eine lange Reihe von Zimmern zu durchschreiten. Ich betrat jedes pochenden Herzens, weil ich Suzon darin zu finden hoffte und weil ich gleichzeitig fürchtete diese Hoffnung werde sich nicht erfüllen. Jetzt … in diesem Zimmer … da …wirst du sie sehen, sprach eine Stimme in mir. Oh Gott … hier! … Aber es war keine Suzon da … Nicht hier, nicht im nächsten, in keinem der Zimmer …

So kam ich bis an ein Zimmer, dessen Tür versperrt war. Der Schlüssel steckte. Ich war nicht so weit vorgedrungen, um jetzt zurückzuweichen! Ich öffnete die Tür. Es brachte mich ein wenig aus der Fassung, als mein erster Blick auf ein Bett fiel, in dem jemand zu liegen schien. Ich wollte davonschleichen, als ich eine weibliche Stimme fragen hörte, wer da sei. Und im selben Augenblicke teilte sich der Vorhang des Himmelbettes … ein Kopf sah hervor … Frau Dinville! Ich hätte mich entfernt, wenn mich nicht der Anblick ihres Busens förmlich gelähmt hätte. Ich konnte nicht von der Stelle.

„Ah, bist du's, kleiner Saturnin?", flötete sie. *„Komm, komm doch umarme mich, mein liebes Kind!"*

Ebenso kühn, wie ich noch einen Augenblick zuvor schüchtern gewesen war, stürmte ich auf sie zu und warf mich ihr an den Hals.

„Ich liebe", sagte sie in einem Tone, aus dem volle Befriedigung klang, *„die Erfüllung einer Pflicht, wenn auch das Herz mitspricht, und sehe es gern, wenn ein junger Mann den Ehrgeiz hat seiner Pflicht Damen gegenüber ohne Zaudern nachzukommen."*

Kaum hatte sie zu Ende gesprochen, als aus dem Ankleidezimmer ein zierliches Kerlchen trat. In rauhem Falset sang er einen Gassenhauer, wobei er den Refrain mit Figuren schmückte, die dem merkwürdigen Klang seiner Stimme wunderbar entsprachen.

Beim unvermuteten Erscheinen dieses modernen Amphion, den ich als Abbé ansprechen hörte, errötete ich. Ich schämte mich für Frau Dinville, die mir soeben Beweise ihrer Zärtlichkeit gegeben hatte, und war auch beschämt, dass man mich in solch einer Situation überraschte. Meine Beschämung wich aber bald dem Bewusstsein, dass ich mich für die unerwünschte Störung durch das Urteil schadlos halten könne, das ich mir sofort über den Abbé bildete. Die Lage, worin man sich befindet, beeinflusst unwillkürlich Richtung und Art der Gedanken über das Gesehene. Ich zweifelte nicht daran, dass meine unerwartete Ankunft die Ergebnisse einer nicht lästigen Verabredung vereitelt habe. Konnte ich denn im Ernst glauben, dass Mann und Weib, wenn sie ungestört beisammen sind, etwas anderes täten, als ich selbst getan hätte, wenn es möglich gewesen wäre?

Voller Angst, der Abbé ahne den wahren Grund meiner Anwesenheit, wagte ich nicht ihn anzusehen. Kaum dass ich der Neugierde nachgab den Blick auf Sekunden zu heben, um mich zu überzeugen, ob nicht ein boshaftes Lächeln seinen Mund umspiele. Ich war angenehm enttäuscht dieses Lächeln zu vermissen. Der Abbé büßte in meinen Augen alles Schreckhafte ein und ich sah in ihm nur den zudringlichen Menschen, dessen Gegenwart mir die Möglichkeit raubte mich der Lust hinzugeben, die mir die Fantasie in rosigen Farben vorgezaubert hatte.

Ich besah mir den Abbé genauer und suchte in seiner Erscheinung nach Anzeichen, die seinen Rang rechtfertigen könnte. Ich hatte mir immer ganz bestimmte Vorstellungen von einem Abbé gemacht, und die wollten nicht zu dem Aussehen dieses Männchen passen. Ich bildete mir ein, dass jeder Abbé so gebaut sein müsse wie der Pfarrer oder der Vikar. Es bereitete mir überdies Mühe, einen gewissen Einklang zwischen ihrer biederen und der überspannten Art dessen herzustellen, den ich vor Augen hatte.

Diesem kleinen Adonis, der Abbé Fillot hieß, flossen die Steuern der benachbarten Stadt zu. Er war sehr reich, da Gott ihn auf Kosten anderer Leute leben ließ. Wie die meisten Tölpel seines Schlages hatte er aus Paris mehr Geckenhaftigkeit als Gelehrsamkeit mitgebracht. Er war Frau Dinville in die Einsamkeit des

Landlebens gefolgt, um ihr die Zeit angenehm zu vertreiben. Dazu war ihr jeder recht.

Sie klingelte. Suzon kam herein. Bei ihrem Anblick klopfte mir das Herz. Es entzückte mich, dass meine Erwartungen so glücklich eintrafen. Ich sah Suzon nicht gleich, weil ich hinter den Vorhängen des Bettes war, wohin mich Frau Dinville gesetzt hatte; eine Situation, die dem Abbé durchaus nicht recht zu sein schien. Er vergönnte mir anscheinend nicht die geringe Gnade, die Frau Dinville mir zuteil werden ließ, und nahm ihr jedenfalls auch die Zärtlichkeitsbezeigungen übel, die sie mir bewies. Suzon näherte sich und erblickte mich. Glühendes Rot übergoss ihre Wangen, sie senkte den Blick, die Erregung raubte ihr die Sprache. Ich war nicht minder erregt als sie, nur dass ich die Augen nicht niederschlug, sondern sie unablässig auf ihr ruhen ließ. Die Reize der Frau Dinville, die sie nicht vor mir verbarg – der Busen, die Brüste und was es sonst noch Schönes zu sehen gab, jetzt aber vom neidischen Laken verdeckt war und meine Sinne in noch größere Aufruhr versetzte –, bestürmten mich mit Eindrücken, die sich merkwürdigerweise Suzon zuwandten. Einiges Nachdenken führte mich aber alsbald auf den vorteilhaftesten Weg zurück.

Hätte ich die Wahl zwischen Suzon und Frau Dinville gehabt, sie wäre rasch zugunsten der Ersten erfolgt. Man stellte mich aber nicht vor die Wahl. Suzons Besitz war nur eine äußerst unsichere Hoffnung, Frau Dinville konnte mir nicht entgehen. Ihre Blicke ließen keine Täuschung zu und ihre Worte, die durch die Anwesenheit des kleinen Abbé einigermaßen an Freiheit des Ausdrucks einbüßten, verstärkten den Erfolg meiner Aussichten. Nachdem Suzon beauftragt worden war eine andere Kammenzofe hereinzusenden, verließ sie das Zimmer und Frau Dinville konnte sich nun freier bewegen. Meine Erregung hatte nicht nachgelassen, mein Herz kam nicht zur Ruhe. Es war gleichermaßen von dem Verlangen nach bloßer Sinnenlust wie von dem Wunsche beseelt, dieses Verlangen durch die einzige geliebten Personen stillen zu lassen. Meine Verwirrung war so groß, dass ich das Fortgehen des Abbés gar nicht bemerkt hatte. Frau Dinville war es nicht entgangen, sie nahm aber sicherlich an, dass sich der wichtige Vorgang meinen Blicken nicht entzogen habe, und hielt es daher für überflüssig, meine Aufmerksamkeit darauf zu lenken. Sie legte sich auf die Polster zurück, sah mich süßverlangend an, wie wenn sie sagen wollte, mein Glück hänge nur von mir ab, und umfasste mit zärtlichem Drucke meine Hand. Ab und zu ließ sie sie, wie unbeabsichtigt, auf ihre Schenkel gleiten, die sie geil auseinanderbewegte und zusammenpresste. Ihre Blicke waren blitzende Anklage meiner Schüchternheit und schienen mir vorzuwerfen, ich sei nicht derselbe wie am vorhergehenden Abend. Ich war noch immer der Meinung, der Abbé beobachte uns, und ging daher nicht aus meiner blöden Zurückhaltung heraus. Sie wurde böse.

„Saturnin, schläfst du?!“

Ein routinierter Lebemann hätte die Gelegenheit benützt, um sich in einem Schwall artiger Keckheiten zu ergehen. Ich brachte nichts anderes vor als:

„Nein, Gnädigste, ich schlafe nicht!“

Obgleich diese kindische Antwort ihre nach den Vorfällen des Vorabends über mich gebildete Meinung stark beeinträchtigt haben mag, hinderte sie sie nicht an weiteren Bezeigungen ihres Wohlwollens. Die Antwort hatte sogar einen ganz unerwarteten Erfolg; sie verlieh mir in ihren Augen einen neuen Vorzug, da sie mich nun für einen Neuling auf dem Gebiete der Liebeskunst hielt. Frau Dinville dachte wohl bei sich – denken denn nicht alle Frauenzimmer so? –: Der kommt mir gerade recht! Das ist ein Leckerbissen für eine liebebedürftige Frau, deren Fantasie von dem wollüstig schmeichelnden Gedanken an erhöhte Genüsse aufgereizt wird. Denn der sie ihr vermittelt, kennt noch nicht wahren Liebeslohn und verstärkt durch seine Verzückungen, die er zum ersten Mal erlebt, die Lust durch die Erregtheit, die er nicht meistern kann, und die geile Lebhaftigkeit jener, die er beglückt. Meine Gleichgültigkeit ließ die Dame erkennen, dass ihre Angriffsmethode verfehlt sei, und sie beeilte sich stärkere Geschütze aufzufahren, um mich aus der Fassung zu bringen. Sie ließ meine Hand los, tat, als ob sie gähne, reckte die Arme und enthüllte mir so einen Teil ihrer Reize. Das weckte mich aus der Erstarrung, die mich bei Suzons Fortgang befallen hatte. Ich erwachte und mein Gesicht belebte sich, der Gedanke an Suzon verschwand. Ungeduldig und verlangend heftete ich die Blicke auf Frau Dinville, die sich des Erfolges ihrer List freute. Um meine Lust ungehindert hervorzubrechen und mich meine Schüchternheit ablegen zu lassen, sagte sie mir:

„Sieh doch nach, wo der Abbé steckt."

Ich blickte umher … der Abbé war nicht zu sehen. Jetzt wurde mir erst wirklich klar, wie tölpelhaft ich gewesen bin.

„Er ist nicht da", fuhr sie fort. Dann tat sie so, als ob ihr unerträglich heiß sei, und schob das Laken herunter, wobei einer ihrer strahlenden weißen Schenkel sichtbar wurde, den oben ein Endchen des Hemdes bedeckte, das eigens dort zu liegen schien, um meine Blicke nicht weiterdringen zu lassen. Der Anblick reizte meine Neugierde mehr, als er sie stillte. Trotz des Hindernisses erblickte ich etwas Hochrotes; ich wurde erregt, was den aufmerksamen Blicken meines Gegenübers nicht entging. Die Schöne erriet auch den Grund meiner Erregung und deckte die Stelle besser zu, die auf mich die gewünschte Wirkung ausgeübt hatte. Schüchtern griff ich nach einer der Hände meiner Venus; sie überließ sie mir willig. Ich bedeckte sie mit glühenden Küssen, meine Augen, die fest auf Frau Dinville gerichtet waren, flammten. Auch ihre sprühten Feuer. Alles entwickelte sich glänzend; aber leider boten sich mir die schönsten Gelegenheiten dar, ohne dass ich daraus Nutzen ziehen konnte. So war's auch diesmal. Die verdammte Kammerzofe, die von Suzon geschickt wurde, kam gerade zur unrechten Zeit herein. Ich ließ Frau

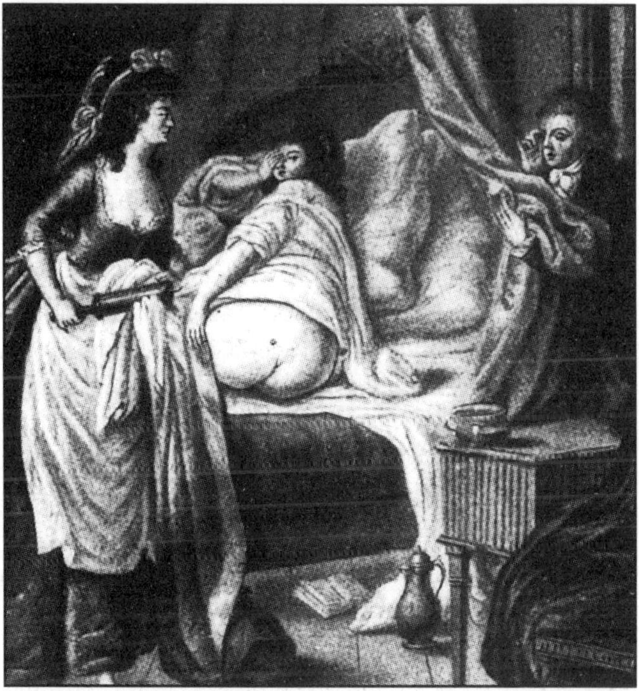

Dinvilles Hand los. Die Zofe lachte blöde und blieb einen Augenblick in der Tür stehen, um sich aus der Verlegenheit zu retten, worin der Anblick ihrer Herrin sie gestürzt hatte.

„Was ist denn los?“, fragte Frau Dinville ruhig.

„Gnädige Frau, der Abbé …“

„Was hat er denn angestellt?“

In diesem Augenblicke trat der Abbé ins Zimmer. Er hielt das Taschentuch vors Gesicht, und das Gelächter der Zofe erhöhte noch seine Verlegenheit.

„Was haben Sie denn?", fragte Frau Dinville.

„Da ... sehen Sie nur! ...", erwiderte er und gab das Tuch fort. Sein Gesicht sah aus wie ein Schlachtfeld.

„Das ist Fräulein Suzons Werk!"

„Suzons Werk?!" Jetzt war auch Frau Dinville zornig.

„Der Preis für einen Kuss", fuhr der Abbé fort. *„Nicht zu teuer erkauft, wie Sie sehen!"*

Ich konnte mich nicht zurückhalten und stimmte in das Lachen der anderen ein. Es war zu komisch, den Abbé zu hören, wie er sein Missgeschick bespöttelte. Er ließ auch ruhig alle Uzereien über sich ergehen, womit Frau Dinville ihn bedachte. Sie kleidete sich an. Trotz seines Zustands spielte der Abbé den Gefallsüchtigen und verkürzte die Zeit mit Scherzen. Er begutachtete die Frisur, erzählte kleine Geschichten und brachte Frau Dinville mit seinen Posen zum Lachen. Die Zofe fluchte über seine Ausgelassenheit und ich ... musste lachen, wenn ich das Gesicht des kleinen Abbés betrachtete.

Wir gingen zum Essen. Wir saßen unser vier am Tisch: Frau Dinville, Suzon, der Abbé und ich. Wer machte das dümmste Gesicht? Ich ..., als ich sah, dass Suzon mir gegenübersaß. Der Abbé, der neben ihr Platz genommen hatte, machte gute Miene zum bösen Spiel und bemühte sich der Dinville klarzumachen, dass ihre kleinen Seitensprünge ihn durchaus nicht aus der Fassung brächten. Suzon war kaum weniger verwirrt; dennoch glaubte ich in den verstohlenen Blicken, die sie mir zuwarf, zu erkennen, dass es ihr nicht unangenehm wäre, mit mir allein zu sein. Der bloße Anblick

Suzons machte mich der Dinville untreu. Ich konnte das Aufheben der Tafel gar nicht erwarten, in der stillen Hoffnung mich auf irgendeine Art mit Suzon fortstehlen zu können. Als das Essen zu Ende war, gab ich Suzon ein Zeichen; sie verstand mich und ging hinaus. Schon wollte ich ihr nach, als Frau Dinville mich zurückhielt und mir sagte, dass sie auf meine Pagendienste bei ihrem Spaziergang rechne. Ein vierstündiger Spaziergang an einem Sommernachmittag! Der Abbé schreckte zurück. Es war Frau Dinville auch gar nicht darum zu tun, dass er mitkomme; sie hatte ihre eigenen Pläne. Sie wusste, dass er seinen Teint zu lieb habe, um ihn bedenkenlos den heißen Sonnenstrahlen auszusetzen. Sie hatte sich nicht getäuscht. Er wählte den besseren Teil und – blieb. Ich hätte mich auch gern losgemacht, um mit Suzon zusammensein zu können; ich wagte jedoch nicht einen Vorwand zu gebrauchen und opferte mein Verlangen der Ehre, die man mir zu erweisen beabsichtigte.

Von den Blicken und dem höhnischen Lachen des Abbés gefolgt – er rächte sich nun dafür, dass man ihn auch nicht verschont hatte, und er wusste wohl, wie wir zurückkommen würden –, lenkten wir ruhig und ernst die Schritte zu den Gartenwegen, auf die die Sonne glühende Strahlenbündel herabschoss. Mich genierten sie nicht und meine Begleiterin wehrte sie mit einem Fächer ab. Gleichgültig machten wir einige Runden um die Rasenfläche, zur verzweifelten Enttäuschung unseres Spötters. Ich ahnte den Plan der Dame noch nicht und begriff daher nicht, warum sie sich einer Hitze aussetzte, die selbst mir unerträglich zu werden begann. Mir wurde der Pagendienst zu viel und ich hätte gern darauf verzichtet; noch kannte ich aber nicht alle Funktionen dieses Dienstes. Und eine gab es, die mich reichlich für die Langeweile des Anfangs entschädigte.

Unsere Hartnäckigkeit hatte den Abbé zum Rückzug gezwungen. Als wir am Ende einer Allee angelangt waren, schlüpfte Frau Dinville hinter ein kleines Gebüsch.

„Die angenehme Frische lässt uns einen reizenden Spaziergang erwarten“, sagte ich ihr.

„Ich gehe auch nicht so rasch wieder von hier fort“, erwiderte sie und warf mir durchdringende Blicke zu, als wollte sie erforschen, ob ich den wahren Grund unseres Aufsuchens der Einsamkeit erraten habe. Ich blieb unbewegt; ich hatte tatsächlich keine Ahnung von dem Glück, das mir bestimmt war. Sie hielt mich bei den Armen und schmiegte sich zärtlich an; wie jemand, der sehr müde ist, senkte sie das Haupt auf meine Schulter und drückte ihre Wange an meine. Ich wäre ein Narr gewesen, hätte ich nicht die günstige Gelegenheit benützt, um sie zu küssen. Sie ließ mich gewähren. Ich küsste sie zum zweiten Male. Dasselbe Entgegenkommen. Ich öffnete die Augen. Oh, noch einmal, dachte ich bei mir; wenn sie jetzt auch nichts dagegen hat, ist die Sache gemacht; es ist kein Beobachter da.

Sie schien meine Gedanken zu erraten. Wir waren gerade im Labyrinth lauschiger Gänge und die Düsterkeit entzog uns den weitest sehenden Blicken, da sagte sie, sie wolle die kühlende Frische des Rasens genießen.

Sie setzte sich im Schatten der Hagebuchen nieder, die den Rasen umsäumten, wo wir uns befanden, und die ihn zu einem angenehmen und zweckmäßigen Aufenthaltsorte machten. Auch ich setzte mich; dicht neben sie. Sie sah mich an, drückte mir die Hand und legte sie nieder. Ich glaubte, der Augenblick sei günstig, und wollte schon den *„Degen"* ziehen, als sie plötzlich einschlummerte. Anfangs meinte ich nur eine leichte, von der Hitze verursachte Müdigkeit habe sie befallen, die ich rasch verscheuchen könne, aber ich erkannte dann, dass sie fest schlafe, und war genügend einfältig mich darüber zu ärgern, obgleich die Schnelligkeit des Einschlummerns und die Tiefe des Schlafes mir hätten verdächtig vorkommen sollen. Ich hätte ihr noch verziehen, wenn mein Verlangen schon befriedigt worden wäre; aber so … In dem Augenblicke einzuschlafen, wo ich die schönsten Hoffnungen hegte! Ich konnte mich gar nicht trösten und betrachtete sie schmerzlich bewegt. Sie trug dasselbe Kleid wie am Vorabend. Der Hals war frei, aber sie hatte ihn in einer Weise bedeckt, die das Pikante der Situation erhöhte; ihr Fächer lag darauf und folgte den Bewegungen des Busens; er senkte und hob sich mit diesem und ließ mich auf Augenblicke der Weiße und den schönen Bau der Brust sehen. Mein stürmisches Verlangen gab mir den Gedanken ein sie zu wecken; er wurde aber sofort durch die Furcht verscheucht ihr Ungelegenheiten zu bereiten und mir den letzten Schimmer von Hoffnung zu rauben, die ihr Schlummer gewährte. Der Sucht, meine Hand an ihren Busen zu führen, konnte ich jedoch nicht widerstehen. Sie schläft zu fest, um aufzuwachen, sagte ich mir, und wenn sie erwacht, so könnte sie mich schlimmstenfalls schelten. Hatte ich nicht den Tag zuvor dasselbe getan, ohne dass sie etwas Böses sah? Warum sollte sie nun anders denken?

Versuchen wir's! Ich legte die zitternde Hand auf die eine Brust, während mein Blick fest auf ihrem Antlitz ruhte. Bei der geringsten Bewegung hätte ich die Liebkosungen eingestellt. Sie rührte sich nicht. Ich wagte nicht die Hand stark aufzulegen; sie schwebte über die weiche Haut hin wie eine Schwalbe über dem Wasser und nur hie und da kam es zu einer innigen Berührung, wie auch jene mitunter die Flügel auf Augenblicke eintaucht. Bald entfernte ich den Fächer und drückte einen Kuss auf den Busen. Sie erwachte nicht. Kühner geworden, änderte ich meine Stellung. Vom Anblick der Brüste berückt, wollte ich tiefer hinabsteigen, um neue Entdeckungen zu machen. Ich legte den Kopf zu Füßen meiner Dame, schmiegte das Gesicht an den Boden an und versuchte ins dunkle Reich der Liebe einzudringen. Ich sah nichts. Die Beine waren übereinandergelegt und da die Schenkel fest aneinandergedrückt waren, konnten meine Blicke nicht weiterdringen. Ich wollte nun zumindest das berühren, was ich nicht sehen durfte. Ich ließ die Hand den rechten Schenkel hinaufgleiten und näherte sie, rascher, als ich's gedacht hätte, dem Fuße des Venusberges. Nun berührte ich auch mit der Fingerspitze den Eingang zur Liebesgrotte und glaubte am Ziele meiner Wünsche zu sein. Doch nein … Ich war noch mehr unbefriedigt als zuvor und wollte, dass die Augen die Freuden der Hand teilten. Ich zog diese zurück und legte mich wieder zu ihren Füßen nieder, um die Schlafende mit gierigen Blicken abzusuchen. Es war alles, wie's gewesen war, und noch immer hielt sie Morpheus fest in seinen Armen. Ein flüchtiger Blick auf ihr Gesicht beunruhigte mich; das eine Auge blinzelte fortwährend. Ich sah scharf hin, und wenn die verdächtigen Bewegungen nicht sogleich aufgehört hätten, hätte ich von weiteren Entdeckungsfahrten abgestanden und das Erwachen meiner Schönen abgewartet, um zu sehen, was sich dann machen ließe. Aber nun verhielt sich Frau Dinville vollkommen ruhig und ich fühlte mich im Vertrauen auf die Festigkeit ihres Schlafes bestärkt. Ich bezog wieder meinen Beobachtungsposten und hob, furchtloser geworden, sachte, ganz sachte den Unterrock ein wenig in die Höhe. Sie bewegte sich … Ich glaubte sie aufgeweckt zu haben und rückte rasch fort. Das Herz schlug mir bis an den Hals heran. Ein Schreck hatte mich durchfahren, wie ihn einer fühlen mag, vor dem sich urplötzlich ein Abgrund öffnet und den ein glücklicher Zufall vor dem todbringenden Sturze bewahrt.

Bebend nahm ich von Neuem die frühere Stellung ein ohne zu wagen Frau Dinville anzusehen. Ich hielt's jedoch nicht lange aus. Meine Blicke wanderten wieder zu ihr zurück und zu meiner Freude erkannte ich, dass die Bewegung kein Vorzeichen des Erwachens gewesen sei. Ich dankte dem Schicksal für seine Güte; denn siehe, ihre Beine lagen nun nicht mehr übereinander, das rechte Bein war hoch aufgerichtet und, da der Unterrock nun auf den Bauch zurückfiel, sah ich die Beine, die Schenkel, den Venusberg und das allerliebste Loch. Ich berauschte mich an dem herrlichen Anblick. Die Strümpfe, die oberhalb des Knies von silberdurchwirkten Bändern festgehalten wurden, ließen die anmutige Rundung der Beine erkennen, die in winzigen Füßchen ausliefen. Die Knie waren reizend geformt und die Schenkel … ach, die Schenkel! … Die waren voll und weich und fest und erstrahlten in blendender Weiße. Das Löchlein leuchtete karminrot aus einer Hecke flaumiger Haare hervor, die schwärzer waren als Ebenholz, und ihm entströmte ein Duft, der süßer war als der des köstlichsten Parfüms. Ich steckte den Finger hinein und kitzelte es ein wenig, ich führte den Mund hin und versuchte die Zunge einzuführen. Mein Glied stand mit einer Gewalt … ach … alle Vergleiche versagen in diesem Falle.

Nichts mehr konnte mich zurückhalten, weder Überlegung noch Furcht. Aller Respekt vor meiner Schönen war geschwunden. Mein Herz war der Spielball der heftigsten Leidenschaften geworden. Ich hätte vor tausend Eunuchen des *„Sarrass“* gezückt und die Favoritin des Sultans gestemmt und wenn es mich den Kopf gekostet hätte! Ich legte mich über Frau Dinville und drang in ihr

Liebesnest ein, wobei ich mich sorgsam bemühte sie nicht zu drücken, um sie nicht durch das Auflasten meines Körpers aus dem Schlafe zu schrecken. Auf die Hände gestützt lag ich da und nur mein Stab berührte sie. Sanft und regelmäßig stieß ich zu, sodass ich die Lust nur in langsamen Zügen schlürfen konnte. Ich trank sozusagen nur die *„Blume"*.

Den Blick hielt ich fest auf die Augen der Schläferin gerichtet und ab und zu berührten meine Lippen leise die ihren. Trotzdem dass ich nicht auf ihr lag, umfing mich doch bald ein rasender Taumel, und alle Vorsicht außer Acht lassend, fiel ich schwer auf sie nieder. Ich konnte nicht anders als sie feurig zu umarmen und mit aller Gewalt zu vögeln. Als die Liebesglut verrauschte, öffnete ich die Augen, die die Lust mir geschlossen hatte, und neue Wonnen durchtobten mich. Die Dinville gab sich Verzückungen hin, die ich leider nicht mehr völlig empfinden konnte. Sie kreuzte die Arme über meinem Rücken und zog mich, während sich ihr Hinterer mit unglaublicher Schnelligkeit auf und ab bewegte, mit aller Kraft in sich hinein. Ich blieb unbeweglich und küsste sie mit dem letzten Reste eines Liebesfeuers, das sie von Neuem zu entfachen begann.

„Liebster", flüsterte sie, *„stoß noch ein wenig. Ach, lass mich nicht auf halbem Wege stehen."*

Ich machte mich von Neuem mit einem Eifer an die Arbeit, der nicht so zeitig endete wie ihrer; denn kaum hatte ich fünf- oder sechsmal gestoßen, als sie die Besinnung verlor. Das reizte mich ungeheuer, ich verdoppelte meine Bemühungen … es kam mir … und regungslos fiel ich auf sie. In fester Umarmung wurde unsere Lust eins. Als die Erschöpfung nachließ, zog ich den Kleinen heraus. Ich tat's nicht ohne Verwirrung und senkte den Blick. Die Dinville dagegen ließ ihre Blicke ruhig über mich gleiten. Ich saß vor ihr. Sie betastete mich und drückte mich aufs Gras nieder. Als ich in meiner ganzen Länge dalag, griff sie mir ans Glied, das sie kitzelte und küsste.

„Was schämst du dich denn, du Dummchen", sagte sie. *„Hast du Angst mir den Schwanz zu zeigen, der sich so brav aufgeführt hat? Hab' ich dir etwas verborgen? Da … da hast du meine Brüste! Küss sie! Leg die eine Hand auf meinen Busen … so! … Und die andere gib auf mein Ding. Ah … das ist herrlich! Oh, du Schlingel, welche Lust du mir bereitest!"*

Von der Glut ihrer Liebkosungen entflammt, erwiderte ich sie nicht minder feurig. Mein Finger entledigte sich glänzend seiner Aufgabe. Leidenschaftlich rollte ihr Auge; sie umarmte mich und hauchte tiefe Seufzer in meinen Mund. Mein rechter Schenkel lag festgezwängt zwischen ihren und sie drückte ihn unter stetem Stöhnen, bis sie auf mich fiel und mich mit dem unfehlbaren Beweise der Lust bedeckte, die sie mir verdankte.

Mein Glied war wieder steif geworden und mit erneuter Kraft lebte das Verlangen in mir auf. Nun umarmte ich meine Liebste und drückte sie fest an mich. Sie küsste mich unablässig. Noch immer stak mein Finger in ihrem Loch. Ich spreizte ihre Beine und betrachtete entzückt die reizendste Stelle ihres Körpers. Diese Vorbereitungen zum Vergnügen sind pikanter als das Vergnügen selbst. Kann man sich etwas Köstlicheres vorstellen als die Betrachtung eines Weibes, das sich willig in alle Stellungen fügt, die eure Geilheit nur ersinnen kann? Man vergisst sich, man vertieft sich in den Anblick, man vergeht in der Betrachtung eines schönen Loches, man möchte im Ganzen ein Schwanz sein, um sich davon verschlingen zu lassen. Warum lässt man's nicht bei dieser reizenden Tändelei bewenden? Der unersättliche Mensch setzt sie in der Fülle der Lust fort; sie ist umso lebhafter, je größer das Verlangen ist, das er durchkostet, umso stürmischer, je mehr der andere Teil gereizt erscheint. Zeig deinem Liebsten ein Stück deines Halses und er will ihn ganz entblößt sehen; gönn ihm den Anblick eines weißen, harten Brüstchens und er will es berühren. Der Appetit kommt beim Essen. Lass ihn's berühren und er will's küssen. Gestatte, dass seine Hand unter deine Röcke gleitet, und er will den Schwanz hinführen. Seine leicht entzündbare Fantasie zaubert ihm prangende Bilder vor und lässt ihm keine Ruhe, bis er drin ist. Und wenn er endlich so weit ist, was dann? Wie der Hund in der Fabel, der den Knochen fallen lässt, um nach den Schatten zu schnappen, verliert er alles, weil er nie genug hat.

Es gibt nur eine Erklärung, und die liegt in dem alten Worte: „*Der stehende Schwanz kennt weder Ziel noch Grenze.*“ Und ich selbst, der ich klug predige, ich selbst bin ja auch nicht anders. Wenn der Himmel mir gnädig ist, tu ich das gerade Gegenteil von dem, was ich soeben gesagt habe. Was tu ich, wenn ein Weib so vor mir liegt wie die Dinville, mit gespreizten Beinen, zwischen denen die Grotte rötlich schimmert? Wo es nur von mir abhängt, mich in ein Meer von Lust zu stürzen? Werde ich mich damit begnügen, dass ich sie zaudernd betaste, sie küsse, kitzle und mit dem Finger wetze? Nein, bei Gott, ich werde sie ohne Weiteres vögeln! Urteile nun, ob ich mich lange um meine Liebste herumdrückte. Ach, ich vögelte sie mit voller Kraft … und sie, geil und unersättlich, umarmte mich und bewegte sich im Rhythmus meiner Stöße. Meine Hände lagen unter ihrem Popo, ihre auf meinem; ich presste sie an mich, sie erwiderte den Druck. Mein Mund lag auf ihrem – sozusagen eine Muschel auf der anderen, die von den Zungen gevögelt werden. Unser Liebesgestöhn war nur ein Laut berauschten Entzückens und der Ausdruck einer süßen Mattigkeit, die bald in erhebende Ekstase und danach in wonnige Erschöpfung überging.

Man sagt mit Recht, dass die Manneskraft eine Gabe Gottes ist. Freigebig gegen seine treuen Diener, bedenkt er auch ihre Sprösslinge, lässt er die große Potenz der Mönche auf ihre Kinder übergehen. Das ist ihr einziges Erbteil. Ach, ich hab's früh genug vergeudet! Doch ich will nicht vorgreifen.

Ich bedurfte der ganzen mir zuteil gewordenen Gottesgabe, um das Abenteuer, in das ich mich begeben hatte, mit Ehre zu bestehen. Aber auf mich passte – ich darf es sagen ohne der Eitelkeit geziehen zu werden – die Worte aus dem Cid:

Ich bin jung, das ist wahr, doch beherzt und erfahren,
der Mannesmut richtet sich nicht nach den Jahren.

Bis nun hatte ich Frau Dinville Beweise der höchsten Kraft geliefert, aber ihr Eifer schien mit meiner Widerstandsfähigkeit zu wachsen. Bald musste sie jedoch erkennen, dass ich mich kämpfend zurückzog, und sie reizte mich und feuerte mich zu weiteren Stößen an; sie bot sich ihnen nur zu willig dar und verhalf mir durch ihre Liebkosungen zu neuen Siegen. Ich begann sie mit Muße zu betrachten, ich fand wieder Vergnügen daran, ihren Busen zu küssen, ich rieb die Dose kräftiger, ich stöhnte. Sie war sich des guten Erfolges ihrer Zärtlichkeiten bewusst. „*Ah, du Schlingel*“, sagte sie, mich auf die Augen küssend, „*er steht dir! Wie hart dein süßer Schwanz ist! Und wie dick und lang! Kleiner, mit solch einem Kerl wirst du dein Glück machen! Sag, willst du wieder loslegen?*“ Statt einer Antwort wollte ich sie zärtlich auf den Rücken legen.

„*Warte doch*“, sagte sie, „*warte, mein Lieber. Ich will dir ein ungekanntes Vergnügen verschaffen, ich will dich vögeln. Leg du dich auf den Rücken.*“

Ich tat's. Sie stieg auf mich, nahm den Stecken in die Hand, steckte ihn hinein und begann zu stoßen. Ich rührte mich nicht und ließ alles gewähren. Ich hatte nichts anderes zu tun als die Lust zu empfangen, die sie mir spendete. Hie und da betrachtete ich sie und sie unterbrach ihre Tätigkeit, um mich zu küssen. Ihre Brüste folgten den Bewegungen des Körpers und manchmal ruhten sie auf meinem Munde, sodass ich an ihnen saugen konnte. Wollüstige Empfindungen zeigten mir an, dass der Gipfelpunkt der Lust nahe sei, meine Bemühungen vereinigten sich mit denen meiner Vöglerin, es kam uns gleichzeitig und ihr Saft überschwemmte mich ganz. Erschöpft und förmlich gebrochen von der großen Anstrengung und den Angriffen, die ich seit nahezu zwei Stunden gemacht und ausgehalten hatte, verspürte ich ein unabweisbares Verlangen nach Schlaf, dem ich mich widerstandslos überließ. Frau Dinville legte meinen Kopf in ihren Schoß. Sie wollte, ich solle die Süße des Schlummers an einem Orte genießen, wo ich die Genüsse der Liebe gekostet hatte und der noch von meinen Küssen brannte. Sie wischte mir den Schweiß vom Gesicht und küsste mich.

„Schlaf, mein süßes Lieb", sagte sie, *„schlaf nur ruhig. Ich will mich damit begnügen, dich anzusehen."*

Ich schloss die Augen und bald schlief ich fest. Als ich erwachte, war die Sonne schon dem Horizonte nahe. Mein erster Blick fiel auf Frau Dinville, die mich lächelnd betrachtete. Sie hatte in der Zwischenzeit geknötelt. Nun legte sie die Arbeit fort und steckte mir die Zunge in den Mund, wo sie sie in der Hoffnung ließ, dass ich ihr bei einer Arbeit anderer Art behilflich sein werde. Sie machte gar kein Hehl aus ihrem Verlangen und bestürmte mich, es zu stillen. Ich war jedoch von einer Gleichgültigkeit, die sie ungeduldig machte. Ich empfand weder Abscheu noch Lust; ich empfand gar nichts und fühlte nur, dass ich Ruhe der Tätigkeit vorzöge, wenn es von mir abhinge. Sie dachte jedoch anders. Sie hielt mich fest umschlungen und überhäufte mich mit feurigen Liebkosungen. Verlorene Liebesmüh! Ich blieb unempfindlich und versuchte auch vergeblich selbst Wünsche in mir zu erregen, die ich nicht mehr hatte. Sie wollte nun auf andere Art mein verglühtes Feuer zu neuem Brande entfachen; sie legte sich auf den Rücken und schürzte sich auf. Sie wusste, welche Gewalt dieser Anblick schon auf mich ausgeübt habe. Geil bewegte sie den Hintern. Ich wurde ein wenig erregt und griff meiner Schönen zwischen die Beine; aber es geschah immerhin mit ziemlich großer Gleichgültigkeit. Währenddessen hielt sie meinen Schwanz in der Hand und – wie ein Doktor, der dem Patienten den Puls fühlt und sich bei der Verschreibung der Dosis nach dem Pulsschlag richtet – rieb ihn, je nach dem Grade ihrer Geilheit, mehr oder minder stark. Sie kam endlich auf ihre Kosten. Er stand mir, sie triumphierte; ihre Augen leuchteten vor Freude über die Wiederkehr meiner Manneskraft. Von der Wirkung ihrer Zärtlichkeiten entzückt, wollte ich ihr sogleich Beweise meiner Erkenntlichkeit geben. Sie nahm sie mit einer Liebesraserei entgegen, die meinem Eifer zustatten kam. Sie umhalste mich und warf sich mit solch schnellen und leidenschaftlichen Bewegungen umher, dass ich entlud, noch ehe ich's wusste. Ich empfand solch eine Wollust, dass ich meinen Harten verfluchte, weil er durch seine Hartnäckigkeit ein so köstliches Vergnügen verzögert habe.

Es war Zeit den Rasenplatz zu verlassen, wo wir uns den Freuden der Liebe hingegeben hatten. Wir machten uns auf den Weg; und um den Bosheiten jener zu entgehen, die aus unseren erhitzten Gesichtern auf die Ursache schließen könnten, gingen wir einige Male plaudernd durch das Labyrinth.

„Ich bin höchst zufrieden mit dir, lieber Saturnin“, sagte Frau Dinville. *„Und du?“*

„Ich bin von dem Vergnügen entzückt, das Sie mir geboten haben!“

„Es war aber kaum klug von mir, mich dir hinzugeben. Kannst du verschwiegen sein, Saturnin?“

Ich erwiderte, ich sehe nur zu gut, dass sie mich nicht wahrhaft lieben und dass die Liebesgunst sie reue, die sie mir zugewandt habe, wenn sie glaube, dass ich ihrer nicht würdig sei.

Meine Antwort befriedigte sie so sehr, dass ich auf der Stelle mit dem zärtlichsten Kusse belohnt worden wäre, hätten wir uns nicht am Eingang des Parkes befunden, wo man uns leicht sehen konnte. Ohne ein Wort zu sagen legte sie meine Hand auf ihr Herz und sah mich so schmachtend an, dass ich ganz hingerissen war.

Wir gingen sehr schnell und ohne zu sprechen. Frau Dinville sah sich beunruhigt um. Ich legte dem keine besondere Bedeutung bei und argwöhnte nicht das Geringste. Ich kam auch nicht auf den Gedanken, meine Schöne sei nicht befriedigt; wie hätte sie's nach meinen Leistungen auch nicht sein sollen? Es war also vielleicht nur die Angst, irgendein indiskreter Bediente könne uns beobachten? Nein, sie hatte noch immer nicht genug. Ihr musste rein der Teufel in den Leib gefahren sein! Gut: sie hatte kurz zuvor den armen kleinen Kerl ausgesaugt, dass er nun nicht mehr weiterkonnte – wie aber brachte sie ihn wieder zum Stehen? Das wird man gleich sehen. Als junger Mann, der seinen Eintritt in die Lebenswelt so glänzend vollzogen hatte, hätte ich's als Pflichtverletzung empfunden, Frau Dinville nicht zu ihrem Zimmer zu geleiten. Dort wollte ich mich verabschieden und sie, wie ich glaubte, an diesem Tage zum letzten Mal umarmen.

„*Wie*“, fragte sie erstaunt, „*du willst mich allein lassen, lieber Freund? Es ist doch noch nicht acht Uhr. Bleib nur, ich werde dich schon beim Pfarrer entschuldigen.*“

Die Andeutung auf mein neues Heim ließ meinen Mut sinken und es war mir sehr recht, dass Frau Dinvilles Liebeswürdigkeit mich einer Stunde des Abscheus überhöbe. Sie hieß mich aufs Kanapee setzen und ließ sich neben mir nieder, nachdem sie die Zimmertür geschlossen hatte. Sie nahm meine Hand in ihre und sah mich liebevoll an, ohne ein Wort zu reden. Ich wusste nicht, was ich von diesem Schweigen halten sollte.

Nach einer geraumen Weile fragte sie mich: „*Hast du gar keine Lust mehr?*“

Das Bewusstsein der Unfähigkeit ihre Begierde zu stillen ließ mich schweigen. Ich wollte meine Schwäche nicht eingestehen und senkte, verwirrt und verzweifelt, den Blick.

„Wir sind allein, liebster Saturnin“, fuhr sie fort, indem sie mich küsste und ihre Liebesbezeigungen verdoppelte ohne mich sonderlich zu erregen. *„Kein Mensch sieht uns. Wir werden uns auskleiden und zu Bette legen. Komm, mein kleiner Vögler, komm, wir wollen uns ganz nackt hinlegen. Ich werde dein Schwänzchen schon zum Stehen bringen!“*

Sie umfasste mich und trug mich, mehr als sie mich führte, zum Bett hin und war mir beim Entkleiden behilflich. Da ihre Flinkheit ihre Ungeduld zu Hilfe kam, war ich bald in dem von ihr gewünschten Zustand: splitternackt. Ich ließ sie ruhig gewähren, mehr um ihr einen Gefallen zu erweisen als aus Lustgefühl. Sie warf mich aufs Bett und legte sich auf mich. Sie bedeckte mich mit Küssen, saugte an meinem Mächtigen und hätte ihn am liebsten bis an die Hoden in den Mund genommen. Sie war außer Rand und Band vor Geilheit und benässte mich mit schäumendem Speichel. Aber sie mühte sich umsonst ab. All ihre Gluten konnten meine durch die Erschöpfung hervorgerufene Kälte nicht bezwingen. Kaum dass sich mein Schweif rührte, richtete er sich so wenig auf, dass sie ihn zu nichts gebrauchen konnte. Sie holte aus einer Kassette ein Fläschchen hervor, das mit einer weißlichen Flüssigkeit gefüllt war. Sie goss ein wenig auf die hohle Hand und rieb mir mehrere Male Hoden und Schwanz ein.

„Komm“, sagte sie dann befriedigt, *„unsere Vergnügungen sind noch nicht zu Ende. Du wirst mir bald neue verschaffen, lieber Saturnin.“*

Ungeduldig erwartete ich das Eintreffen ihrer Vorhersage. Ein Prickeln und angenehmes Stechen in den Hoden deutete auf die Möglichkeit des Erfolges ihres Mittels hin. Um die Zeit gut auszunützen, entkleidete sie sich, und kaum stand sie nackt vor mir, als eine wundervolle Glut mich durchwärmte, der Schwanz stellte sich mit einer erschreckenden Gewalt auf, wie ich sie noch nie empfunden hatte. Wie ein Rasender warf ich mich auf die Zauberin, die kaum Zeit fand sich zu fassen und die rechte Lage einzunehmen. Ich verschlang sie förmlich und ließ sie nicht zu Atem kommen. Ich sah und hörte nichts und wusste nicht, was um mich her vorging; alle meine Gedanken waren auf ihr Loch konzentriert. –

„Halt ein, mein Liebling“, rang es sich von ihren Lippen, während sie sich aus meiner Umarmung befreite, *„nur nicht übereilen! Sparen wir mit der Lust, du mein König! Da sie nur einen Augenblick währt, müssen wir sie so stark und so köstlich gestalten, dass uns diese kurze Dauer nicht zum Bewusstsein kommt. Leg den Kopf zu meinen Füßen und die Füße über meine Schultern.“* Nachdem ich's getan hatte, fuhr sie fort: *„Steck die Zunge in mein Loch. Ich werde gleichzeitig deinen Schwanz in den Mund nehmen. So … mein Lieber. Welche Lust du mir bereitest.“*

Götter! Auch sie bereitete sie mir. Mein Leib, der auf ihrem lag, schwamm in einem Meer der Wonne. Ich schoss meine Zunge ins Loch, so tief ich konnte; am liebsten hätte ich den Kopf, nein, mich im Ganzen hineingesteckt. Ich saugte an ihrem Kitzler und schlürfte den erfrischenden Nektar, der tausendmal köstlicher ist als jener, den die Dichter den Göttern von der Göttin der Jugend kredenzen lassen, wenn dieser nicht gar mit jenem identisch ist und die reizende Hebe ihnen ihr Fötzlein zum Saugen reichte. War dies der Fall, so bleiben die Lobeshymnen auf den göttlichen Trank hinter der Wirklichkeit zurück. Plötzlich kam mir die Antwort auf die Frage: Was tranken die Göttinnen? – Sie saugten am Schwanze Ganymeds …

Frau Dinville hielt meinen Hintern umschlungen und auch ich drückte ihre Hinterbacken fest an mich; sie wetzte mich mit Zunge und Lippen und ich tat ihr das Gleiche. An kleinen Stößen und am Spreizen der Beine ließ sie ich den Grund ihrer Erregung erkennen und durch dieselben ungewollten Zeichen erfuhr sie von meiner Aufgeregtheit. Bald mehr und bald weniger stürmisch näherten wir uns dem Gipfel aller Lust. Unbewusst erreichten wir ihn. Wir spannten alle Kräfte an und drückten einander fest; es war, als wären alle Regungen unserer Seelen nur auf die Genüsse gerichtet, die uns nun zuteil wurden.

„… ihr zerstreuten Vögler, ihr kalten, die ihr feig vor der zweiten Nummer euch drückt und schlappschwänzig werdet – ich will euch nicht halten, ihr seid mir zu schlecht, wenn ihr besser nicht fickt!“

Es kam uns zur gleichen Zeit. Ich drückte meinen Mund fest auf ihr Loch und ließ den ganzen Saft, der darausströmte, einfließen. Ich schluckte ihn herunter.

Meinen Samen spritzte ich in ihren Mund. Der Zauber verflog. Das Ganze war mir wie ein Traum und mir blieb nur die Verzweiflung, das eben gehabte Vergnügen nicht wiedererstehen lassen zu können. Die Lust verrauschte bald …

Ich war in derselben Verfassung des Ekels und der Schwäche wie vorher, wo Frau Dinvilles Mittel mich gestärkt hatte, und ich bat sie den Versuch zu wiederholen.

„*Nein, mein lieber Saturnin*“, sagte sie mir, „*ich liebe dich zu sehr, um dir den Tod zu geben. Begnüge dich mit dem, was du geleistet hast.*“

Ich wollte durchaus nicht sterben und ein Vergnugen, das mit dem Leben erkauft werden musste, war nicht nach meinem Geschmack. Wir kleideten uns wieder an. Der Tag hatte mich zu sehr befriedigt, als dass ich versäumt hätte mich zu vergewissern, dass ich noch andere ähnliche verbringen dürfe. Frau Dinville, die nicht weniger zufrieden war, kam mir zuvor.

„*Wann kommst du denn wieder?*“, fragte sie mich, wobei sie mich umarmte.

„*Sobald ich nur kann*“, erwiderte ich, „*wenn es auch für meine Ungeduld zu lange dauert. Vielleicht morgen?*“

„*Nein, nein*“, lächelte sie, „*du hast zwei Tage Zeit; komm am dritten wieder, und wenn du kommst*“, fuhr sie fort, indem sie die Kassette öffnete, der sie das Fläschchen mit dem wundertätigen Wasser entnommen hatte und mir einige Pastillen gab, „*musst du das vorher schlucken. Und dann, Saturnin … sei verschwiegen … erzähl niemand, was heute vorgefallen ist.*“

Ich versicherte ihr, dass ich ewig schweigen werde. Wir umarmten einander zum letzten Male. Ich verließ sie im guten Glauben, dass sie die Erste war, der ich das Liebesopfer dargebracht habe.

Frau Dinville war in ihrem Zimmer geblieben. Sie hatte mir's ans Herz gelegt mich so fortzuschleichen, dass man mich nicht bemerke; die Dunkelheit begünstigte das Vorhaben. Ich durchschritt ein Vorzimmer, da … plötzlich wurde ich angehalten … von wem? Von Suzon. Wie gelähmt blieb ich stehen; mir war, als sei ihre Gegenwart ein Vorwurf gegen das Vergnügen, das ich just genossen hatte. Ich bildete mir ein, niedergeschmettert, wie ich war, sie müsse von allem wissen. Sie ergriff meine Hand, sprach aber kein Wort. Verwirrt sah ich zu Boden. Ihr Schweigen beunruhigte mich jedoch. Forschenden Blickes suchte ich den Grund zu erfahren. Ich sah Suzon an … sie weinte. Mir gab's einen Stich ins Herz; Suzon ergriff Besitz davon und Frau Dinvilles Reich war vernichtet. Ich konnte es nicht fassen, dass Suzons Herrin meine Augen und mein Herz in dem Maße gefangengenommen hatte, dass ich nichts anderes sah als sie, dass ich nur durch sie Lust empfand, und ich war genügend einfältig als Ausfluss der Hexerei anzusehen, was nur die Folge meines Temperaments und der Anziehungskraft des Vergnügens war.

„Suzon“, sagte ich weich, *„meine liebe Suzon, du weinst, deine Augen füllen sich bei meinem Anblick mit Tränen? Bin ich die Ursache deines Kummers?“*

„Ja, du", erwiderte sie. *„Ich schäme mich, dir's einzugestehen, grausamer Saturnin, ja, du entlockst sie mir, du bringst mich zur Verzweiflung und wirst mich noch vor Schmerz sterben lassen."*

„Ich!? Gerechter Himmel! Suzon, wagst du's, mir solche Vorwürfe zu machen? Hab ich sie verdient? Ich, der dich so sehr liebt?"

„Du liebst mich?! Ach, wenn's nur wahr wäre! Vielleicht hast du soeben Frau Dinville dasselbe geschworen! Wärst du mit ihr gegangen, wenn du mich liebtest? Ist sie mehr als ich? Was hast du mit ihr den ganzen Nachmittag getan, was hast du ihr gesagt? Dachtest du da an Suzon, an deine Schwester, die dich mehr liebt als ihr Leben? Ja, Saturnin, ich liebe dich! Du hast mich mit solch heftiger Leidenschaft erfüllt, dass ich Kummers stürbe, wenn du sie nicht im gleichen Maße empfändest. Du schweigst? Ah … Ich sehe nur zu gut, dein Herz tat sich keine Gewalt an, um ihr zu folgen, ihr, meiner Nebenbuhlerin, die ich tödlich hasse; denn sie liebt dich. Da gibt's keinen Zweifel: auch du liebst sie. Du warst nur von der Lust erfüllt, die sie dir versprach, du dachtest kaum an den Schmerz, den du mir bereitest; er lebt noch in mir; kannst du ihn sehen ohne mitzufühlen?"

Von den Vorwürfen erweicht, deren beredte Form mich erkennen ließ, dass sie derselben Quellen der Liebe entstammten, aus der meine empfindsamen Klagen an die Dinville geflossen waren, antwortete ich:

„Suzon, du reißt mir das Herz aus dem Leibe! Halt ein, schmettre deinen unglücklichen Bruder nicht zu Boden! Deine Tränen bringen mich zur Verzweiflung. Ich liebe dich mehr als mich selbst!“

„Ah“, nahm sie das Wort, *„du gibst mich dem Leben zurück. Denk fortan nur noch an mich! Seit gestern beschäftigst du allein mich; ich sehe überall nur dein Bild. Hör mich an, Saturnin: Wenn ich den Schimpf vergessen soll, den du mir angetan hast, so musst du mir versprechen Frau Dinville nie mehr wiederzusehen. Ist deine Liebe zu mir stark genug, um dieses Opfer zu bringen?“*

„Ja“, rief ich freudig bewegt aus, *„ich bring dir das Opfer. Alle Reize jener Frau wiegen nicht einen einzigen deiner Küsse auf.“*

Bei diesen Worten umarmte ich sie und sie nahm meine Liebkosungen ruhig hin.

„Saturnin“, und sie drückte mir zärtlich die Hand, *„sei aufrichtig: Hat Frau Dinville dich nicht aufgefordert wiederzukommen? Auf wann hat sie dich bestellt?“*

„Nach drei Tagen soll ich wiederkommen“, erwiderte ich. *„Und du wirst hingehen?“*, fragte Suzon betrübt.

„Sag mir, was ich tun soll. Wenn ich sie aufsuche, so wird es nur geschehen, um sie durch meine Gleichgültigkeit zur Verzweiflung zu treiben. Kommen muss ich aber, weil mir's das Herz bräche, meine liebe Suzon so lange nicht sehen zu können!“

„Ich will, dass du wiederkehrst, Saturnin; es ist jedoch nicht nötig, dass du sie siehst. Ich werde mich

krank stellen und im Bette bleiben. Du wirst den Tag bei mir zubringen. Aber richtig“, fügte sie hinzu, *„du weißt ja gar nicht, wo mein Zimmer ist. Folge mir, ich werde dich hinführen.“*

Ich ließ mich geleiten. Zitternd ging ich ihr nach, von der Vorahnung kommenden Missgeschicks erfüllt.

„Da sind wir schon“, sagte Suzon. *„Wird's dir unangenehm sein, einen ganzen Tag allein hier zuzubringen?“ „Oh, Suzon, welche Genüsse du mir in Aussicht stellst! Wir werden allein sein, liebste Suzon, wir werden einander unaufhörlich sehen, uns ganz der Liebe überlassen. Suzon, Suzon, kannst du dieses Glück fassen?“*

Schweigend und verträumten Blickes stand sie da. Ich drängte sie zu einer Antwort.

„Ich verstehe vollkommen, was du empfindest“, sagte sie bewegt. *„Ja, Saturnin, wenn wir ungestört sind, werden wir uns ganz unserer Liebe hingeben. Ach, Saturnin, wie kalt bist du doch und wie wenig von der Lust erfüllt, die du dir versprichst, wenn du noch zwei Tage warten kannst!“*

Ich fühlte die Schwere des Vorwurfs.

Das Bewusstsein der Unmöglichkeit ihn zu entkräften drückte mich nieder. Grauenhafte Gedanken durchjagten mein Hirn; trübe Erinnerungen an die gottvolle Lust, die mir Frau Dinville gespendet hatte. Jetzt verfluchte ich die Lust, ich verabscheute sie und verachtete mich. Himmel, sagte ich mir, ich bin bei Suzon, ich hätte mein Herzblut hingegeben, um dieses Glück zu genießen, nun bin ich da und habe nichts davon; ich bin entkräftet, zu schwach selbst, um bloßes Verlangen zu hegen. Ach … was hätte mir's auch genützt, da ich's nicht stillen konnte. Während diese Gedanken mich verwirrten, fielen mir plötzlich die Pastillen ein, die Frau Dinville mir gegeben hatte. Ich war der Ansicht, sie würden eine dem Wunderwasser ähnliche Wirkung ausüben, und schluckte einige.

Die Hoffnung Suzon bald koitieren zu können ließ mich sie mit einer Glut umarmen, die uns beide täuschte; Suzon, die diesen Ausbruch der Liebe für ein Zeichen ihrer Tiefe hielt und mich, der ich nun meine volle Kraft wieder zu besitzen wähnte. Suzon warf sich im Vorgefühl der Lust, die ich ihr spenden würde, begeilt aufs Bett, und ich wollte ihr nicht die Hoffnung rauben, die sie erfüllte, und legte mich auf sie. Meine Lippen auf ihre drückend, gab ich ihr den Schwanz in die Hand. Noch war er weich, aber ich hegte die feste Überzeugung, dass Suzons Hand im Verein mit den Pastillen ihn bald in jenen Zustand versetzen werde, den ich herbeisehnte. Suzon drückte und wetzte ihn; nichts half! Ich strengte mich hundertmal mehr an als bei Frau Dinville, um einen Ständer hervorzurufen. Ich konnte tun, was ich wollte, eisige Kälte lebte in mir.

Das ist doch Suzon, sagte ich mir, meine liebe Suzon, die ich umarme, und er steht mir nicht! Ich küsse ihre Brüste, ihre reizenden Brüste, die ich gestern noch angebetet habe; sind sie heute anders geworden? Sie haben doch nichts von ihrer Rundung verloren, von ihrer

Härte, von ihrer strahlenden Weiße? Diese Haut, die ich berühre, ist doch noch so weich und so schön, wie sie war, als sie mich zum ersten Mal entzückte; diese Schenkel, die ich an meine presse, glühen doch noch immer! Nun spreizt sie sie … Mein Finger dringt in ihr Fötzlein ein … oh … ach … und ich kann nur den Finger hineinstecken!

Suzon seufzte über meine Schwäche und ich … ich verfluchte die verhängnisvolle Gabe der Dinville. Es war mir klar, dass sie vorausgesehen hatte, was geschehen werde, nachdem ich sie verlasse, und sie wollte mich in jenen Zustand der Erschöpfung versetzen, worin ich mich nun befand. Meine nicht zu vertreibende Kälte bestärkte mich so sehr in diesen Gedanken, dass ich, trotz einem furchtbaren Schamgefühl, schon bereit war Suzon meine Impotenz einzugestehen, als etwas, was ich am wenigsten erwartet hätte, meiner Verlegenheit ein Ende bereitete. Man wird nun glauben, die Liebe habe ein Wunder getan, dass der Schweif mir gestanden habe, dass ich kräftig ins Loch gefahren sei, Suzon gevögelt habe. Nichts von alledem! … Eine unsichtbare Hand, die geräuschvoll den Bettvorhang beiseite geschoben hatte, versetzte mir eine fürchterliche Maulschelle, die ich Zeit meines Lebens nicht vergessen werde. Der Schreck lähmte mir die Zunge und ließ mir kaum die Kraft zur Türe zu eilen und zu entfliehen. Suzon blieb in der Gewalt des Gespenstes zurück; ich zweifelte keinen Augenblick, dass es sich um eins handle. Ich raste nach Hause und zitterte noch am ganzen Leibe, als ich im Pfarrhaus angelangt war und im Bette lag. Dem Pfarrer erzählte ich alle Einzelheiten von einem fürchterlichen Ereignis, dessen Zeuge ich gewesen sei, und ich gab solch eine lebhafte Schilderung, dass ich selbst an das Märchen glaubte. Dass sich das einzig Wahre an der Geschichte – der Zwischenfall mit dem Gespenst – in Suzons Zimmer zugetragen habe, verschwieg ich wohlweislich.

Der Schreck und die Erschöpfung lasteten so stark auf mir, dass ich bald in tiefen Schlaf verfiel. Am nächsten Morgen wachte ich mit dem gleichen Gefühl der Schwere auf. Ich wollte mich erheben, konnte aber nicht. Die Müdigkeit konnte ich nur der Überanstrengung des Vorabends zuschreiben. Zum ersten Mal begriff ich, wie notwendig es sei, in der Liebe maßzuhalten, und wie teuer einen die allzu große Nachgiebigkeit für die Wünsche der geilen Sirenen zu stehen kommt; sie saugen und nagen und lassen dich nicht los, bis sie den letzten Tropfen aus einem gesogen haben. Sie kennen nur dann eine Grenze, wenn sie ein Interesse daran haben, einen für spätere Anlässe auszusparen.

Warum kommen einem solche Gedanken immer erst nach dem Koitus? Bei der Liebe stellt sich die Vernunft erst mit der Reue ein.

Unmerklich hatte die Ruhe die vom Schreck hinterlassenen Spuren der Betrübnis in meinem Geiste verwischt. Ich war still geworden, soweit ich in Betracht kam, aber die Ungewissheit über Suzons Schicksal beunruhigte mich nur umso mehr. Schaudernd vergegenwärtigte ich mir den Zustand, worin ich sie verlassen hatte. Sie wird tot sein, fuhr mir's durch den Kopf; zart wie sie ist, bedurfte es nicht einmal so viel, um ihr den Tod zu geben. Sie ist also nicht mehr! Dieser Gedanke machte mich wild. Suzon ist nicht mehr! Oh Gott! Mein tiefer Schmerz entlud sich in einem Tränenstrom; er floss noch immer, als Toinette eintrat, die man von meinem Unwohlsein verständigt hatte. Ich erschrak bei ihrem Anblick und zitterte beim Gedanken, dass sie nur gekommen sei, um das Unglück zu bestätigen, das in meiner Einbildung lebte. Ich starb vor Angst, aus ihrem Munde das Schrecklichste von Suzon zu erfahren. Sie tat jedoch ihrer keine Erwähnung und dieses Schweigen, das auch alle anderen beobachteten, ließ mich annehmen, dass mein Schmerz grundlos sei. Der Kummer über Suzons vermeintlichen Tod wich der Neugier zu erfahren, was nach meinem Fortgang in ihrem Zimmer geschehen sei. Diese Neugier konnte ich aber erst befriedigen, bis ich wiederhergestellt sein würde.

Die zwei Tage der Ruhe, die mir Frau Dinville gegönnt hatte, waren vorüber. Der dritte war da und obgleich ich mit der Erholung meine Kraft zurückkehren fühlte, war ich nicht im Geringsten versucht sie bei aufreibender Tätigkeit im Schlosse auf die Probe zu stellen. Die Erinnerung an die jüngsten Geschehnisse lebte noch so stark in mir, dass sie alles Verlangen im Keim erstickte. Kummervoll gedachte ich der Vereitlung meiner Liebeswünsche in Suzons Zimmer und unwillkürlich musste ich auch an Frau Dinvilles Pastillen denken. Ich wollte doch einmal sehen, ob sie zur Hebung der Potenz beitragen ... Einige waren mir noch geblieben; die aß ich nun. Ich kann nicht sagen, ob sie rasch oder langsam wirkten, denn ich schlief ein; als ich aber erwachte, geschah es durch die Gewalt eines erschreckenden Ständers. Ich war angenehm überrascht. Ich glaubte, meine Nerven rissen mir, so schmerzhaft war die wunderbare Anspannung; aber ich tröstete mich damit, dass mir's bei Frau Dinville genauso ergangen war.

Meine Verlegenheit war immerhin groß. Lache nur, lieber Leser, sag doch, wenn dir's recht ist: aber, tapferer Saturnin, hast du denn nicht fünf Finger an der Hand, um gegen die Unbotmäßigkeit des Fleisches siegesgewiss anzukämpfen? Frag doch bei heuchlerischen Pfaffen, bei diesen Scheinheiligen an, deren leichenblasse, scheußliche Gesichter die Spuren der Kasteiung tragen, während ihr verderbtes Herz von Wollust und Hurerei voll ist, wie die's machen? Man hat nicht immer ein Bordell, ein Nonnenkloster zur Hand: aber man hat immer seinen Schwanz. Sie bedienen sich selbst und onanieren so lange, bis ihr Gesicht jene bleiche Farbe aufweist, die die Dummen für die Folge der Kasteiungen halten. Willst du dich nicht desselben Mittels bedienen, Saturnin, ist es nicht immer und überall anwendbar?

Ach ja, ich kannte das Mittel; wie lange war's denn aber her, dass ich gebrochen, schlaff und impotent war? Und jetzt sollte ich wieder über die Stränge schlagen?

Nein, ich war durchaus nicht begierig mich in den Zustand zu versetzen, worin ich mich zwei Tage zuvor befunden hatte. Ich widerstand der Versuchung und begnügte mich damit, den Schwanz nur ein klein wenig zu reiben und ihm von Zeit zu Zeit einen kleinen Schlag zu versetzen, bis ich spürte, dass es mir kommen müsse; dann hielt ich plötzlich an und begann später von Neuem. Daran hatte ich meine Freude. Allerdings: das Vergnügen ist nicht so groß, wie wenn man sich's anständig macht; man kann es aber mühelos ungezählte Male wiederholen. Die Fantasie belebt sich und tänzelt über alle Weiber hin, die einen je entzuckten; hier taucht die Brünette, dort die Blonde, jetzt die Kleine, dann die Große auf, und mit der Faust vögelt man die ganze Welt. Es gibt keinen Unterschied der Stände; die Königin auf dem Throne und die stolzesten Schönen müssen sich ergeben und gewähren einem, was man nur will. Vom Throne herab geht's zur Grisette, dann kommt ein schüchternes Mägdlein an die Reihe, die man entjungfert. Sachte naturgemäß! Zunächst drückt man dem Jüngferlein ein Küsschen aufs Mündchen; die Kleine errötet; man zieht ihr den Brustlatz fort, die Brüstchen beben und das Herz pocht laut. Man geht tiefer hinab und landet bei einem glühenden Fötzchen. Man hält nun ein wenig inne, um ihren Widerstand zu reizen; erhöht die Lust und schwächt sie ab, wie es einem gerade beliebt.

Die Lust … Lebhaft und brennend ist sie, und man könnte sie allenfalls mit jenen Flammen vergleichen, die plötzlich aus den Schlünden der Erde hervorbrechen und in dem Momente verschwinden, wo das Auge, vom Glanze ihres Lichtes geblendet, die Ursache ihrer Entstehung zu ergründen sucht. Die Lust … sie kommt und entschwindet … Wer sah sie je? Die Sensationen, die sie hervorruft, sind so stark und von solch kurzer Dauer, dass man, von ihrer Gewalt betäubt, unfähig ist, das wahre Wesen der Lust zu erkennen. Das einzige Mittel, um sie zu überlisten und festzuhalten, ist, mit ihr zu tändeln, sie zu betrachten und sie entschlüpfen zu lassen, um sie wiederzufinden und sich ihr mit Leib und Seele auszuliefern.

Die Nacht war angebrochen. Ich wollte mich gerade dem Schlummer überlassen, als ich, trotz der Dunkelheit, jemand im Hemde zu Füßen meines Bettes vorüberhuschen und im nächsten Augenblick verschwinden sah. Die Vision erschreckte mich nicht so sehr, als sie mich wach machte. Mein erster Gedanke war: Das ist der Abbé, der hinter Nicole her ist. Ja, er ist's. Was mag der Kerl nur wollen? – Ich überlegte. – Nicole vögeln? Soll er ungestört bleiben? Nein, Tod und Teufel, ich will ihm folgen!

Ich sprang aus dem Bett, so wie ich war, im Nachthemd. Ich kannte mich ganz gut aus und gelangte in einen kleinen Korridor, wo das Zimmer der Schönen lag. Auf den Fußspitzen schlich ich in ein Zimmer, deren Tür offen stand, und näherte mich vorsichtig dem Bette, worin ich die Liebenden im besten Zuge zu erwischen hoffte. Ich streckte den Kopf vor und spitzte die Ohren, um aus ihrem Gestöhne zu erfahren, ob es lange dauern werde, bis ich an die Reihe komme. Ich hörte aber nur jemand atmen, und dieser jemand war allein. Ist denn der Abbé nicht hierhergekommen?, fragte ich mich verwundert. Nein, sicherlich, er ist nicht da! antwortete ich mir selbst, meine Aufmerksamkeit verdoppelnd.

Ich schob meine Hand zwischen die Beine der schönen Schläferin und erkühnte mich sogar, ihr einen Kuss auf den Mund zu drücken.

„Ah“, lispelte eine zarte Stimme, *„wie lange du auf dich warten ließest. Ich habe schon geschlafen. So steig doch herauf!“*

Das ließ ich mir nicht zweimal sagen; ich stieg aufs Bett und im nächsten Augenblick lag ich auf meiner Venus. Sie nahm mich kühl in ihre Arme auf; daraus erkannte ich, dass sie den Geliebten vor sich zu haben glaubte, an den sie gewöhnt sei. Ich beglückwünschte mich zu dem großen Erfolg, den das Schicksal meinen Wünschen bescherte, und ich dankte ihm dafür, dass es mir ein Mittel verschafft habe, um mich für die Verachtung meiner grausamen Schönen süß an ihr zu rächen. Ich küsste sie auf den Mund und Augen und überließ mich umso mehr meiner Lust, als man sie bisher zurückgedämmt hatte. Ich betatschte den reizenden Busen – Nicole hatte einen der schönsten –, der fest, hoch, voll und weiß war und die schön geformten harten Brüste. Ich schwamm in einem Meer des Entzückens; nun tat ich doch endlich, was mit dieser Göttin zu tun ich mich so oft gesehnt hatte.

Ich verabreichte ihr eine sehr starke Dosis und erkannte aus ihrem Ach und Oh, dass sie nicht erwartet hatte so gut bedient zu werden. Kaum war ich fertig geworden, als ich mich, durch die erste Nummer befeuert, gleich an die zweite machte; und diese, die nicht minder kräftig ausfiel als die erste, brachte mir neue Lobsprüche ein. Die Schöne war auf den Geschmack gekommen und nach den Liebkosungen und den Kosenamen, die sie an mich verschwendete, urteilte ich, dass sie eine dritte Probe meines Mutes erwarte, um diese Nacht über alle anderen zu stellen, die sie, wie sie sagte, mit mir verbracht habe. Wenn ich auch spürte, dass mein *„Pulverhorn"* noch genügend voll sei, um ihr eine gehörige Portion zu geben, stimmte die Furcht, vom Abbé überrascht zu werden, meinen Mut doch ein wenig herab. Ich wusste nicht, welchem Umstand ich sein Zaudern zuschreiben sollte; ich konnte nur annehmen, dass er seine Absichten geändert habe. Ich glaubte nun ein wenig Atem holen zu können und nicht so wild zustoßen zu müssen wie bisher.

Zwei Nummern dämpften das Liebesfeuer. Der Geist kommt wieder in den Besitz seiner Funktion, der Nebel, den die Kraft der Leidenschaft verdichtete, hebt sich, und die Dinge hören auf zu sein, was sie schienen, und werden auf ihren wahren Wert eingeschätzt. Die Schönen gewinnen, die Hässlichen verlieren dabei. Für euch Hässliche ist das umso schlimmer; euch will ich übrigens eine Lehre erteilen. Wenn ihr jemand eure Gunst schenkt, spart mit ihr und überhäuft ihn nicht damit; wenn man nichts mehr zu wünschen hat, wünscht man nichts mehr; die Leidenschaft wird durch zu reiche Genüsse getötet. Nehmt euch in Acht; euch stehen nicht dieselben Hilfsmittel zu Gebote wie einer Schönen, deren Reiz die rasche Wiederkehr der Wünsche erwirken, die sie eben befriedigt hat, bei der das geringste Lächeln, die unbedeutendste Zärtlichkeit das erlöschende Feuer von Neuem entfacht.

Diese Ausführungen stimmen völlig mit meiner Erfahrung überein.

Ich vergnügte mich damit, meine Hand über den Körper meiner Nymphe gleiten zu lassen, und war erstaunt, dass er sich jetzt anders anfühlte als vorher. Die Lenden, die mir süß, fest, voll und glatt erschienen waren, machten nun den Eindruck des Gerunzelten, Weichen, Trockenen; die Grotte war wie ein Kanalloch, die Brüste hängend und schlaff, und auch alle anderen Partien des Körpers enttäuschten mich. Ich konnte den Zauber nicht fassen und klagte mein Empfinden an, dass es erkaltet sei; ich verwünschte meine Hand wegen des allzu treuen Berichtes, den sie mir erstattete. All dies hielt mich aber nicht ab, zum dritten Gang anzutreten; schon war ich dabei und auch meine Genossin war darauf vorbereitet, als ein wirrer Lärm an unser Ohr schlug, der aus dem Nebenzimmer kam, das ich für jenes der Frau Françoise, unserer ehrwürdigen Wirtschafterin hielt.

„Oh, der Hund“, rief eine heisere Stimme, *„oh, der Elende! Da … da hast du …“*

Bei diesen Worten schrie meine Kleine, in die ich gerade hineinfahren wollte, mich zurückstoßend, auf:

„Oh Gott, oh Gott, was tut man unserem Mädchen? Bringt man sie um?! Komm, lass uns nachsehen!"

Ich brachte keinen Ton heraus. Von dem Aufschrei entsetzt, wusste ich nicht, wo ich sei. Unser Mädchen?, fragte ich mich. Ja, hat denn Nicole ein Mädchen?

Der Lärm hielt an und meine Bettgenossin drängte mich zur Hilfeleistung. Ich rührte mich nicht vom Flecke. Sie wird ungeduldig, springt aus dem Bette, steckt die Kerze an, und beim Scheine der Kerze erkenne ich … soll ich's sagen? Frau Françoise, die alte Hexe!

Ach, es durchschauert mich noch heute, wenn ich an diesen unangenehmen Augenblick denke; ich stand wie versteinert da! Nun begriff ich, dass ich mich in der Tür getäuscht hatte; vor Wut biss ich mir in die Finger, denn ich war wütend, dass ich auf den elenden Abbé hereingefallen war, oder eigentlich meiner Ungeduld, die mich bei meinem Gang im Finstern nicht hatte achtgeben lassen, wohin ich gerate.

Der Pfarrer war jedenfalls in der Stimmung gewesen, die Nacht bei dem niedlichen Stubenmädchen zu durchtollen, und hatte ihr mitgeteilt sich zum *„Tanze"* bereitzuhalten. Meine Vöglerin hatte mich wiederum für den Pfarrer genommen – daher der zärtliche Vorwurf wegen der Langsamkeit, womit ich meinen Posten bezog.

Der fromme Pfarrer hatte gewartet, bis die Nacht sich völlig herabgesenkt habe, um jeden Skandal zu vermeiden; da erst suchte er die Schöne auf, die ihm ihr Wort verpfändet hatte. Nun muss er aber in der Dunkelheit denselben Unsinn begangen haben wie ich – vielleicht überkam ihn auch beim Anblick der offenen Türe des Zimmers seiner Nichte eine zärtliche Regung, sodass er an ihr Bett eilte – kurz: er kam hin und fand sie dort in angenehmerer Gesellschaft, als es ihm recht sein mochte; die Schande, die sie ihm antat, stieg ihm zu Kopf, und er drosch auf die Liebenden los. Er gab ihnen alle möglichen Namen, nur nicht ihre eigenen, und auch genügende Beweise seines Zorns.

Der fürchterliche Lärm! Sie erwürgen einander! Das schreckliche Gepolter! Schnell, schnell, Frau Françoise, eile aufs Schlachtfeld! Ehre, Liebe, Neugierde, mütterliche Sorgfalt werden deine Schritte beflügeln; geh und trenne die dir gleich teuren Feinde, deren Tod deinen bedeuten würde, lass aber um des Himmels willen die Tür offen, damit ich mich retten kann! … Oh, die Bestie! Sie dreht den Schlüssel zweimal um! Unglücklicher Saturnin, was wirst du tun, wie wirst du entkommen?! Frau Françoise wird bei ihrer Rückkehr sehen, dass es nicht der Pfarrer war, der ihr's gemacht hat, auch er wird hier eintreten und dich finden, Saturnin! Ach, du armer Teufel, welch ein Sturm von Schlägen wird auf dich niedergehen! Du wirst der Sündenbock für alle sein.

Diese Gedanken erfüllten mich, während man im Nebenzimmer herumzankte. Ich hatte versucht die Tür aufzubringen; es ging nicht. Ich konnte nur meine unglückliche Lage, der ich mich feige überließ, beweinen.

Ich war von Sinnen und hätte doch schon wissen sollen, dass es im Leben nicht anders ist. Das Gute und das Böse sind so eng miteinander verknüpft, folgen einander so rasch, dass man selbst auf der Höhe des Unglücks nicht am Glück verzweifeln darf. Oft lässt der Zufall dem Unglück, das einen in seinem Zorne schon zu zermalmen droht, lachende Tage voller Glück entblühen! Oh, göttliche Vorsehung! Dank deiner weisen Verfügungen sehen wir diese Wunder sich vollziehen. Das Missgeschick ist zweifellos notwendig, um in unsere Leidenschaften Abwechslung zu bringen.

Als ich versteckt unter dem Bette lag, wohin ich mich geflüchtet hatte, und mich der Verzweiflung überließ, wendete sich das Schicksal zum Günstigen.

Beim Eintritt Françoisens ins Nebenzimmer war der Lärm noch gewachsen. Erschreckt ließ sie den Leuchter fallen, als sie den Pfarrer vor sich sah, den sie in ihrem Gemache glaubte. Sie hielt ihn für ein Gespenst. Man male sich die Szene aus. (Ich würde euch, liebe Leser, die Mühe ersparen, wenn ich dabeigewesen wäre; aber immerhin will ich euch helfen, da ich die Örtlichkeiten besser kenne als ihr.) Man stelle sich also vor: der Pfarrer hatte nur Unterhosen an, auf dem Kopfe saß eine schmierige Nachthaube, die Äuglein leuchteten, der große Mund stand voller Schaum und dabei schlug er wie ein Wilder auf den Abbé und auf seine Nichte los.

Man stelle sich zwei zärtliche Liebende vor: sie zitternd und sich ins Bett einwühlend, um sich den

Schlägen zu entziehen, der Abbé bald mit dem Kopfe unter die Decke fahrend, bald ihn herausziehend und dem Pfarrer kräftige Faustschläge ins Gesicht führend, dass er brüllte. Man stelle sich eine Megäre im Hemde vor, die sich mit der Kerze in der Hand dem Bette nähert, schreien will und wie angenagelt mit offenem Munde und aufgerissenen Augen stehenbleibt und schreckerfüllt auf einen Stuhl fällt, nachdem sie den Leuchter zu Boden hat fallen lassen.

Der Abbé hatte sich – wie ich aus der Stille schloss, die plötzlich eingetreten war –, aus Furcht, erkannt zu werden, aus dem Bette geworfen und wollte das Weite suchen. Der Pfarrer lief ihm nach. Ich hörte die Tür des Zimmers, worin ich war, plötzlich aufgehen und mit derselben Schnelligkeit wieder ins Schloss fallen. Ich bebte am ganzen Leibe. Jemand warf sich aufs Bett. Neuer Schreck! Ich glaubte, es sei Françoise und der Pfarrer werde auch bald da sein. Mein Herz war von Furcht bewegt wie ein Blatt im Winde. Es blieb jedoch alles ruhig und die Person, die ich für Françoise hielt, lag weinend und tief seufzend auf dem Bette. Alle diese Vorgänge verwirrten mich aufs Höchste. Was sollte ich von diesen Tränen halten? Was von den Seufzern? Warum war Frau Françoise zurückgekommen? Wird der Pfarrer kommen, wird er nicht kommen? Ach, wie grausam ist doch die Ungewissheit!

Ich bekam Lust aus dem Zimmer zu schleichen, aber die Angst, mit dem Pfarrer zusammenzustoßen, hielt mich zurück. Endlich entschloss ich mich zum Aufbruch; ich wollte davonschleichen, doch der Teufel hielt mich fest. Etwas auf dem Grunde meines Herzens sagte mir: Du Tropf willst dich jetzt schlafen legen, und er steht dir noch; du hast den traurigen Mut Françoise ihrem Kummer zu überlassen, fürchtest dich sie zu trösten, wo das doch das Mindeste ist, was du ihr schuldest. Sie hat dich mit den zärtlichsten Liebkosungen überhäuft, willst du nun nicht ihre Tränen trocknen? Sie ist alt, zugegeben; hässlich, gut; hat sie aber nicht eine Fut, du Narr?! – Meiner Treu, Herr Teufel, Sie haben recht.

Eine Fut bleibt immer Fut; Wenn er steht, ist alles gut.

Geh, geh, fuhr die innere Stimme fort, der Sturm hat sich gelegt, du brauchst nichts mehr zu fürchten; leg dich wieder ins Bett.

Ich erlag dem Versucher und stieg ins Bett. Zunächst blieb ich diskret am Rande liegen; meine Zuvorkommenheit konnte jedoch nicht einen Schreckensschrei zurückhalten, der der Dame entfuhr und sofort erstickt wurde, da sie fürchtete gehört zu werden. Ich spürte, dass sie sich in den äußersten Winkel des Bettes zurückzog. Diese Schüchternheit erhöhte mein Erstaunen und ich wollte sie durch die Abgabe von Erklärungen verscheuchen. Diese bestanden zunächst darin, dass ich der Alten die Hände zwischen die Schenkel steckte. Oh Wunder, sie waren herrlicher und fester geworden als je, sie waren, wie man's nur wünschen konnte, um die stärksten Emotionen hervorzurufen. So angenehm die Berührung auch war, blieb meine Hand nicht lange dort; sie wanderte zum Fötzchen – ich sage: Fötzchen und nicht Loch, weil es nun so war. Der Venusberg, der Bauch, die Brüste, der Hals, alles war jetzt süß, glatt und elastisch wie bei einem jungen Mädchen. Die Schöne ließ mich ruhig filzen und küssen und schlecken, was ich mit der ganzen Lebhaftigkeit tat, die einem Jugend und Schönheit einflößen können. Im Gegenteil, meine Glut ging auf die Schöne über; sie hörte auf zu seufzen und näherte sich mir unbewusst. Auch ich rückte näher und war bald so weit, um ihr zu verstehen zu geben, dass ich die Seufzer der Betrübnis in Liebesseufzer verwandeln wolle. Ich steckte den Kleinen hinein.

„Ach“, hauchte sie, *„mein lieber Abbé, welcher Zufall hat dich hergeführt? Wie viele Tränen deine Liebe mich kostet!“*

Diese Worte hätten mir Einhalt geboten, wenn mir die Lust, die mich beseelte, gestattet hätte etwas anderes zu tun, als meine Nymphe heiß an mich zu drücken, als die stürmischen Ausdrücke ihrer Liebe in gleichem Maße zu erwidern, als meine Seufzer mit ihren zu vermengen und endlich das Entzücken der vorbereitenden Annäherung durch die Raserei unserer Geilheit zu steigern. Die Ekstase legte sich und ich erinnerte mich der Anrede meiner Schönen. Wo bin ich?, fragte ich mich. Liegt Françoise unter mir? Welch ein Unterschied zwischen dem Genuss, den ich gerade jetzt und dem, den ich vorhin hatte! Sie hält mich für den Abbé, sagt, dass meine Liebe sie Tränen gekostet habe … ja … teilt sie denn mit Nicole die Verehrung dieses Schlingels?

Die gute Dame ist anscheinend eifersüchtig; sie glaubte, dass sie ausschließlich das Herz ihres Geliebten besitze. Warum ist sie alt, warum hässlich? Trotz ihrer Hässlichkeit war ich doch kühn genug, mich den Unannehmlichkeiten der Prüfung zu unterziehen, die ich nach den ersten Stößen so schlecht bestanden hatte. Meine ungeduldige Hand brannte danach, sich wieder auf ihren trockenen fleischlosen Körper zu legen, trotzdem ich empfand, Abscheu werde der Preis meiner Unklugheit sein und – wenn ich noch eine Nummer machen wolle – es besser wäre, die Rückkehr meiner Kraft abzuwarten, ohne mich durch übereiltes Getändel vielleicht umso weiter von diesem Ziele zu entfernen. Ich führte dennoch die Hand an ihren Leib, und – o köstliche Überraschung! – ich fand überall dieselbe Festigkeit, dieselbe Fülle, Wärme und Zartheit. Was soll das heißen, fuhr ich in Gedanken fort, ist das Françoise, ist sie's nicht? Nein, sicherlich, das kann nur Nicole sein! Oh Himmel, das ist Nicole! Beweis dafür ist die Lust, die sie mir gespendet hat und die ich bei der Berührung noch immer empfinde. Sie hat sich jedenfalls aus ihrem Bett geflüchtet und, auf die Nachgiebigkeit Françoisens bauend, hier verkrochen und glaubt nun, dass ihr Geliebter ihr gefolgt sei. Das war die einfache Erklärung für die Worte, die sie an mich gerichtet hatte.

Ich fühlte das Verlangen mit neuer Kraft in mir aufsteigen. Man wird mir's nicht glauben: ich bedauerte das Vergnügen, das ich mit Françoise gehabt zu haben meinte, weil es dadurch verringert wurde, dass Nicole mir's in Wirklichkeit gespendet habe, ohne dass ich's wusste. Nun wollte ich das Versäumte nachholen.

„Meine liebe Nicole“, hauchte ich zärtlich, wobei ich mich bemühte die Stimme des Abbé nachzuahmen, *„was ficht dich an? Kannst du dich der Trauer hingeben, wenn der glückliche Zufall, der uns hier vereinigt hat, es will, dass wir uns ganz unserer Liebe hingeben? Lass uns vögeln, Liebste, ertränken wir unser Missgeschick in Samen!“*

„Welche Wonnen du mir bereitest“, warf sie ein und erwiderte meine Liebkosungen aufs Zärtlichste. *„Dein Schmerz erhöhte meinen. Nun ist alles wieder gut. Ja, nützen wir das einzige Mittel, das uns zur Tröstung bleibt. Komme, was da wolle! Wenn ich das in der Hand halte“*, fuhr sie fort, indem sie meinen Schweif ergriff, *„fürchte ich selbst den Tod nicht. Hab keine Angst, dass man uns störe; ich habe den Schlüssel herausgezogen, nachdem ich die Tür versperrte. Niemand kann herein ohne die Tür einzuschlagen.“*

Diese gütige Vorsicht entzückte mich. War es nicht, als ob sich Venus selbst meiner annähme?

Ich herzte Nicole mit frischer Lust und mein Schwanz, den sie nach wie vor in der Hand hielt, stand so stark, dass ich ganz berauscht war.

„Geschwind, geschwind“, flüsterte ich, „steck ihn in dein süßes Fötzchen. Wie du mich schmachten lässt!“

Sie beeilte sich nicht, sondern fuhr fort den Starken zu pressen. Seine Größe versetzte sie in Erstaunen; sie hielt sie für die Wirkung ihrer Liebkosungen. Ich wollte ihn selbst hineinstecken.

„Warte, Liebster“, sagte sie und schmiegte sich inniger an mich, *„lass ihn noch dicker und länger werden! Oh, noch nie hab ich ihn so schön gesehen! Ist er über Nacht gewachsen? Ach, welche Lust erwartet mich“*, stöhnte sie.

Sie hätte mir's gar nicht sagen brauchen. Ich bohrte ihn hinein und fiel mit voller Schwere auf Nicole, die ich mit heißen Küssen bedeckte. Unbeweglich lag ich da; ich verging vor Lust.

„So schieb doch“, sagte Nicole und bewegte sich so geil, dass ich aus meiner ekstatischen Betäubung erwachte, *„schieb doch!“*

Im Rhythmus der Bewegungen ihres Hinteren stieß ich den Schwanz in ihre Fut. Die Stöße drangen ihr, wie sie sagte, bis ins Herz. Ihre gingen mir, wenn's möglich war, noch tiefer. Sie brannten in mir und führten Ströme des Entzückens in die entlegensten Teile meines Körpers. Ach, die Entladung! ... Sie ist göttlich, nein, sie ist die Gottheit selbst! Warum stirbt man nicht an ihrer Gewalt?! Starb nicht die Mutter des Gottes der Trinker, als Jupiter sie fickte! Denn missversteht das nur nicht, ihr Herren Mythologen: nicht das Äußere, nicht die Majestät des Herrn der Himmel raubten Semelen das Leben, sondern der glühende Same, der seinem göttlichen Gliede entquoll.

Mohammed, ich befolge dein Gesetz, ich bin dein gläubiger Verehrer, aber halte mir Wort, lass mich tausend Jahre der Lust leben, lass mich die nie schwindende Freude köstlicher Umarmungen genießen, die du deinen Getreuen mit den roten, weißen, grünen, gelben Huris versprichst – ach, die Farbe tut ja nichts zur Sache: wenn ich vögle, ist mir alles gleich.

Nicole war entzückt von mir und sie entzückte mich nicht minder. Welch ein Unterschied zwischen einer Alten und einer Jungen! Diese vögelt aus Liebe, jene aus Gewohnheit. Ihr Alten, lass der Jugend die Vögelei, die euch eine Arbeit, ihr aber ein Vergnügen ist!

Mein Glied, das härter war als vor dem Akt, blieb in seiner Hülle ohne weich zu werden. Nicole drückte mich feuriger an sich und auch in mir wütete ein ungeahnter Brand. Sie hätte mich nicht um die Welt losgelassen! Und ich sie auch nicht!

Ein Geräusch im Nebenzimmer brachte uns plötzlich die Angst zurück, die wir schon verloren hatten. Unklugheit ist die stete Begleiterin der Liebe; das Glück macht blind und nimmt einen derart ein, dass man nicht daran denkt, es könnte weichen.

In unserer Verzückung verrieten wir uns. Das Bett stand dicht an der Holzwand, die Françoisens Zimmer vom Nebenraum schied. Wir dachten nicht mehr daran, dass Françoise drüben sei und dass wir ihre Aufmerksamkeit durch die unvorsichtigen Stöße wecken könnten, die wir dem Bett und die dieses der Wand mitteilte.

Schneller als der Blitz ist sie vor der Tür. Kein Schlüssel! Was tun?! Sie ruft Nicole. Beim Ton der schrecklichen Stimme überläuft's und kalt. Wir halten plötzlich inne und die Alte hört auf zu schreien.

Lang hielt aber die Vernunft bei uns nicht an. Wir waren zu geil, um die beschämende Untätigkeit auf die Dauer zu ertragen, und gingen von Neuem ans Werk. Obgleich wir's mäuschenstill taten, wusste die Alte, die auf der Lauer lag, doch, was vorging. Aus den dumpfen Tönen unserer Seufzer und aus den abgebrochenen Worten, die uns entschlüpften, erriet sie den wahren Grund unseres ruhigeren Verhaltens, und sie, die sich inzwischen wieder ins Nebenzimmer begeben hatte, schlug von Neuem Lärm.

„Nicole!“, rief sie und klopfte an die Wand, *„Nicole, elendes Ding, willst du keine Ruhe geben?!“*

Entsetzt hielten wir den Atem an. Bald aber streifte ich alle Angst ab und sagte Nicole, dass wir uns nicht zu genieren brauchten, da wir sowieso entdeckt seien. Durch ihr Schweigen billigte sie meinen mutigen Entschluss. Sie machte mit einem Stoß des Hinteren den Anfang und steckte mir wieder die Zunge in den Mund. Das reizte mein Ehrgefühl und ich legte gleichfalls los. Wie tapfere Krieger, die dem tödlichen Feuer der feindlichen Artillerie standhalten und beim Lärm der donnernden Kanonen lächelnd zum Angriff übergehen, arbeiteten wir, trotz der Schläge, die Françoise auf die Holzwand niederprasseln ließ, furchtlos weiter. Wir wurden fertig … War es die Störung, war es der Lärm, den die Alte noch immer schlug, die uns angeeifert hatten – kurz, wir mussten einander gestehen, dass wir bisher keine solch große Lust empfunden hatten.

Fünf Nummern in dieser kurzen Zeit – das war nicht übel für einen Rekonvaleszenten! Und ich fühlte mich durchaus nicht kampfesmüde. Ich musste all meine Vernunft zu Hilfe nehmen, um dem Liebestosen Einhalt zu tun, und ich brachte es zuwege, die Lust niederzuringen. Ich muss allerdings gestehen, dass meine Mäßigung noch einen zweiten Grund hatte. Der guten Françoise könnte die Geduld reißen, ihre noch immer milden Vorstellungen könnten in laute Rufe übergehen, und was täte ich, wenn sie nicht aufhört zu schreien oder sich gar als Wachtposten vor unserer Tür aufstellt?!

Böse Sache das! Sollte ich mich der Gefahr aussetzen beim Betreten des Korridors erwischt zu werden, oder sollte ich denn gar bis zum dämmernden Morgen im Zimmer belagert bleiben?! Schließlich musste ich ja doch hinaus. Wie aber? Wir waren doch beide nackt! Schickt sich's, dass ein junger Mann und ein junges Mädchen in diesem Aufzuge beisammen sind? Das Sicherste wäre den Rückzug auf der Stelle zu vollziehen. Ich tat's. Bevor ich mich aber auf den Weg machte, wollte ich noch – ich wäre ein Narr gewesen, es nicht zu tun – Nicole die Meinung rauben, dass der Abbé sie so gut gevögelt habe; es hätte meiner Eigenliebe einen starken Stoß versetzt, wenn ich dem Lümmel die Ehre belassen hätte, die ich in seinen Namen errang. Eitelkeit in solch einer Lage? Da lachst du, lieber Leser, was? Na, ich wollte dich an meiner Stelle gesehen haben! Du darfst nicht vergessen, dass ich des Abbés minder glücklicher Nebenbuhler war und freudigen Anlass hatte mich an ihm zu rächen. Du wärst genauso eingebildet gewesen wie ich und hättest ebenso wie ich gesagt: *„Schöne Nicole, warst du mit mir zufrieden?"*

Daraufhin hätte sie geantwortet, dass sie bezaubert sei, und du wärest fortgefahren: *„Sag selbst, ob du das von dem kleinen Kerl erwartet hast, den du immer verachtetest? Du tatest ihm unrecht, er verdiente nicht die schlechteste Behandlung, die du ihm zuteil werden ließest. Du siehst, dass die Kleinen oft mehr wert sind als die Großen. Lebe wohl, liebste Nicole, ich bin Saturnin."*

Du hättest sie dann, genauso wie ich, umarmt und von der Eröffnung niedergeschmettert zurückgelassen, wärst zur Tür geeilt und hättest sie aufgerissen und wärst dann ruhig schlafen gegangen. Wollte Gott, dass du dabei so viel Glück gehabt hättest wie ich!

Ich konnte kaum den Anbruch des Tages erwarten, um zu erfahren, was für Folgen diese merk- und denkwürdige Nacht haben werde. Das Pech des Abbés freute mich im gleichen Maße wie mein Glück. Da niemand – mit Ausnahme Nicoles, auf deren Verschwiegenheit ich rechnen konnte – wusste, wie weit ich im Spiele sei, machte ich mir schon im Voraus ein Bild von der Verlegenheit der an den nächtlichen Szenen Beteiligten; das Vergnügen würde umso größer sein, als ich der einzige ruhige Beobachter wäre. Der Pfarrer, sagte ich mir, wird eine düstere, schweigsame Miene zur Schau tragen; er wird schlecht gelaunt sein und Schläge austeilen. Möge er's nur ruhig tun; mich wird er nicht treffen. Françoise wird alle Schüler der Reihe nach mit forschenden Blicken, die von der Wut gerötet und leuchtender sein werden, betrachten; sie wird ihr Augenmerk hauptsächlich auf die Erwachsenen unter ihnen richten, um den zu finden, an dem sie sich rächen kann. Nicht für die Genüsse, die sie ihm verdankt, sondern für jene, die er dem Mädchen vermittelte. Wenn sie mich erkennt – na, das wird was Feines geben! Nicole wird es kaum wagen, sich zu zeigen. Und wenn sie sich blicken lässt, wird sie erröten und vor Schande zu vergehen meinen; sie wird mich vorwurfsvoll, vielleicht auch schmachtend anblicken. Was werde ich da tun? Sie ist lüstern; soll ich grausam sein? Vielleicht wird sie dem Abbé den Abschied geben? Ach, der bliebe dennoch der zudringliche Mensch, der er ist!

Ich war von all diesen Gedanken so benommen, dass ich gar nicht ans Einschlafen dachte, und ich hatte noch immer kein Auge geschlossen, als Aurora mit ihren rosigen Fingern schon das Tor des Ostens öffnete. Ruhe tat mir not. Der Schlaf stellte sich endlich ein und es war erst spät am Tage, als man mich aufrütteln konnte. Toinette stand vor mir und schien mein Erwachen abgewartet zu haben! Ich wurde bleich und gleich darauf rot und zitterte am ganzen Leibe. Ich war der festen Meinung, man habe bereits den Stab über mich gebrochen, man wisse, dass ich mein Teil an den Wirrnissen der Nacht habe, und wolle mich's jetzt büßen lassen. Kraftlos sank ich auf die Kissen zurück.

„Saturnin, sag doch, bist du noch krank?“, fragte Toinette teilnehmend. Keine Antwort.

„Der hochwürdige Pater Polycarpe wird also heute ohne dich abreisen müssen“, fuhr sie fort, *„obgleich er mit großer Bestimmtheit darauf rechnete, dich mitzunehmen.“*

Meine Trübsal war wie weggeblasen. *„Er reist ab?“*, fragte ich lebhaft. *„Ah, wahrhaftig, ich fühle mich ganz wohl!“* Ich sprang aus dem Bett und war im Nu angekleidet; ehe noch Toinette recht wusste, was den plötzlichen Umschwung meiner Empfindungen herbeigeführt habe. Ich ging mit ihr.

Toinettes Mitteilung hatte mich zu angenehm berührt, als dass ich Bedauern beim Verlassen des Pfarrhauses hätte empfinden sollen. Ich dachte nicht einmal daran, dass ich nun Suzon nicht mehr sehen werde. Pater Polycarpe erwartete mich schon und war entzückt mich wiederzusehen. Ich will nicht von den Zärtlichkeiten Ambroisens beim Abschied sprechen, nicht von den Küssen und Tränen Toinettes. Sie vergoss sie reichlich und ich gleichfalls. Bald saß ich im Sattel und ritt mit Hochwürden davon. Adieu, Ambroise, adieu Toinette!

Diese Reise ging gut vonstattens und heil und munter langten wir im Kloster an.

Mein neues Leben

Ich trete in ein neues Leben ein. Von Geburt an bestimmt, die Zahl der geheiligten Schweine zu vermehren, die durch Frömmigkeit der Gläubigen im Überflusse ernährt werden, hatte mir die Natur die glücklichsten Anlagen für den Priesterstand mitgegeben, und die Erfahrung hatte schon begonnen diese Gaben zu vervollkommnen.

Aufrichtigkeit wirkt immer überzeugend. Es gibt jedoch Geschehnisse, die aus dem Rahmen des Gewöhnlichen heraustreten, und diese will ich, wenn sie auch unwahrscheinlich klingen sollten, erzählen. Man denke eben daran, dass tatsächliche Begebenheiten oft am unwahrscheinlichsten klingen, dass die Wahrscheinlichkeit nicht immer das charakteristische Merkmal der Wahrheit ist. Soll ich befürchten, dass man's merkwürdig findet, ruchlose, ausschweifende, verderbte Mönche zu sehen, die da glauben biedere Leute zu sein, weil man sie noch nicht entlarvt hat; ungetreue Geistliche, die das gläubige Volk auslachen und unter der Maske der Religion das am liebsten tun, was sie am lautesten verdammen? Ist das vielleicht etwas Außergewöhnliches? Nein, es ist die Regel! Die Franziskaner, die Karmeliter, die Jesuiten und wie sie alle heißen mögen bestätigen tagtäglich mit ihrem Tun meine Behauptungen. Tausende von Histörchen sind darüber im Umlauf; erzählte man sie sich sonst?

Man gestatte, dass ich einige Gedanken hierhersetze, die ich mir in den Augenblicken machte, wo das Ablassen von der Luft mich mir selbst wiedergab und mich das Leben, das wir führen, unparteiisch betrachten ließ. Sie sind umso ehrlicher, als sie von einem stammen, der sie leider nie ausführte.

Welche Mächte haben so viele dem Charakter, dem Geist und dem Herzen nach verschiedene Leute in den Klöstern zusammenführen können? Faulheit, Hurerei, Feigheit, Trunksucht, Lügenhaftigkeit, Verlust der Güter und der Ehre.

Armes Volk, das da genügend einfältig ist, um zu meinen, die Religion bevölkere die Klöster! Ich wünschte nur, es könnte einmal ganz hineinsehen! Es gäbe keinen, der nicht entsetzt vom Anblick der Sittenverderbnis über seine bisherige Leichtgläubigkeit erröten würde und die Heuchler in dem Maße verachten lernte, wie sie's verdienen. Hört nun, was ich euch enthüllen will, und staunt!

Ihr habt doch den Pater Cherubin gekannt, den frommen Mann, dessen gerötetes Vollmondgesicht eitel Lust ausstrahlt. Ihr, sage ich, die ihr ihn gekannt habt, bevor sein Haupt mit der Haube von schwarzem Serge vermummte. Wie lebte er da?

Er legte sich nie zu Bett, wenn er nicht seine acht oder zehn Flaschen besten Weines hinter die Binde gegossen hatte, und oft überraschte ihn der anbrechende

Tag sogar unter dem Tische, unter den Resten des Soupers begraben. Er hat der schnöden Welt Valet gesagt, Gottes Gnade hat ihn erleuchtet, ihn auf den rechten Weg geführt, und er beschritt ihn. Ich will nicht danach fragen, ob der Himmel oder die an ihn glauben dieses Wunder vollbracht haben, ich will euch nur sagen, dass der gute Pater Cherubin noch immer dem unerschrockensten Säufer standhält, dass er alles versäuft und auffrisst: die Einnahmen des Klosters, das Kloster selbst, die Mönche, die Kirche, die Sakristei, die Glocken, den Teufel! So habt ihr ihn gekannt, und so ist er noch heute.

Und Pater Modestus? Als er noch unter euch war, da platzte er vor Arroganz und erstarrte in Eigenliebe. Hat sich sein Charakter geändert, seitdem er den Leib dreifach mit dem geweihten Strick umgürtete? Ihr glaubt, es sei so; ich aber, der ich ihn kenne, ich versichere euch, dass er der frechste Kerl ist, der jemals die Kutte anlegte. Hört doch nur zu, wenn er spricht; Louis Bourdaloue *(großer Kanzelredner, † 1704)* ist ein Stotterer im Vergleich zu ihm, er redet feiner als alle großen Theologen zusammengenommen, besser als der heilige Thomas – sagt er –, und er ist ein Phönix, wenn ihr ihm glauben wollt. In euren Augen ist er aber nur ein Narr und in meinen auch!

Seht euch den Pater Bonifazius an, diesen verschmitzten Schnüffler, der fromm das Haupt neigt, der die hohlen Augen zu Boden schlägt und sich während des Gehens mit dem Himmel auseinanderzusetzen scheint, um das Ende eines Lebens herabzuflehen, das ihm zur schweren Last geworden ist. Hütet euch vor ihm, er ist eine schleichende Schlange! Er dringt in euer Heim; bewacht eure Frau, schließt eure Töchter ein, bringt eure Söhne in Sicherheit! Denn er pousseriert, lässt sich in den Hintern fahren und vögelt! Wenn ihr ausgegangen seid, sucht er euer Haus auf, greift euch an die Stirn, ob ihr nicht schon gehörnt seid, untersucht eure Frau, eure Töchter und Söhne; alle sind gevögelt oder pousseriert worden!

Ihr kennt auch den Pater Hilarius. Das ist der ärgste Strolch, vor dem ihr eure Börsen zuschnuren müsst! Wenn er euch Tröstung gespendet hat, wird er euch in den schwarzesten Farben die Not des Klosters ausmalen; den armen Patres fehlt's an allen Ecken und Enden, sie nähren sich wie die Ärmsten der Armen, schlafen wie die Hunde und können den Verfall des Klostergebäudes nicht aufhalten. Werdet ihr den armen Pater Hilarius darben lassen? Nein, das Herz wird euch weich, ihr öffnet die Börse: nehmt nur, Pater Hilarius, greift nur zu, ihr habt wieder einen Dummen gefunden, nehmt, brandschatzt, stehlt, tragt alles davon, jede Beute ist gut, ihr tut's doch für die Kirche!

Welche Menge hässlicher Charaktere könnte ich wohl zeichnen, wollte ich alle Mönche Revue passieren lassen! Ändern sich die Neigungen, wenn man andere Lebensgewohnheiten annimmt? Nein, der Säufer wird immer trinken, der Dieb stets stehlen und der enragierte Vögler alles seiner Lust opfern! Ich gehe sogar weiter und sage: unter der Kutte verstärken sich die Leidenschaften, sie dringen immer tiefer ein, das schlechte Beispiel treibt sie zum Ausbruch, der Müßiggang lässt sie nicht verkümmern, die günstige Gelegenheit vermehrt sie. Und das Mittel, um ihrem verderblichen Einflusse zu widerstehen? …

Um diese verschiedenen Spezies der „*Tiere*“ richtig beurteilen zu können, die auf der Erde kreuchen und unter dem Gattungsnamen „*Mönch*“ bekannt sind, muss man alle als Feinde der menschlichen Gesellschaft ansehen. Unfähig, die Pflichten zu erfüllen, die man von anständigen Menschen verlangt, haben sie sich dem Bereiche dieser entzogen und sich ins Kloster, als einzigem Asyl, zur freien Betätigung ihrer lasterhaften Neigungen geflüchtet.

Man könnte ihre Gemeinschaften mit Himmelsplagen vergleichen; mit jenen Wolken von Heuschrecken, die zur Erde fallen und alles benagen, fressen und verwüsten und die traurigsten Spuren ihrer Anwesenheit hinterlassen, oder mit jenen Horden barbarischer Völker, die aus ihren Sümpfen hervorkrochen, um Europa zu überschwemmen.

Sie hassen und verabscheuen einander, aber das gemeinsame Interesse verbindet sie. Von den inneren Fehden, die sie verzehren, lenken sie jene gegen den äußeren Feind ab. Nichts ist äußerlich besser organisiert als ihre Armee, nichts innerlich weniger. Welche Spaltungen, welche Intrigen und Umtriebe, wenn es sich um die Wahl des Ordensgenerals handelt! Jeder will's werden! Man schreit, man rennt umher, man ereifert sich, man schlägt und tötet einander. Handelt sich's aber darum, Streifzüge in die Außenwelt zu unternehmen, die Börsen der Gläubigen heimzusuchen, neue Praktiken des Aberglaubens zu ersinnen, dann ist überall der gleiche Geist am Werke, sind alle vom gleichen Eifer beseelt, strebt alles demselben Ziele zu; dem Befehle der Oberen gefügig, reihen sich die Mönche unter die Fahnen, besteigen sie die Kanzel, beten, ermahnen, beschwören sie, locken sie das dumme Volk an, das blind ihrem Rufe folgt und ihre Launen hinnimmt, als wäre ein Leben ohne sie ein Ding der Unmöglichkeit.

Ich will diesem „*Lobe*" Verse beifügen, die vom gesunden Menschenverstand diktiert und durch die Erfahrung gerechtfertigt sind.

Tolle autem lucrum, superos et sacra negabunt: Ergo sibi non coelestis haec turba ministrat. Utilitas facit esse Deus qua nempe remota, Templa ruent, nec erunt area nec Jupiter ullus.

Nach allem, was ich von den Geistlichen bei Ambroise gesehen hatte, besonders die Galanterie des Paters Polycarpe und Toinettens, hatte ich die schönsten Begriffe vom Mönchtum. Ich war der Meinung, die Kutte sei das Gewand, in dem man den freisten Eintritt zum Tempel der Lust habe, und meine Fantasie berauschte sich an den heiteren Bildern, die sie sich vorzauberte. Sie machten nicht bei Toinette halt, sondern zeigten mir die schönsten Weiber an Orten, wohin mich das Schicksal noch führen würde, wie sie sich um den Besitz des Paters Saturnin rauften, wie sie seinen Wünschen durch die aufmerksamsten Zärtlichkeiten zuvorkämen, wie sie seine Liebesergüsse durch äußerst stürmische und köstliche Erwiderungen lohnten. Man wird nicht fehlgehen, wenn man hiernach annimmt, dass ich freudig das Ordenskleid in Empfang nahm, womit mich der Pater Prior, der sich mir vom ersten Augenblick an mit wahrhaft väterlicher Zuneigung anschloss, schon am zweiten Tage nach meiner Ankunft beehrte.

Ich hatte beim Pfarrer genügend Latein gelernt – er selbst konnte allerdings nicht viel –, um im Noviziat mit Ehren zu bestehen. Man belobte mich wegen meiner guten Anlagen; waren sie mir zu etwas nütze? Ach, nein! Wie weit hab' ich's durch sie gebracht? Zum Pförtner! Schöner Erfolg, das!

Als ehrlicher Chronist fühlc ich mich verpflichtet, den Leser Jahr für Jahr weiterzuführen: er wird mich zuerst als Novizen, dann nach Ablegung des Klostergelübdes, schließlich als ehrwürdigen Klosterbruder sehen. Ich habe tausenderlei zu berichten; Dinge, die vielleicht weniger gefallen als interessieren werden. Welches Interesse hat man an einem Kuttenbruder, der eifrig disputiert, den gesunden Menschenverstand durch Argumente in baroco ad absurdum führt und haarscharfe Unterscheidungen macht, die er selbst nicht versteht? Ich weiß mir Besseres.

Ich werde allerdings nicht vermeiden können, beim Erzählen in die Einzelheiten minder wichtiger Dinge einzugehen, da der Zeitraum, den ich durchfliegen werde, enorm groß ist.

Nach mehrjährigem Aufenthalt im Kloster verflogen die Träume, in denen ich mich beim Eintritte gewiegt hatte. Ich hatte die unliebsame Erfahrung gemacht, dass das Vergnügen wohl für die Mönche, aber nicht für die Neulinge im Kloster geschaffen sei. Ich schwankte zwischen der Reue, mich einem Stande gewidmet zu haben, der nicht die erträumten Annehmlichkeiten bot, und dem Verlangen, zur Priesterweihe zugelassen zu werden, die ich als Ziel meiner dornigen Laufbahn und als Ausgangspunkt einer neuen betrachtete, die nur aus rosigen Tagen voller Lust bestehe. Und ich ließ mich von den Zeichen der Zuneigung des Priors umspielen, der es für seine gerngeübte Pflicht hielt, mich für die Verachtung zu entschädigen, die mir andere bezeigten; unter dem Vorwande, dass ich nur der Sohn eines Gärtners sei, in Wirklichkeit aber, weil ich ihnen im Studium überlegen war.

Die ewigen Vorwürfe, die man wegen meiner Herkunft machte, verekelten mir Ambroisens Haus. Toinette war für mich eine verbotene Frucht geworden, womit ich nicht sagen will, dass ich ihr weniger zugetan war. Wäre sie aber einem einfachen Novizen zugänglich, wo lauter Geistliche sie umgaben?

Es gab noch einen fasslicheren Grund für mein Fernbleiben: Ich hätte Suzon nicht mehr gefunden; sie existierte nicht mehr für mich. Sie war kurz nach meinem Eintritt bei den Cölestinern aus Frau Dinvilles

Schloss verschwunden und man hörte nie mehr etwas von ihr. Ihr Verlust hatte mir bitteren Schmerz bereitet. Ich liebte sie, und ein gewisses Etwas, das stärker war als mein Temperament, fesselte mich an sie. Die Einsamkeit, worin ich lebte, verstärkte noch mein Leid, und die Stätte, die unseren traulichen kindlichen Verkehr sahen und unser erstes Liebesgeflüster hörten, hätten mich nur in noch größere Betrübnis gestürzt. Jede angenehme Erinnerung wäre duch die Abwesenheit jener, der ich sie verdankte, vernichtet worden. Schmerzbewegt gedachte ich der lieben, kleinen Suzon!

Ach, der arme, zu Untätigkeit verurteilte Bursche!, werden nun Weichherzige ausrufen, die von meinem Missgeschick ergriffen sind. Was tut er denn nur, der arme kleine Saturnin? – Nun, er onanierte. Ich versichere euch, mein Ding allein spendete mir Trost, er ließ mich Leid und Kummer vergessen.

Eines Tages war ich mitten in der besten Arbeit; an einem Orte, wo ich mich unbeobachtet glaubte. Ich besänftigte mich mit jener wollüstigen Trägheit, die die Einsamkeit gewährt. Ein Schlingel von einem Mönche beobachtete mich; er gehörte nicht zu meinen Freunden; im Gegenteil, er war einer jener, die sich am meisten von mir zurückgezogen hatten. Er stand so plötzlich vor mir, dass ich vor Schreck die Arme sinken ließ und in diesem Zustand, seinen boshaften Blicken ausgesetzt, verharrte. Ich hielt mich für verloren und glaubte, er werde jedem die Neuigkeit erzählen. Die Art, wie er sich mir näherte und mich ansprach, bestärkte mich in diesem Glauben.

„Haha, Bruder Saturnin!“ Er hob den Blick zum Himmel und kreuzte die Arme. *„Haha, ich hätte dich nie derartiger Dinge für fähig gehalten! Du, der Musterknabe des Klosters, du, der beste Schüler, du …“*

„Zum Teufel“, unterbrach ich ihn barsch, *„beende deine Predigt! Du hast eben gesehen, wie ich onanierte, und ich weiß nur zu gut, dass du das ganze Kloster damit vollmachen wirst. Gut, gut, zum Teufel! …“* Und ich setzte mein Werk fort: *„Lach nur weiter, bring her, wen du willst; bei der zehnten Entladung erwarte ich euch!“*

„Aber, lieber Bruder“, sagte er ruhig, *„ich will dir etwas sagen, und ich meine dir's gut. Wozu denn selbst onanieren? Wir sind unser doch so viele, wozu sich einsam dem Vergnügen hingeben?“*

„Du willst mich also noch duzen?! Hör einmal, lieber Andreas“ – so hieß er nämlich –, *„du fängst an mich zu langweilen und kannst deine Freundlichkeit ebenso für dich behalten wie deine Ermahnungen. Jetzt lass mich in Ruhe oder ich … ich …“*

Die Lebhaftigkeit, womit ich diese Worte ausgestoßen hatte, brachen seinen erkünstelten Ernst. Er lachte laut auf, reichte mir die Hand und sagte:

„Da, nimm sie, Bruder; ich wusste nicht, dass du so viel Lebensart besitzest; ich beklage dich aufrichtig, weil du auf die traurige Notwendigkeit angewiesen bist dich selbst zu wetzen. Ich will dir ein besseres Los bescheiden; es ist schon lange her, dass du dich von dieser saftlosen Speise nährst; du sollst von nun an bessere Nahrung genießen.“

Diese Worte entwaffneten mich, seine Freimütigkeit forderte die meine heraus und ich reichte ihm meine Hand hin.

„Ich hege kein Misstrauen gegen dich, da du mir in dieser Weise entgegenkommst", sagte ich. *„Ich nehme dein Anerbieten an."*

„Komm", warf er ein, *„gib dich nicht mit Kleinigkeiten ab, knöpf die Hose zu und halte dich für die Nacht bereit. Ich gebe dir mein Ehrenwort, dass ich dich um Mitternacht in deinem Zimmer aufsuche. Mehr will ich dir jetzt nicht sagen. Ich werde jetzt vorausgehen; folge mir erst nach einiger Zeit. Es ist nicht nötig, dass man uns zusammen sieht; das gäbe nur Grund zum Klatsch. Auf Wiedersehen!"*

Ich hatte mich noch immer nicht ganz von meinem Erstaunen erholt, als der Mönch schon ein Stück weit fort war. Vom Onanieren war keine Rede mehr; mich beschäftigte einzig sein Versprechen und ich sann darüber nach, ohne dessen Sinn zu fassen. Was mag er nur mit der *„besseren Nahrung"* gemeint haben, wovon er sprach?, überlegte ich. Wenn er einen Novizen meint, so mag er ihn meiner Treu für sich behalten; das ist nichts für mich! Ich urteile wie ein rechter Dummkopf; hatte ich's denn schon je versucht? Ist denn ein Knabe ein schlechter Bissen?

Das Vorurteil ist wie ein Tier, das man auf die Weide schicken muss. Mit der Knabenliebe geht es einem wie mit einer Speise, vor der man Ekel empfindet: der pure Zufall setzt sie einem vor, und siehe da, sie schmeckt wirklich delikat. Gibt es etwas Reizenderes als einen hübschen Lustknaben, von weißer Haut, mit wohlgeformten Schultern, schön abfallenden Lenden, harten, runden Hinterbacken und einen Hintern von vollendetem Oval, der eng gebaut, sauber und haarlos ist? Da gibt es keine stinkenden Löcher, keine Schlünde, in die man nur angekleidet einsteigen kann – pfui Teufel!

Ich seh dich vor mir, du sauertöpfischer Kritiker, wie du mir vorwirfst, dass ich mir zwei Eisen im Feuer halte: dass ich erst die Fut gelobt und nun das Lob des Hintern singe. Höre, du großes Kind, dass ich mich auf die Erfahrung berufen kann; jeder holt sich sein Vergnügen dort, wo er's findet. Mein Vergnügen besteht darin, ein Weib zu vögeln, wenn ich's bei der Hand habe, und wenn ein hübscher Knabe vor mir steht, werde ich ihm wahrhaftig keine Fußtritte auf den Hintern versetzen! Nein, Dummkopf, da werde ich ihm eben mit dem Schwanz hineinfahren! Geht zu den berühmten griechischen Weisen in die Schule oder seht euch bei den rechtschaffensten Leuten unserer Zeit um – dort werdet ihr wahre Lebenskunst erlernen.

Andreas wird gleich kommen. Es schlägt Mitternacht, an der Türe klopft's. Das ist er. Gut: ich werde ihm folgen; aber wo zum Teufel will er mich hinführen? Was – zur Kirche?! Ach, du uzest wohl?! Man kann doch nicht immer beten! Herrgott, ich bin wirklich nicht dazu aufgelegt! Alles zu seiner Zeit; die Nacht gehört dem Schlafe.

„Donnerwetter, so komm doch nach“, hör ich meinen Führer sagen, *„siehst du denn nicht, dass ich in den Orgelchor gehe! Steig nur herauf – so – da sind wir schon.“*

Wisst ihr, was ich im Chor sah? Einen Tisch, der sich unter der Last der Speisen bog und den wahren Pyramiden von Flaschen krönten.

Außerdem: drei Mönche, drei Novizen und ein junges, etwa 18-jähriges Mädchen, das schön wie ein Engel war. Ich folgte meinem Führer. Pater Kasimir war das Haupt der fröhlichen Bande. Lächelnd begrüßte er mich.

„Pater Saturnin, sei willkommen! Pater Andreas hat dein Lob gesungen, das durch seine Protektion gerechtfertigt wird. Er hat dir jedenfalls schon erzählt, was wir hier treiben; wir vögeln, fressen, saufen und lachen; das ist unsere Beschäftigung. Fühlst du dich geneigt, dasselbe zu tun?“

„Hol's der Teufel, jawohl, Ehrwürden“, antwortete ich, *„ich werde schon beweisen, dass ich ein nützliches Glied der menschlichen Gesellschaft bin und mir schmeichle, meinen Mann ebenso gut zu stellen wie nur einer, wenn es sich um nichts anderes handelt als das, was ich soeben hörte. So wahr ich lebe! Ohne den Herren nahetreten zu wollen“*, sagte ich.

„Gut“, fiel Pater Kasimir ein, *„du gehörst zu uns. Setz dich zwischen dieses reizende Kind und mich. Los, brechen wir einer Flasche den Hals und leeren wir sie auf das Wohl des Ankömmlings. Prosit!“*

Wir zechten tüchtig. Während wir die Flaschen leeren, hast du ohnehin nichts zu tun, lieber Leser, und so will ich dich bitten das Nachfolgende zu lesen.

Pater Kasimir war mittelgroß, hatte ein gebräuntes Antlitz und einen Prälatenbauch. Nicht den eines Papefiguiére-Prälaten *(Ketzer, Rabelais),* der, wie Meister Jean de la Fontaine sagt, gottverflucht, von magerem Gesicht und hagerer Gestalt ist und nie schläft, sondern den eines Papimaine-Prälaten *(wütender Papist, Rabelais),* mit rundlichem Körper und dickem, wohlgefülltem Bauche. Er vögelte einen mit den Augen schon auf 100 Schritt Entfernung und sein wilder Blick besänftigte sich nur angesichts eines schönen Knaben; da trat der Schänder in die Brunst und wieherte vor Geilheit. Seine Leidenschaft für das Naturwidrige war so tief ausgeprägt, dass selbst die *„Savoyarden"* ihn fürchteten. Er war ein geschickter Vogelsteller und ein moderner Schöngeist. Als Schriftsteller aber enttäuschte er; als Kritiker war er kaustisch, als Dichter trocken, wenn er lobte, war er langweilig, gefällig, aber schwerfällig, ironisch ohne Feinheit. Einen Namen hatte er sich mit einigen Werken gemacht, die ihren Ruf eher der Dummheit jener verdankten, die er darin angriff und verleumdete, als ihrem wahren Wert. Der Erfolg feiner Schriften tröstete ihn für die Hiebe, die unzufriedene Autoren ihm zeitweise versetzten, weil er über ihr *„Geschreibsel"* boshafte Bemerkungen in Umlauf setzte. Dennoch muss man gestehen, dass diese Autoren mit Unrecht ihren Zorn über ihn ausgossen. Wenn die

Satiren auch unter seinem Namen erschienen, so hatte der arme Pater zum größten Teil doch nichts anderes mit ihnen zu tun als die Manuskripte einiger junger Leute zu redigieren, die die Arbeit für ihn machten. Er pflegte sorgfältig kleine Talente, denen er den zu verarbeitenden Stoff unterbreitete, deren Arbeiten er dann durchsah und drucken ließ. Die Früchte, die allerdings mitunter recht bitter waren, heimste er ein. Das war ihm aber gleichgültig. Wie der Geizige sich über das Hohngelächter des Volkes tröstet, wenn er seine Geldkiste öffnet, so trocknete ihm das Gelächter, das im Publikum auf Kosten der von ihm angegriffenen Autoren erscholl, die Tränen, die diese ihm durch ihre Gegenangriffe vergießen ließen.

Über seine literarische Tätigkeit vernachlässigte er nicht die Neigungen seines Herzens. Er hatte Mittel und Wege gefunden, sie zu befriedigen ohne seine Zelle verlassen zu müssen; er bediente sich derselben Leute zu seiner Lust wie zu seiner Arbeit. Als Lohn für ihr Entgegenkommen überließ er ihr seine Nichte, und dieses gefällige Mädchen beglich gern die Schulden ihres geliebten Onkels. Der Klosterpförtner stand dem Pater zu Diensten und so fand alles leicht den Weg ins Kloster: Wein, Speisen und das Mädchen.

Der Orgelchor war als bestpassender Ort zum Schauplatz der Orgien bestimmt worden, weil, wie Pater Kasimir sagte, niemand Verdacht schöpfen könnte, dass man die Nacht in der Kirche verbringe. Ein weiterer Grund bestand darin, dass alle Teilnehmer an den

Orgien auch den Assistenzdienst bei der Messe halten und die nächtlichen Besuche in der Kirche nur als Übereifer ausgelegt werden konnte, der den Schwätzern den Mund schloss. Trotz der Sorgfalt, womit Pater Kasimir sich seine Schüler zu erhalten suchte, fiel immer einer oder der andere von ihm ab. Der Grund liegt einfach darin, dass die Erinnerung an empfangene Wohltaten leicht zur Undankbarkeit verleitet. Diese „*Deserteure*" bedienten sich gegen den Pater der Pfeile, die er sie seinen Feinden gegenüber schärfen gelehrt hatte. Einer von ihnen machte das folgende Sonett auf ihn, das den fernsten Zeiten überliefert zu werden verdient:

Sonett

Dom Hapecon hatt' einst, das geile Luder,
satt, dass ihn sein Schwanz so
hart wie eine Keule drücke;
er ließ das Kloster sein, vom Onanieren matt,
und ging in ein Bordell, dass eine Hur' er ficke.
Der Schuft, der stets umsonst bisher gevögelt hatt'
– und der sechs Nummern macht
in diesem Augenblicke –,
zog gleich den Schweif heraus,
ging hin zur Liegestatt
und wollt' ins Loch …
Vor Geilheit ging er schon in Stücke.
„Schön, schön", sprach drauf die Hur',
„steck ihn nur wieder ein,
erst schicke recht viel Geld,

du ausgekochtes Schwein …
Vom Vögeln lebt man hier,
wie ihr vom frommen Beten!"
Der Pater, ganz verblüfft von diesem schroffen Wort,
verließ, da er kein Geld besaß, geschwind den Ort
und pousseriert' Novizen in seinen großen Nöten.

Ich will keine Farbe mehr auftragen; jeder weitere Pinselstrich würde die Wirkung des Bildes, das ich vom Pater Kasimir entworfen habe, nur abschwächen.

Seine Nichte war klein und brünett, lebhaft und sprühend. Auf den ersten Blick machte sie keinen besonders günstigen Eindruck, aber bei genauerem Zusehen gewann sie. Sie wusste sich mit solcher Geschicklichkeit zu dekolletieren, dass ihr Busen mehr Eindruck machte als manch einer, der vollkommener ist. Sie hatte kleine Augen, sie waren aber schwarz, und aus ihnen sprühte Liebesleidenschaft; ihr Blick war begeilend, und wenn es auch den Anschein hatte, als ließe sie ihn gleichgültig auf einem ruhen, so lebte in ihr doch die raffinierteste Koketterie. Sie hatte einen großen Mund, aber schön geformte Lippen. Sie lachte gern und zeigte dabei nicht nur zwei Reihen herrlicher Zähne, sondern enthüllte auch eine Fülle ungeahnter Anmut. Sie entzückte durch Lebhaftigkeit und Witz in ihren oft zweideutigen Gesprächen – kurz: man konnte sich keine reizendere Gesellschafterin wünschen.

Kaum hatte ich mich neben dieses nette Ding gesetzt, als ich wieder jene unbewussten, verwirrenden Bewegungen machte, wie damals, als mich der Zufall Toinette und Pater Polycarpe entdecken ließ. Die lange Enthaltsamkeit hatte mich sozusagen mit einer zweiten Natur ausgestattet, die mich sehr empfänglich für die ebenso aufreizenden wie pikanten Eindrücke machte. Ich lebte auf, weil nun ein Leben der Lust vor mir lag.

Ich betrachtete meine Nachbarin, deren sanft lächelnde Miene mir zu erkennen gab, dass meine Sehnsucht nur so lange unerfüllt bliebe, als ich die Einfalt besäße ihr keinen Ausdruck zu verleihen. Sie wollte doch nicht die Vestalin spielen, da sie sich unter Mönche begeben hatte?! Mein Glück stieg mir zu Kopfe und ich hatte große Mühe mich zu fassen. Ich zitterte am ganzen Leibe und wagte nicht das erlösende Wort zu sprechen, aus Furcht, meine Schöne könnte mir entschlüpfen. Ich hielt die eine Hand auf ihrem Schenkel, an den ich meinen drückte; sie führte die Hand in ihren Rockschlitz ein und bald war mein Finger dort, wo sie und ich ihn haben wollten. Diese Berührung, deren Genuss ich so lange hatte entbehren müssen, durchschauerte mich. Mein Erbeben blieb nicht unbemerkt und man rief mir von allen Seiten zu:

„Mut, Mut, Pater Saturnin, es wird schon werden!“

Ich wäre dumm gewesen mich über diesen Zuruf zu ärgern, wenn nicht Marianne – das war der Name unserer Göttin – mir den Mund mit einem Kusse zugedrückt und mir gleichzeitig die Hose aufgeknöpft hätte. Den einen Arm schlang sie mir um den Hals, mit der Hand des andern umfasste sie den stehenden Schwanz.

„Oh“, rief sie begeilt aus, indem sie sich der Gesellschaft zuwandte, der sie den sich stolz einen halben Fuß über Tischeshöhe emporreckenden Schweif zeigte, *„oh, ihr armseligen Kerle, ihr seid doch wahre Embryonen! Habt ihr solch einen Schönen?!“*

Ausrufe der Bewunderung ertönten und alle beglückwünschten Marianne zu dem bevorstehenden Genusse. Marianne aber war in einem Taumel des Entzückens. Pater Kasimir gebot Schweigen und richtete, nachdem auch er seiner Nichte zu ihrer Akquisition gratuliert hatte, das Wort an mich:

„Pater Saturnin, verfüge über Marianne. Ich würde ihr Lob singen, wenn du sie nicht vor dir sähest und dein Verlangen die stärkste Lobpreisung wäre. Sie hat die zarteste Haut, die härtesten und niedlichsten Brüste, das schönstgeformte Löchlein, das du dir vorstellen kannst, und alle Begriffe, die du dir von ihr machst, bleiben hinter der Wirklichkeit zurück!“

Als die Schwierigkeiten des Eindringens auf beiden Seiten beseitigt waren, lag ein blumenbesäter Pfad vor uns. Bald unbeweglich und bald rasend starb sie und lebte sie wieder auf, küsste, stieß, biss und drückte sie mich in Zuckungen, die sich mir mitteilten und die Gesellschaft in Erregung versetzten. Von der Hartnäckigkeit unseres Kampfes überrascht, der auf beiden Seiten schon viel Schweiß gekostet hatte, stimmte laut die allgemeine Bewunderung der Zuschauer ein, die um uns gruppiert, in ehrfürchtigem Schweigen, den Ausgang der Schlacht abwarteten. Ich war wütend, dass

Marianne mir standzuhalten wagte, mir der ich seit mehr als acht Jahren nicht gevögelt hatte, mir, in dem sich in kurzer Frist alle Wünsche und Kräfte ansammelten, die all die Jahre her aufgespeichert worden waren. Sie wiederum raste, weil sie einen Mönch auf sich hatte, der all ihren Anstrengungen Hohn sprach, wo sie es doch gewöhnt war, die Kräftigsten aus dem Sattel zu heben.

Wir hatten schon vier Nummern gemacht und arbeiteten unverdrossen weiter. Marianne schlos die Augen, ließ den Kopf zurückfallen und die Arme sinken und wartete regungslos darauf, dass es ihr zum fünften Mal komme. Ich gab ihr den Gnadenstoß. Mein Saft überschwemmte sie. Feuriger stieß ich zu … da … auf einmal machte sie sich los und hauchte, dass sie nicht weiterkönne.

Meines Sieges froh, bot ich ihr ein großes Glas dar, das ich bis an den Rand füllte, und nahm selbst eins zur Hand. Dann stießen wir an und feierten unsere Versöhnung.

Nach dem Friedensschlusse nahm jeder seinen Sitz ein. Ich saß wieder zwischen Onkel und Nichte. Von den Lobsprüchen, womit man Marianne und mich bedachte, ging man bald auf ein anderes Gesprächsthema über: auf die Päderastie. Kasimir trat für die mannmännliche Liebe ein wie ein zärtlicher Vater für sein geliebtes Kind; er beherrschte das Thema glänzend und zog sich somit sehr gut aus der Affäre. Er ließ alle berühmten Päderasten von Adam bis auf die Jesuiten Revue passieren: er führte Philosophen, Päpste, Kaiser und Kardinäle an und sang das Lob jedes Einzelnen. Dann sprach er von der Ungerechtigkeit und der Blindheit jener, die sich gegen ein Vergnügen wenden, das die bedeutendsten Männer, die größten Geister aller Zeiten, zu ihrem gemacht haben, und gelangte schließlich zum Untergang Sodoms. Er behauptete, dass man aus Scheelsucht dieses denkwürdige Ereignis gefälscht habe, und schloss seine Ausführungen enthusiastisch mit folgenden Versen:

… schweigt, schweigt, die ihr gar nichts versteht!
Ein Dummkopf ist, wer euch auf euern Leim geht!
Lasst nur hübsch die Bücher der Alten in Ruh …
Ihr wagt, unwissende Kerle,
den Dichtern zu rauben die Perle
und stutzt ihren Sinn, wie's euch passen soll, zu.
Oh, Sodom, du fielst nicht durch Sturmesgebraus,
nicht Schwefel und Pech machten dir den Garaus.
In göttlichem Feuer hast du gebrannt.
Oh, Sodom, warum hab' ich dich nicht gekannt?!

Der Vortrag des Paters erhielt den Beifall, den er verdiente und dessen er bei Zuhörern sicher war, denen er von einem ihnen so angenehmen Thema sprach. Man vögelte und pousserierte noch und lachte und schied dann mit dem Versprechen, einander in acht Tagen wiederzusehen. Man konnte diese Feste nicht jeden Tag abhalten; dazu hätte das Einkommen des Paters Kasimir, der gewöhnlich die Kosten bestritt, nicht ausgereicht. Marianne und ich schieden als beste Freunde von der

Welt. Das arme Kind gestand ein, dass es gefährlich sei, mit mir zu spielen; es dauerte nicht lange und das Kleid wurde ihr zu enge. Man ließ mir die Ehre der Vaterschaft. Pater Kasimir trug Sorge, dass alles glatt abgehe. Es war nur recht, dass er die Unannehmlichkeiten der Zufälle trug, denen er seine Nichte ausgesetzt hatte.

Eines schönen Tages, nachdem ich die erste Messe gelesen hatte, ließ mich der Prior zum Essen auf sein Zimmer bitten. Ich folgte der Einladung und fand einige der älteren Herren bei ihm, die mich, wie auch er, freudig umarmten. Ich wusste nicht recht, was ich davon halten sollte. Wir setzten uns zu Tisch und ließen uns das Essen gut schmecken. Als der Wein, den Se. Ehrwürden nicht aus dem schlechtesten Gewächs gewählt hatte, die Konversation höher und lauter gestimmt hatte, war ich überrascht, die Alten vom Vögeln und Pousserieren reden zu hören; sie taten's mit einer Ungeniertheit, die ich ihnen nach der Reserviertheit, die ich bis dahin an ihnen kannte, nie zugetraut hätte. Der Prior, der mein Erstaunen sah, sagte mir:

„Pater Saturnin, wir genieren uns nicht mehr vor dir, und es ist Zeit, dass auch du jedes Schamgefühl beiseite lässt. Ja, mein Sohn, die Zeit ist gekommen, du hast die heilige Priesterweihe empfangen und bist von heute ab unseresgleichen. Ich fühle mich verpflichtet dir wichtige Geheimnisse anzuvertrauen, die dir bis jetzt verborgen bleiben mussten. Es wäre auch zu gefahrvoll gewesen, sie euch jungen Leuten anzuvertrauen, von denen wir

nicht wissen konnten, ob sie uns nicht entschlüpften und die Geheimnisse verrieten, die so gut verwahrt bleiben müssen, als lägen sie im Grabe. Um diese Verpflichtung zu erfüllen, hab ich dich hierherbestellt.“

Diese großartige Einleitung machte mich auf die eigentlichen Ausführungen des Priors sehr gespannt. Er fuhr fort:

„Ich halte dich nicht für einen Schwachkopf, den das bloße Wort ‘Vögelei’ wild macht. Du kennst die Gebote der Natur zu gut, um nicht zu wissen, dass die Beförderung des Samens dem Menschen nicht ebenso selbstverständlich wäre wie Essen und Trinken. Wir sind Mönche, aber auch wir haben Schwanz und Hoden; die werden uns im Kloster nicht genommen. Die Dummheit seiner Gründer und die Grausamkeit der Menschen haben eine der natürlichsten Regungen in uns unterbunden. Sie haben nur unsere Wünsche in Verwirrung gebracht. Wie nun die Flamme löschen, die die Natur selbst in unseren Herzen entzündet hat? Sollen wir, um das Mitleid der Gläubigen zu erregen, in den Straßen und auf den Plätzen der Stadt onanieren? Sollen wir uns ihren tyrannischen Fügungen unterwerfen und den unablässigen Brand in unserem Innern erst durch den Tod löschen lassen?

Nein! Sobald wir nur konnten, haben wir versucht einen Ausgleich zwischen der Strenge des Lebens, die man von uns Mönchen fordert, und der Schwäche des Fleisches herzustellen. Wir erreichten unser Ziel in der Weise, dass wir uns im Innern der Klöster der Fleisch-

eslust hingeben und in der Außenwelt die größte Strenge zur Schau tragen. Wir hier haben, wie es in jedem klösterlichen Gemeinwesen der Fall ist, eine gewisse Anzahl von Weibern, die uns in der von Adam auf uns überkommenen Lüsternheit lindernde Tröstung gewähren. In ihren Armen schlafen wir den Katzenjammer des Büßens aus."

„Du setzest mich in Erstaunen, ehrwürdiger Vater", sagte ich daraufhin. *„Ach Gott, warum erstreckt sich diese wundervolle Einrichtung denn nicht auch auf unser Kloster?"*

Alle Anwesenden brachen in Lachen aus.

Der Prior erwiderte:

„Wie? Hältst du uns für dümmer als die andern? Nein, mein Lieber, so gescheit sind wir auch. Wisse, auch in diesem Kloster ist ein Ort, wo, dem Himmel sei Dank, alles Gute zu haben ist."

„Hier?! Fürchtet ihr nicht, dass man es bemerkt?"

„Nein, nein, eine Entdeckung ist ausgeschlossen. Man wird doch nicht den verborgenen Winkel zwischen der Bibliothek und den alten Kapellen aufstöbern! Kein Mensch kommt je dorthin. Eine hohe Mauer schließt ihn übrigens vom Garten ab. Der Umfang unseres Hauses ist zu groß, als dass der Schlupfwinkel jemand auffiele. Er ist völlig sicher. Wenn du, der du doch schon neun Jahre hier bist, nicht die geringste Ahnung von der Sache hast, wie soll da ein Fremder Verdacht schöpfen?" „Ach", rief ich begeistert aus, *„wann werde ich euch begleiten dürfen, um die reizenden Einsiedlerinnen zu trösten?"*

„Es fehlt ihnen durchaus nicht an Trost", war die lächelnd gegebene Antwort. *„Du wirst deinem Mitgefühl übrigens bald freien Lauf lassen dürfen. Wir lassen, wie ich dir gleich mitteilen will, zu unserer größeren Sicherheit nur Leute ein, deren eigenes Interesse ihnen Verschwiegenheit auferlegt, nur jene, die die Priesterweihe empfangen haben. Du gehörst zu ihnen und kannst hingehen, wann es dir beliebt."*

„Wann es mir beliebt?! Ich halte dich beim Wort. Führt mich sofort hin!"

„Sofort? Nein, das wird nicht gehen. Du musst den Abend abwarten. Das ist die Zeit, wo sich unsere Brüder, vom Verlangen gepeitscht, hier einfinden, um gemeinsam in die 'Liebesklause' zu wandern. Der

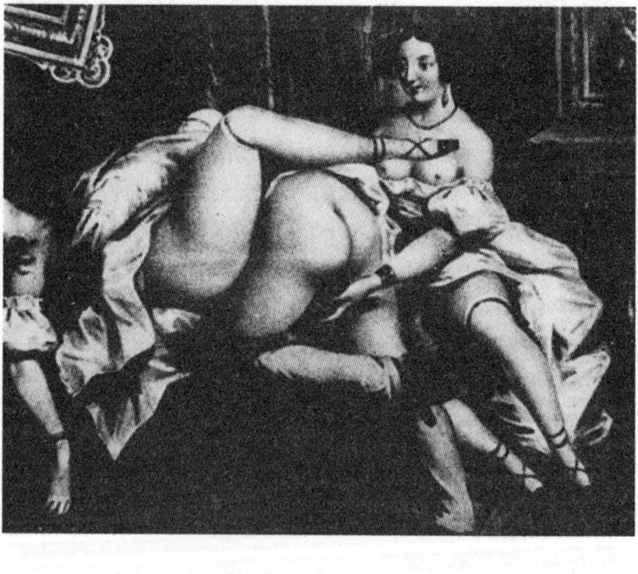

Schlüssel wird keinem Einzelnen anvertraut; es gibt nur zwei, wovon der eine in den Händen des Paters Speisenmeister, der andere in meiner ist.

Das ist noch nicht alles", fuhr der Prior fort; *„das Erstaunen, das du soeben bezeigtest, Pater Saturnin, ist gering im Vergleich zu dem, das du bei einer völlig unerwarteten Mitteilung hegen wirst, die ich dir nun machen will. Du bist nicht Ambroisens Sohn!"*

Ich war tatsächlich so verblüfft, dass ich kein Wort vorbringen konnte.

„Ja", sagte der Prior, *„du bist nicht sein und auch nicht Toinettens Sohn; du bist von höherer Herkunft. Du kamst in der Liebesklause zur Welt und eine unserer Schwestern hat dich geboren!"*

Er erzählte mir nun die Geschichte meiner Geburt und meiner ersten Tage.

Nachdem ich mich vom ersten Staunen erholt hatte, sagte ich:

„So gewaltig auch das Geheimnis ist, das mir nun enthüllt wurde, so wenig Mühe macht's mir, es zu glauben; die Empfindungen, die mir im Herzen leben, sprechen dafür, dass ich der Sohn von Mönchen und nicht der eines Gärtners bin. Ehe ich mich aber voll und ganz der Freude über diese Mitteilung hingebe, muss ich mich – ihr dürft nicht böse sein – über den Mangel an Vertrauen beklagen, der mir oft und oft den Stand verleidet hat, für den ich schon durch Geburt bestimmt bin.

Warum habt ihr mir nicht in all dieser Zeit den süßen Trost geschenkt, meine Mutter umarmen zu dürfen, wenn sie noch unter den Lebenden weilt; fürchtet ihr, dass ich ein Geheimnis nicht bewahren könne?"

„Pater Saturnin", sagte der Prior weich, *„deine Vorwürfe sind berechtigt. Lass dir sagen, dass wir dich von der 'Klause' fernhielten; die Liebe, die wir für dich empfinden und mit deren Beweise wir nie kargten, hat lange gegen die Strenge unserer Regeln angekämpft. Aber – Ordnung muss sein und ihre Einhaltung versetzt uns gerade heute in die angenehme Lage deinen Klagen ein Ende zu machen. Es wird nicht lange dauern und du wirst deine Mutter umarmen. Sie lebt noch. Du hast nichts verloren; im Gegenteil: du gewinnst dadurch, dass du die Freude vor dir hast."*

„Oh, ich kann es nicht erwarten, in ihren Armen zu liegen!", rief ich stürmisch bewegt aus.

„Mäßige dich", beruhigte mich der Prior, *„das Opfer des Wartens ist nicht allzu groß. In wenigen Stunden bist du bei ihr. Die Sonne ist schon im Untergehen, die Nacht sendet ihre Schatten herüber und die Stunde unseres Aufbruches wird schlagen, ehe wir dessen eingedenkt sind. Du wirst dort schon erwartet. Zeig dich anstandshalber vorher im Refektorium und komm dann hierher, wo du uns finden wirst."*

Die Freude meine Mutter zu sehen war nicht die tiefste Ursache meiner Ungeduld in die Klause zu gelangen; die Erwartung dort zwanglos die Lüste der Liebe in den Armen schöner willfähriger Weiber zu genießen bestürmte mein Herz mit solcher Macht, dass mir alle Bilder meiner Fantasie zu schwach schienen.

Endlich, endlich, sagte ich mir, ist die Zeit gekommen, die ich so heiß herbeigesehnt habe. Glücklicher Saturnin, beklage dich noch über dein Schicksal! Wo in aller Welt hättest du das gefunden, was sich dir hier bietet? Bereust du noch die Tage der Traurigkeit, da die nun kommenden so herrlich sind, wie du sie nur je erträumen konntest?

Zur festgesetzten Stunde war ich wieder in des Priors Zimmer. Ich fand fünf oder sechs Mönche dort, die aus dem gleichen Grunde hier weilten, der mich herbeigeführt hatte. Einer nach dem anderen machten wir uns in tiefem Schweigen auf den Weg. Wir gingen bis zu den verfallenen Kapellen, dann stiegen wir in ein Grabgewölbe hinab, dessen schreckhaftes Aussehen geschaffen zu sein schien, um den kommenden Genüssen einen neuen Reiz hinzuzufügen. Dieses Gewölbe, das wir an der Hand eines an der Mauer entlangführenden Strickes durchschritten, mündete bei einer Treppe, die durch eine Lampe erhellt wurde. Der Prior öffnete die Tür, die am Ausgang der Treppe lag, und durch einen gekrümmten Gang traten wir in einen prachtvoll eingerichteten Saal, an dessen Wänden mehrere wie für die Liebe geschaffene bequeme Betten standen. Wir gaben uns auf ihnen herrlichem Ruhen hin.

Noch war niemand erschienen. Der Prior klingelte und eine alte Köchin trat ein. Ihr folgten unsere *„Schwestern"* auf dem Fuße. Es waren ihrer im Ganzen sechs, die mir alle gleich reizend erschienen. Jede stürzte sich in die Arme eines der Mönche und ich allein blieb stiller Zeuge ihres Überschwangs. Mich ärgerte die Gleichgültigkeit, die sie vorgaben für einen neuen Bruder zu empfinden, der sich eingebildet hatte sie würden ihn mit Zärtlichkeiten überhäufen. Aber der *„neue Bruder“* kam bald an die Reihe und wurde reichlich entschädigt.

In der Klause brachte man den Intentionen des Gründers ebenso wenig Verständnis entgegen wie bei den Orgien des Paters Kasimir: es gab keine schmale Kost, die erlesensten Speisen wurden mit größter Nettigkeit aufgetragen und bald bog sich der Tisch unter der Fülle des Gebotenen. Wir setzten uns zum Essen, jeder an der Seite seiner Schönen; wir aßen, tranken, filzten, küssten und sprachen mit der größten Freimütigkeit, wie bei den Festlichkeiten im Orgelchor, nur in Zoten.

Ich war nicht recht bei Appetit. Man hänselte mich, ich verteidigte mich jedoch schlecht. Mich beschäftigte einzig der Gedanke meine Mutter wiederzusehen oder, um mich natürlicher auszudrücken, der Wunsch, mich mit irgendeiner der Schwestern einzulassen. Mit den Blicken suchte ich sie, die durch mönchische Kraft meine Mutter geworden war, aber ich fand bei allen das gleiche Aussehen und Frische und Jugend, die den Gedanken nicht zuließ, dass ich einer von ihnen mein Dasein verdanke. So sehr sie auch mit ihren Gesponsen beschäftigt waren, warfen sie mir doch fortwährend Blicke zu, deren Leidenschaft alle Mutmaßungen gegenstandslos machten, die ich mit Bezug auf die Person meiner Mutter aufgestellt hatte. Für welche von den Damen hegte ich die größte Ehrfurcht, welcher brachte ich die von der Natur eingeflößte Kindesliebe entgegen? Mein Herz sprach bei allen gleich laut und mein Schwanz stand unterschiedslos jeder Einzelnen zu Ehren.

Über meine Unruhe belustigte sich die ganze Gesellschaft. Als man genug gegessen hatte, um eine Pause zwischen den ersten und den letzten Gängen zu machen, kam das Vögeln an die Reihe. Bei der ersten Aufforderung blitzten schon die Augen aller Schönen. Mir als Neuling wurde die Ehre zuteil den Tanz zu eröffnen.

„Los, los, Pater Saturnin“, sagte der Prior, *„du musst deine Kräfte an Schwester Gabriele, deiner Nachbarin, messen!“*

Ich hatte schon mit ihr Bekanntschaft geschlossen; wir hatten einander inbrünstig geküsst und ihre Hand hatte auf meiner Hose gelegen. Wenn sie auch die Älteste aus der Gesellschaft zu sein schien, so entdeckte ich an ihr doch genügend Reize, um keinen der andern zu beneiden. Sie war eine stattliche Blondine, der man höchstens eine etwas zu große Fülle vorwerfen konnte; ihre Haut war von blendender Weiße, sie hatte den schönsten Kopf der Welt, große blaue und schön geschlitzte Augen, die glänzten und glühten, aber zärtlich schmachteten, wenn Leidenschaft sie erfüllte. Sie hatte feste, volle Brüste, die – während sie sich unter dem Mieder hoben und senkten – ihre schönen Rundungen zeigten, deren Wärme berauschte, deren rasche Bewegungen das Auge in dem Maße entzückten, wie sie bei einer Berührung das Herz entflammten.

Es hätte nicht erst der Aufforderung des Priors bedurft; Gabriele selbst hatte schon mein Verlangen gereizt. Sie bot sich bereitwillig zu seiner Befriedigung dar.

„Komm, mein Geliebter, komm“, sagte sie, *„ich will die Erste sein, die du begattest! Komm, ich will dich an den Ort führen, wo du geboren wurdest.“*

Bei diesen Worten erbebte ich. Ohne tugendhafter geworden zu sein, hatte ich bei den Mönchen doch Kenntnisse erworben, die mir nicht gestatteten mit Gabriele so umzugehen wie seinerzeit mit Toinette. Schon war ich bereit in sie zu dringen; ein Rest von Schamgefühl ließ mich am Rande des Abgrunds anhalten; ich wich zurück.

„Du lieber Gott“, sagte Gabriele, die sich erhob, *„ist es möglich, dass der da mein Sohn ist? Konnte ich solch einen Feigling zur Welt bringen? Was? Er schrickt davor zurück, seine Mutter zu vögeln?!“*

„Meine liebe Gabriele“, erwiderte ich, wobei ich sie umarmte, *„begnüge dich mit meiner Liebe. Wärest du nicht meine Mutter, so würde es mein höchstes Glück bedeuten, dich zu besitzen. Ich bitte dich eine Schwäche zu respektieren, die ich unmöglich unterdrücken kann.“*

Der Schein von Tugend wird selbst von den verderbtesten, den größten Ausschweifungen ergebenen Leuten geachtet. Meine Handlungsweise wurde von den Mönchen gebilligt; sie gaben zu, dass sie unrecht hatten, mir solch eine Überraschung bereitet haben zu wollen, und nur einer unter ihnen ließ sich's nicht nehmen, mich zu überzeugen.

„*Armer Narr*", sagte er, „*was? Du bist einfältig genug, dich von solch einer gleichgültigen Tat abschrecken zu lassen?! Sei doch vernünftig! Sag mir doch, was Vögeln ist? Die Vereinigung des Mannes mit der Frau. Diese Vereinigung ist entweder natürlich oder von der Natur untersagt. Sie ist natürlich, weil es unleugbar ist, dass die beiden Geschlechter im Herzen eine unüberwindliche Neigung haben, die sie zueinanderträgt, hinzieht. Wenn diese Neigung unbewusst im Herzen von Mann und Weib schlummert, so besteht die Absicht der Natur darin, dass sie sich unbewusst dieser Neigung überlassen. Den Beweis hierfür lese man in dem Buche nach, das der heilige Geist diktiert hat. Gott sprach zu den ersten Menschen: Wachset und vermehret euch. Sie waren allein. Wie dachte sich Gott die Vermehrung: Genügte Adam, um die Welt zu bevölkern? Adam zeugte Töchter, die er vögelte, Eva gebar Söhne und ließ sich von ihnen vögeln, und auch Söhne und Töchter trieben es miteinander, wenn sich die Gelegenheit bot. Wie war's bei der Sintflut? Auf der ganzen Welt gab es nur Noahs Familie: es blieb also nichts anderes übrig, als dass die Brüder bei den Schwestern schliefen, die Söhne die Mutter und der Vater die Töchter vögelten, wollten sie die Erde wieder bevölkern. Gehen wir weiter: Loth flüchtete sich aus Sodom. Seine Töchter, die unablässig den Willen Gottes vor Augen hatten und sa-*

hen, wie ihre gute Mutter in eine Salzsäule verwandelt worden war, weil sie ihre Neugierde nicht hatte bekämpfen können, riefen in einer Aufwallung von Erbitterung aus: 'Ach, die Welt geht zugrunde!' Sie wären sich in den Augen des höchsten Wesens schuldig vorgekommen, wenn sie nicht alles darangesetzt hätten, das aufzubauen, was er zerstört hatte. Loth selbst war von dieser Wahrheit durchdrungen und trug redlich das seine bei. Da habt ihr die Natur in ihrer unberührten Einfalt: die Menschen unterwerfen sich ihren Gesetzen und betrachten deren Erfüllung als oberste Pflicht. Bald aber wurden sie von ihren Leidenschaften verderbt, übersahen den Willen der zärtlichen Mutter Natur, wollten nicht im Reiche des Glücks verweilen, wohin sie sie geleitet hatte. Sie stellten alles auf den Kopf und bauten Luftschlösser, worin sie die Tugenden und die Laster getrennt unterbrachten. Sie erfanden Gesetze, die weit davon entfernt waren, die Zahl ihrer eingebildeten Tugenden zu erhöhen, dagegen die der auch nur eingebildeten Laster vermehrten. Diese Gesetze haben die Vorurteile geschaffen, die von den Narren freudig aufgenommen und von den Weisen verworfen wurden, aber sich dennoch von Zeitalter zu Zeitalter verstärkten. Die unverschämten Gesetzgeber, die die Naturgesetze umstießen, mussten die Herzen anders fühlen machen, als die Natur es wollte, mussten unsere Wünsche regeln und ihnen Grenzen setzen; und da sie behaupteten, dass man die Freuden der Liebe nur mit einem Weib und selbst da nur nach der Erfüllung gewisser Formalitäten genießen dürfe, mussten sie das Verlangen des Einzelnen auf einen einzigen Gegenstand richten. Aber dieses Verlangen durfte erst nach den gewissen Formalitäten zum Ausbruch kommen und musste stets gleichbleiben. Ja, das mussten sie und wollten sie; aber sie haben ihr Ziel nie erreichen können.

Im Innersten unseres Herzens lehnt sich die Natur gegen diese Ungerechtigkeit auf – kurz: die Vögelei ohne Unterscheidung ist eine göttliche Einrichtung, ist eine Vorschrift Gottes, und die Unterscheidungen haben erst die Menschen gemacht. Jene steht himmelhoch über dieser. Begeht man nicht ein Verbrechen, wenn man den Menschen und nicht Gott hört?! Der heilige Paulus, durch dessen Mund der Herr spricht und der alle Gebote der Natur kennt, hat gesagt: 'Ehe ihr euch vom Feuer verzehren lasset, vögelt, liebe Kinder, vögelt!' Er schränkt den Gedanken allerdings ein, um zarte Gemüter nicht zu verletzen, und verwendet den Ausdruck: ehelicht euch. Im Grunde genommen ist's aber nichts anderes; man heiratet doch nur, um zu vögeln. Ich könnte dir noch mancherlei sagen, wenn ich mich nicht gedrängt fühlte, den Rat St. Paulus' zu befolgen."

„*Halt*", sagte Madelon, eine der Schwestern, „*ich habe eine glänzende Idee, wie man Saturnin bestrafen könnte!*"

„*Nun, lass hören*", erscholl es von allen Seiten.

„*Also: er muss sich auf ein Bett legen, Gabriele auf den Rücken nehmen und der Pater, der wie ein Buch sprach, muss sie vögeln.*"

Alles lachte wie toll und ich selbst lachte mit. Ich gab meine Einwilligung unter der Bedingung, dass ich die Sprecherin beglücken dürfe, während sich das andere Paar auf meinem Rücken breitmache.

„Glänzend!“, rief sie freudestrahlend aus, *„die Neuheit der Sache reizt mich!“*

Die anderen klatschten der bizarren Idee Beifall und wir legten uns in der angegebenen Weise aufeinander. Der Pater versetzte meiner Mutter keinen Stoß, der sich mir nicht mit verdreifachter Gewalt mitteilte. Jedes Mal, wenn ihr Hinterer auf meinen niederklatschte, wurde mein Schwanz tief in Madelons Fut getrieben. Es war ein Ineinandergreifen der Ereignisse, das die Zuschauer aufs Höchste belustigte. Wir vier hatten allerdings keine Zeit zur Lustigkeit, wir waren viel zu sehr miteinander beschäftigt. Es hing nur von mir ab, mich an Madelon dadurch zu rächen, dass ich das Gewicht dreier Leiber auf ihr lasten lasse; sie war aber viel zu nett und verliebt und arbeitete zu sehr aus vollem Herzen, als dass ich dem Gedanken Raum gegeben hätte. Ich erquickte sie nach bestem Vermögen und wenn sie die größere Mühe hatte, so diente diese doch nur dazu, ihre Wollust ins Ungemessene zu steigern. Da ich die Wonnen der Entladung vor unseren *„erhabenen“* Vöglern genoss, blieb ich eine kurze Zeit unbeweglich liegen. Gabriele erfasste die Situation und ihr Popo stieß mit verstärkter Kraft und neuer Lebhaftigkeit, sodass ich ohne zu wollen die Bewegungen mitmachen musste. Ich bohrte also darauflos und Madelon, von den Stößen berauscht, entlud wieder. Das Paar über uns war fertig geworden und vereinigte seine Ekstasen mit unseren; unsere vier Leiber waren nur noch einer – wir vergingen vor Lust.

Unser Taumel ließ den Zuschauern das Wasser im Munde zusammenlaufen. Sie gruppierten sich, um es im „*Viergespann*" zu treiben – so nannten wir diese neue Methode – und somit unserem Beispiele zu folgen. Es ist hier wie mit allem: die schönsten Entdeckungen und Erfindungen verdankt man dem Zufall.

Gabriele war derart entzückt, dass sie gestand, sie habe nahezu das gleiche Vergnügen gehabt wie damals, wo ich „*gemacht*" worden sei. Da wir alle neugierig waren zu erfahren, wie sich die Sache zugetragen habe, drängte man sie zum Erzählen.

„*Saturnin weiß nur*", sagte sie, „*dass ich seine Mutter bin, aber nicht, woher ich stamme und wie ich hierhergekommen bin. Ich will's ihm und euch erzählen und ein wenig weit zurückgreifen. Lieber Freund*", sprach sie mich an, „*du kannst auf keine lange Reihe illustrer Vorfahren zurückblicken; ich selbst habe keine gekannt. Ich bin die Tochter einer Wirtschafterin dieses Klosters und zweifellos war einer der damaligen Patres mein Vater. Denn meine Mutter war zu temperamentvoll und eine zu große Freundin des Klosters, als dass ich ruhig annehmen könnte, ihr biederer Gatte sei der Urheber meiner Geburt. – Schon mit zehn Jahren konnte ich mein Blut nicht verleugnen und ich kannte die*

Liebe, ehe ich mich recht kannte. Ich war immer um die Klosterbrüder herum, die sich ein Vergnügen daraus machten, meine glücklichen Anlagen zu pflegen. Ein junger Priester erteilte mir solche rührenden und empfindsamen Lehren, dass ich mir den anderen gegenüber undankbar vorkommen wäre, wenn ich sie im Unklaren darüber belassen hätte, dass ich bereits fähig sei mich ihnen hinzugeben. Ich hatte schon jedem Einzelnen gegenüber meine Pflicht erfüllt, als man mir den Vorschlag machte mich an einen Ort zu bringen, wo ich genügend Freiheit genösse, um meinen Verpflichtungen so oft nachzukommen, als ich nur wollte; bisher hatte ich nur heimlich vögeln können, bald hinter dem Altar, bald in einem Beichtstuhl und nur selten in einer der Zellen. Die Idee gefiel mir, ich nahm das Anerbieten an und vollzog meinen Eintritt in die Klause.

Am Tage meines Eintritts hatte man mich wie eine Braut geschmückt. Das Glück machte mich ernst und mein Gesichtsausdruck entzückte die Patres. Jeder wollte mir seine Huldigung darbringen und jeder wollte der Erste sein, dem diese Ehre zuteil würde. Ich sah schon den Augenblick nahen, wo das Fest meiner Hochzeit so enden würde wie das der Lapithen. 'Meine Lieben', sagte ich ihnen, 'eure Zahl erschreckt mich, aber mein Mut wäre vielleicht größer als meine Kräfte und ich würde unterliegen. Ihr seid eurer 20; die Partie ist ungleich! Ich will euch einen Vorschlag machen. Ziehen wir uns alle ganz aus.' Um mit gutem Beispiel voranzugehen, entledigte ich mich aller meiner

Kleidungsstücke. Kleid, Mieder, Unterrock und Hemd waren im Nu abgeworfen und auch sie standen splitternackt vor mir. Meine 'Schwestern' hatten sich gleichfalls entkleidet. Meine Blicke berauschten sich für einen Augenblick an dem herrlichen Schauspiel von 20 steifen, langen, stahlharten und kampfbereiten Bolzen. Ach, wenn ich doch ebenso viele Löcher gehabt hätte, um alle gleichzeitig aufzunehmen!

'Also', fuhr ich fort, 'es ist Zeit zum Beginnen! Ich werde mich auf jenes Bett legen und die Schenkel auseinanderspreizen, sodass ihr nur, mit dem Schwanze in der Hand auf mich zulaufend, ins Loch zielen könnt. Hübsch einer nach dem anderen; Ordnung muss sein. Die Ungeschickten dürfen sich nicht beklagen. Wer nicht ins Loch trifft, findet andere, die ihn liebevoll auf-

nehmen und wo sie ihren Liebeszorn dämpfen können. Das ist mein Vorschlag, ihr Herren.'

Sie stimmten mir beifällig zu. Das Los wurde gezogen, das 'Ringelstechen' begann. Einer, ein zweiter und ein dritter stürmen heran, verfehlen das Ziel und stürzen sich auf meine Schwestern, die sie auf alle möglichen Arten ihr Missgeschick vergessen lassen. Ein vierter naht, du warst's, Pater Prior! Ah, ich lohnte deine Geschicklichkeit feurig, und wenn die Befruchtung bei gleichzeitiger Entladung eintritt, so teilst du mit fünf oder sechs anderen, die dir im Glücke folgten, den Ruhm, Saturnin gemacht zu haben! Ja, mein Guter", fuhr sie zu mir gewendet fort, *„das hast du vor anderen Menschen voraus, die nur den Tag ihrer Geburt kennen, dass du auch weißt, wann du empfangen wurdest."*

Solcherart waren unsere Gespräche in der Klause, solcherart die Freuden, die wir hier erlebten. Ich war nicht der Faulste dabei. Jede Nacht ging ich zum Prior oder zum Speisenmeister, um mich ihnen anzuschließen. Ich war unermüdlich, ich war stets der Anführer der fröhlichen Bande, war die Seele der Klause und das Entzücken aller. Jede Einzelne, selbst die alten Weiber, denen die Bedienung oblag, bekamen meinen Schwanz zu fühlen.

Mitten im tollsten Vergnügen kam mir aber oft der Gedanke: Woher kommt's dass die Schwestern von ihrem Lose entzückt sind? Ich konnte nicht verstehen, dass sich diese Weiber, die doch von lebhaftem und ausschweifendem Naturell waren, hatten entschließen können ihr Leben in dieser Zurückgezogenheit zuzubringen, dass sie ohne Abscheu dort hausten und Freuden empfanden, die sie mit ewiger Sklaverei erkaufen mussten. Wenn ich diesem Gedanken Worte verlieh, lachten sie mich aus und konnten ihrerseits nicht begreifen, wie ich auf solche Dummheiten verfiele.

„Du kennst unser Temperament zu wenig“, sagte mir eines Tages eine von ihnen, die außerordentlich schön war, *„und weißt auch nicht, dass uns die Liederlichkeit, diese schlechte Frucht am Baume der kulturellen Erziehung den Mönchen in die Arme trieb. Ist es nicht natürlicher, dass man empfänglicher für das Gute als für das Böse ist?“*

Ich musste das zugeben.

„Fiele dir's schwer“, fuhr sie fort, *„eine Stunde am Tage dem Leid zu opfern, wenn du wüsstest, dass die folgende in höchster Freude dahinflösse?“*

„Sicherlich nicht!“, erwiderte ich, worauf sie wiederum sagte:

„Nun also; jetzt setze einen Tag an Stelle der Stunde. Von je zwei Tagen ist einer dem Kummer, einer der Lust geweiht. Ich halte dich für viel zu klug, als dass du solch ein Los zurückwiesest, wenn man dir's böte. Mehr noch: der gleichmütigste Mensch wiese es aus einem sehr einfachen Grunde nicht zurück. Die Lust ist die stärkste Triebkraft aller menschlichen Handlungen; sie verbirgt sich unter tausend verschiedenen Namen, den Verschiedenheiten der Charaktere entsprechend. Das Weib hat mit euch Männern alle möglichen Charakter-

eigenschaften gemein, aber was sie überdies allein hat, ist der sieghafte Eindruck, den die Liebeslust auf sie macht. Die gleichgültigsten Handlungen, die ernstesten Gedanken kommen bei ihnen alle aus dieser einen Quelle, und alle verraten ihren Ursprung – und mögen sie auch noch so sehr verhüllt sein. Die Natur hat uns mit Wünschen erfüllt, die bei Weitem lebhafter und daher um ebenso viel schwerer zu befriedigen sind als eure. Wenige Nummern genügen, um einen Mann fertigzumachen, uns aber reizen sie erst zu weiteren auf. Nehmen wir als Grenze für einen Mann sechs an, so kann ich dir nur sagen, dass wir nach zwölf noch nicht genug haben. Das Lustempfinden ist also beim Weibe zumindest so stark ausgeprägt wie beim Manne und wenn du beispielsweise bereit bist, einem Tage der Freude einen des Kummers zu opfern, warum sollte ich da nicht zwei Tage des Leids ertragen können? Wundert's dich, dass ich zwei Drittel meines Lebens qualvoll verbringe, um das andere Drittel freudevoll zu genießen? Nun betrachtest du die Sache anders, nicht? Glaubst du noch immer, dass wir unseren Aufenthalt in der Klause als Einkerkerung empfinden? Wo wir doch unablässig das höchste Glück genießen, das einem Weibe zuteil werden kann, wo wir unaufhörlich in euern Armen liegen? Findest du unser Los nicht tausende und abertausende Male herrlicher als das jener unklugen Mädchen, die mit den gleichen Leidenschaften ausgestattet wie alle anderen Weiber, ihr Verlangen in tiefster Einsamkeit ersticken, während es doch nur in der

Umarmung des Mannes gestillt werden kann? Oh, derartige Gedanken würden unser Feuer zu neuem Brande anschüren, wenn es überhaupt möglich wäre, dass es geringer würde! Du fragst mich, ob wir keine Sehnsucht nach der Außenwelt haben. Hat unser bezaubertes Herz Zeit zur Reue? Und was sollen wir bereuen?! Die Freiheit? Sie ist nur dann ein Gut, wenn sie in ihren Rechten ungeschmälert ist! Heißt das leben, wenn man ständig den Launen der Menschen ausgesetzt ist? Heißt das leben, wenn man den Folterqualen einer unfreiwilligen Keuschheit unterworfen ist? Ein Mädchen vergeht vor Liebesglut und das eklige Vorurteil bezichtigt sie der Infamie, wenn sie sich einem Manne nähert; gewährt sie eine Gunst, so sagt sich ihr Geliebter von ihr los, verweigert sie sich, so lässt er sich abschrecken; wenn sie ihre Reize zur Geltung bringen, wenn sie seine Leidenschaft wecken will, macht er sich auf und davon. So, stets schmachtend, stets am Gängelbande der Liebe und an der Kette der Schicklichkeit, sieht sie sich zwischen zwei Klippen, die ihr gleichermaßen furchtbar sind. Gibt sie sich der Liebe hin, kann die geringste Indiskretion sie verderben, ihre Freuden sind stets von der Furcht des ‘Was wird man sagen’ vergiftet. Bleibt sie ‘gescheit’, muss sie darauf warten, dass ihr ein glücklicher Zufall einen Gatten zuführe; kommt er nicht, so flieht die Zeit, die Jahre vergehen, die Reize welken, sie stirbt als Jungfer und als Märtyrerin. Nehmen wir aber den günstigsten Fall an, dass ihr das Glück den Mann zuführt, dann ist sie ihr ganzes Leben lang an einen Mann gefesselt, an einen einzigen Mann, der ihre Liebesbedürfnisse kaum zur Hälfte befriedigen kann und dem sie daher durch ihre schlechte Laune seinen Tag verbittert. Haben wir hier derartiges zu befürchten? Der Sorgen des Lebens ledig, kennen wir nur seine Reize, die Liebe beschert uns nur die Annehmlichkeiten und ihren Kummer lassen wir jenen, die weniger vorsorglich waren als wir. Alle die Mönche, von denen du weißt, sind unsere Geliebten, das Kloster ist uns ein Serail, das sich immer wieder neu bevölkert, und die Zahl unserer Verehrer vermehrt sich nur, um auch unsere Freuden zu erhöhen. Wir merken den Wandel der Tage nur am Wechsel der Annehmlichkeiten, die sie uns verschaffen. Ach, Pater Saturnin, du täuscht dich, wenn du uns für unglücklich hältst! Wir alle sind schon hübsch lange hier, so lange, dass wir uns gar nicht mehr erinnern können, wie viel Zeit seit unserem Eintritt verflossen ist. Und wir fühlen uns sehr wohl dabei. Damit du nicht daran zweifelst, will ich dir nur sagen: auch ich fühle mich glücklich.“

Ich hatte nicht erwartet, dass Madelon so vernünftig reden, solche Gedanken äußern, so logisch sein und solch treffende Schlüsse ziehen werde. Immerhin erstaunlich bei einem Mädchen, von dem ich glaubte, sie lebe nur für die Lust. Jeder andere hätte an meiner Stelle die Gesellschaft wegen des Verlustes eines Wesens beklagt, das nur Entzücken verbreitet hätte, ich aber dachte im Augenblick nur an das Glück, dass die Kleine mir gehöre.

Der Mensch ist nicht zu dauerndem Glück geboren. Mein Herz hatte alles, was es nur wünschen konnte, und dennoch wurde ich verträumt und es ging mir mit dem Vögeln wie Alexander mit dem Ehrgeiz: ich wollte die ganze Welt ficken und ich wäre dann noch ausgezogen, um eine neue zu entdecken.

Ein halbes Jahr lang genoss ich den ungetrübten Ruhm, als Sieger aus jedem Liebeskampfe hervorgegangen zu sein, aber meine Tapferkeit wich dann und ich wurde einer der Feigsten. Ich konnte nicht mehr recht mit und auch die Freude am Koitieren war durch das Zuviel abgestumpft worden; lebte ich doch mit unseren sechs Schwestern in Ehe. Seele und Leib waren bei mir hergenommen. Der Mattigkeit und Erschöpfung folgte bald völlige Impotenz und ich musste darauf verzichten, meinem liebsten Vergnügen zu huldigen. – Das blieb nicht verborgen und brachte mir Vorwürfe ein; was man mir aber auch sagte, glitt an mir ab. Ich ging nur noch selten zur Klause und es bedurfte großen liebevollen Zuspruchs des Priors, um mich dorthinzubringen. Er bewog unsere Schwestern, an meiner Heilung zu arbeiten, und sie versuchten allerlei, um einen Erfolg zu erzielen. Sie ließen nicht nur ihre natürlichen Reize spielen, sondern taten alles, was die raffinierteste Kunst einer alten koketten Hure erdenken kann, wenn es gilt, ein junges verbrauchtes Herz leidenschaftlich zu erregen.

Sie gruppierten sich im Kreis um mich und boten mir den Anblick der geilsten Bilder dar. Die eine hatte sich lässig aufs Bett geworfen und ließ wie unbeabsichtigt einen Teil ihres Busen sehen; ihre zarten wohlgerundeten Beine und Schenkel, die weißer waren als Alabaster, eröffneten die Aussicht auf die schönste Fut der Welt. Eine zweite lag mit erhobenen Knien da, wie wenn sie sich zum Kampfe rüstete, reckte die Arme und seufzte und deutete durch ihre Mattigkeit und innere Erregung die Gluten an, die sie verzehrten. Die Übrigen nahmen die verschiedensten Stellungen ein. Mit enthülltem Busen und aufgeschürzten Röcken lagen sie umher, spielten an ihrem Ding oder bearbeiteten sich wild und bewiesen durch ihr Stöhnen und ihre Ausrufe, welch große Lust sie empfanden und erst beim Koitus empfinden würden.

Dann entkleideten sich alle und führten mir alle möglichen Bilder der Wollust vor. Die eine schmiegte das Gesicht ins Kanapee und streckte mir den hoch erhobenen Popo entgegen; sie brachte die eine Hand unter den Bauch und onanierte gewaltig drauflos, sodass ich bei jeder Bewegung ihres Fingers in das Löchlein hineinsehen konnte, das mir einst solch starke Emotionen verschafft hatte. Eine zweite lag auf einem schwarz gedeckten Bette auf dem Rücken; die gespreizten Beine hingen herab, sodass ich die volle Unteransicht von vorn genoss. Die dritte hieß mich auf dem Boden zwischen zwei Stühlen niedersitzen, und indem sie das eine Bein auf den einen und das zweite auf den anderen stellte, hockte sie sich so hin, dass ihre Fut gerade über meinen Augen stand. In dieser Stellung bearbeitete sie sich mit einem Godemiché, während eine andere Schwester sich's vor mir von einem unserer kräftigsten Mönche besorgen ließ; beide waren splitternackt und lagen so, dass ich alle Bewegungen mitbekam. Wie ein Sturmbock rannte der Schweif gegen den Bauch der Schwester an. Was man nur an Geilheit ersinnen kann, wurde mir vorgeführt.

Mitunter legte man mich ganz nackt auf eine Bank, eine Schwester setzte sich rittlings auf meinen Hals, sodass mein Kinn im Haar ihres Loches stak, die zweite setzte sich auf meinen Bauch, eine dritte auf meine Schenkel, wobei sie meinen Bolzen in ihre Fut zu bringen versuchten, zwei andere hockten mir in der Weise zur Seite, dass ich je eine Muschel in der Hand hielt; die sechste endlich, die den schönsten Busen hatte, lag mir zu Häupten und presste mein Gesicht zwischen ihre Brüste. Alle waren nackt und wetzten sich an mir und allen kam es. Meine Hände, meine Schenkel, mein Bauch, mein Hals, mein Schwanz – alles war überschwemmt; ich schwamm in Samen, und meiner wollte nicht fließen. Diese Methode, die man die *„peinliche Frage“* nannte, verfehlte ihren Zweck bei mir nicht minder als die früheren; man hielt mich für abgetan und überließ mich mir selbst.

In solchem Zustand befand ich mich, als ich eines Tages, im Garten spazierend und mein unglückliches Los beklagend, dem Pater Simeon begegnete. Er war ein tief angelegter Mensch, dem Venusdienst und Tafelfreuden die Haare gebleicht hatten und der, ein wahrer Nestor, mehrere Generationen im Kloster hatte heranwachsen sehen. Er kam auf mich zu, umarmte mich liebevoll und sagte:

„Oh, mein Sohn, dein Schmerz ist groß, ich sehe es, aber du solltest dich nicht weiter beunruhigen. Meine langjährigen Mediationen und meine große Erfahrung ließen mich ein Mittel finden, das in dir wieder die Lust erwachen lassen wird, jene wollüstige Glut, die den wahren Mönch charakterisiert. Das Übel, das dich gepackt hat, ist groß, aber verzweifelte Übel müssen radikal kuriert werden.

Mutter Natur hat uns nur bis zu einem gewissen Grade Kräfte verliehen. Ich gebe gern zu, dass sie uns Mönche im Allgemeinen als Lieblingskinder behandelt; die zu große Ausschweifung aber kann beim Mönche dieselbe Wirkung herbeiführen wie eine geringere bei gewöhnlichen Menschen. Ausschweifung ist der Grund eures Übels, sie hat dir den Ekel beschert. Es bedarf nur der Erweckung deines verdorbenen Appetits durch saftige Speisen, und ich wüsste kein besseres Mittel als eine fromme Seele, eine Betschwester."

Diese Worte rüttelten mich ein wenig aus meinem Phlegma auf.

„Ich meine es völlig ernst mit dem, was ich sage", fuhr er fort, *„es ist durchaus kein Paradoxon, das ich dir vorsetze. Du lieber Gott, du bist ja noch jung, du kennst die Betschwestern noch nicht, du weißt nicht, dass sie unfehlbare Hilfsmittel haben, um erlöschende Gluten anzufachen. Sie sind Meisterinnen in der Kunst den verbrauchtesten Mann anzuziehen, wissen aus al-*

lem und jedem Kapital zu schlagen. Ich weiß es aus Erfahrung; ja, mein Sohn, ich habe mehr als eine gefickt. Glückliche Zeiten, wo die Klostergewölbe von den Stößen meines Schlegels widerhallten! Ach, wohin sind sie entschwunden?! Man spricht nicht mehr vom unverwüstlichen Pater Simeon; er ist ein abgetaner Greis, sein Blut fließt eiskalt durch die Adern, seine Stimme bebt, sein Atem geht nicht mehr so frisch wie einst, die Beine versagen ihm den Dienst, seine Hoden sind ausgetrocknet, sein Schwanz ist kaum mehr zu sehen, alles an ihm stirbt ab."

Ich hielt mich nur schwer zurück, die ehrlichen Klagen des ehrwürdigen Paters Simeon zu unterbrechen, aber die Furcht, ihn von Neuem auf trübe Gedanken zu bringen, hielt mich davon ab.

„*Ach, mein Sohn*", fuhr er fort, „*du bist noch im glücklichen Alter, wo man das Leben genießen kann. Tu's! Auch ich habe es genossen, als meine Zeit noch da war. Jetzt beschäftigt mich Wichtigeres: der Gedanke ans ewige Leben. Aber ich halte mit meinen Ratschlägen nicht hinterm Zaun, wenn ich jemand damit behilflich sein kann. Man ist zu nichts mehr gut, wenn man sich nicht selbst genügt. Ich wiederhole: das einzige Mittel, dich aus deiner Lethargie zu wecken, ist, dich wieder hinaufzuarbeiten. Nimm Zuflucht zu einer Betschwester. Der Weg ist dir vorgezeichnet. Verschaff dir die Möglichkeit die Beichte anzunehmen; ich will dir dabei helfen. Der Bischof erweist mir die Ehre mich zu schätzen, und der beste Gebrauch, den ich von sei-*

ner Freundschaft machen könnte, ist, sie zu deiner Beruhigung auszunützen. Das weitere hängt von dir ab.“

Ich dankte dem Pater für seinen liebenswürdigen Antrag und, trotzdem ich kein rechtes Vertrauen in die Wirksamkeit seines Mittels besaß, bat ihn doch sich für mich zu verwenden, was er mir versprach.

„Das ist noch nicht alles“, fuhr er fort, *„ehe du diesen Weg einschlägst, musst du dich einem Führer anvertrauen. Ich will dir als solcher dienen. Setz dich zu mir auf jene Bank, dort sind wir ungestörter.“*

Wir setzten uns und der ehrwürdige Greis, der sich gehörig aushustete, ergriff das Wort:

„Du weißt noch nicht recht, mein Sohn, dass wir den guten Einfall die Beichte abzunehmen unseren Vorgängern verdanken. Unter diesen Vorgängern verstehe ich die Priester und Mönche, die in den entferntesten Zeiten lebten, wo diese Sitte im Christentum aufkam. Sie haben uns das schönste Erbteil hinterlassen, ein Erbteil, dessen Zinsen von der Leichtgläubigkeit der Völker pünktlich und genau gezahlt werden; sie sind treue Schuldner, die keine Rückstände anwachsen lassen.

Ich habe stets die Geistesschärfe dieser erhabenen Stifter unserer Klöster bewundert. In jenen strengen Zeiten besaßen die Priester keine Reichtümer; die armen Mönche warteten mit leerem Magen darauf, dass die Mildtätigkeit der Gläubigen ihre Bedürfnisse stille. Man führte die Beichte ein und mit einem Male wurde alles ganz anders. Reichtümer häuften sich auf, die

Wüsten und Ödeneien wurden verlassen, die Mönche zogen in die Städte, um in Beziehungen zu den Menschen zu treten. Tausendfältig seien die glücklichen Erfinder dieser frommen Sitte gepriesen, über die Gott all die Jahrhunderte her seinen Segen ausgießt. Amen.

Ich will dir nicht viel vom Glanze der Stellung eines Beichtvaters sprechen; du wirst selbst erkennen, dass die Pflege des Gewissens anderer kein undankbares Geschäft ist. Wenn du das Menschenherz und die Triebfedern, die es bewegen, die Leidenschaften, die es durchstürmen, kenngelernt hast und es verstehst, mit gesetzter, ergebener Miene, mit wohl einstudiertem Augenrollen, mit großer Diskretion, großer Sanftmut und ein wenig Nachgiebigkeit für die verzeihlichen Schwächen der Natur die Beichte zu hören, wirst du vom Volke gesegnet und von den Weibern insbesondere vergöttert werden. Der Gott, dessen Barmherzigkeit sie durch dein Ohr anrufen, bedeutet ihnen weniger als du. Ich brauche dir nicht erst zu sagen, welchen Vorteil du daraus ziehen kannst, um dein Glück zu machen; lass dich nur von deinem eigenen Interesse leiten. Einen Rat aber will ich dir erteilen: rupf die alten Schachteln, die bigotten Weiber, gehörig, die zu dir in den Beichtstuhl weniger aus dem Grunde kommen, um sich mit dem Himmel zu versöhnen, als um einen schönen Mönch zu sehen. Deine Gnade erbitte ich nur für die Schönen, weil auch ich sie ihnen angedeihen ließ; von ihnen ließ ich mir in anderer Münze zahlen.

Ein junges Mädchen beispielsweise kann keine Geschenke machen; aber sie kann etwas weit Wertvolleres spenden: ihre Jungfernschaft. Man muss geschickt vorgehen, um sie dieses herrlichen Juwels zu berauben, aber man tut's gern; halte dich an diese jugendlichen Frömmlerinnen! Nur sie können dich heilen!

Hüte dich jedoch davor, dich sorglos dem ausschließlichen Gedanken an deine Heilung zu überlassen! Man läuft geringere Gefahr seine Gefühle einem Weibe zu erklären, die das Liebesleben abgehärtet hat, als einem jungen Mädchen, bei der die Leidenschaft die Vorurteile der Erziehung noch nicht besiegt hat. Eine Frau versteht dich schon nach einem halben Satz, ihr Herz ist dir schon auf halbem Wege entgegengekommen, ehe du noch den Mund aufgetan hast. Bei einer Jungfer ist's nicht so. Wenn es aber auch schwerer ist, sie herumzukriegen, so ist der Sieg nur umso süßer. Ich werde dir den Weg zum Siege weisen.

Bei allen findest du einen natürlichen Hang für die Freuden der Liebe. Die Kunst besteht darin, diesen Hang richtig zu behandeln. Wenn eine dir in schlichtem Kleide, bleichen Antlitzes, mit niedergeschlagenen Augen und ruhigen Schrittes naht, so schlummert in ihr unter der Asche ein Feuer, das der geringste Liebeshauch zu lohendem Brande entfacht. Sprich ihr zunächst zu. Sie wird deinem ersten Angriff nur einen schwachen Widerstand entgegensetzen, wenn du ihr die Sache nicht zu schwer machst und ihre Niederlage überzuckerst. Werde dann deutlicher, und der Sieg ist dir gewiss.

Andere, deren Temperament weniger stürmisch ist, stellen schon größere Anforderungen an deine Geschicklichkeit. Bei ihnen musst du den Vorstellungen des Beichtvaters die Zärtlichkeiten des Liebhabers hinzufügen, du musst sie durch zweideutige Reden künstlich entflammen. Stelle geschickte Fragen nach den Fortschritten, die sie in der Kunst gemacht haben, sich Vergnügen zu verschaffen, hebe unbemerkt den Schleier fort, der ihren Blicken ungekannte Wollust verhüllte, führe sie in alle Mysterien der Liebe ein und forme sie ihnen zu farbigen, leuchtenden Bildern, die ihre Sinnlichkeit aufstacheln; zeige ihnen die Lust von den verführenden Seiten und in Formen, die ihr Verlangen am ehesten und meisten reizen.

Du wirst nun einwenden, es sei schwer, solch eine gefahrvolle Kunst zu beherrschen. Das ist aber durchaus nicht der Fall; es bedarf ausschließlich der Geschicklichkeit. Ich gebe zu, das es gefährlich wäre, offen die Lust der Weiber zu entflammen, wenn auch die Gründe, die ihr Herz zu Gunsten deiner Moral anführt, noch so überzeugend wären; denn ihre erste Empfindung ist uns schmeichelhaft, aber ein wenig Nachdenken bringt sie wieder auf den Weg der Vernunft. Diese kennt nur strenge Grundsätze und öffnet ihnen die Augen über die Gefahr, die sie liefen, wenn sie dich erhörten. Es gibt aber tausend Mittel, um ihr Herz zu versöhnen und ihre Vernunft einzuschläfern; du brauchst ihnen die Lust nur so auszumalen, dass sie sich eher von ihr abgestoßen als angezogen fühlen. Dann aber setze dich mit dem

Aufgebot aller Künste für die Freude der Lust ein, sprich nicht viel von den Folgen, die Vernunft wird deinen Reden nur noch schwachen Widerstand bieten; die Eindrücke, die sie hinterlassen, werden die Vorherrschaft erringen, das fromme Ding wird sie nicht los, es befasst sich mit ihnen, will die Freuden kosten, die du in Aussicht gestellt hast, fürchtet zu unterliegen und kehrt dennoch wieder – und das ist der entscheidende Augenblick.

Zeige der Kleinen dein Mitgefühl, bemühe dich zärtlich um sie und erspare ihr moralische Predigten; wende sie von den Vorurteilen der Welt den Gefilden des Himmels zu, mach ihr begreiflich, dass es keine gar zu große Sünde sei, seinen Neigungen nachzugeben, dass die Gunst, die ein liebevolles Mädchen dem Geliebten gewähre, nicht schade, wenn es verstohlen geschähe, dass das Liebesleben die Schönheit nur um so lebhafter und pikanter hervortreten lasse, dass es bedenklich sei, eine Blume zu voll aufblühen zu lassen, die dann von Tag zu Tag mehr welke, wie süß es sei, sie zu pflücken, und dass ihr Verlust nur ein eingebildetes Unglück sei; dass der Gatte – wenn sie verheiratet ist – bei aller Wachsamkeit und bei der größten Eifersucht nicht den geringsten Argwohn schöpfen könne.

Gib ihr zu verstehen, dass es allerlei geheimnisvolle Mittel gibt – und dass du sie kennst –, um zu verhindern, was die Mädchen am meisten fürchten: die Schwangerschaft. Dann mach eine Pause und betrachte genau ihren Gesichtsausdruck; du wirst sehen, dass ihr Antlitz gerötet ist, dass ihre Augen Feuer sprühen, dass ihre Festigkeit ins Wanken geraten ist. Lass deine Hand nachlässig auf ihre Brüste fallen, wirf ihr leidenschaftlich erregte Blicke zu und du wirst bald ihre Seufzer, die treuen Interpreten der Gefühle ihres Herzens, hören. Seufze auch du und drücke ihr einen Kuss auf den Mund, biete dich dann als Tröster im Leide an und sage ihr: 'Du kannst nicht verbergen, dass dein Herz stürmisch bewegt ist. Vertrau dich mir an und erröte nicht, dass du einem Manne, der das Verständnis dafür hat, deine Schwäche zeigst. Ich empfinde dein Leid, und ich will dich darin trösten.'"

Die Worte des Paters Simeon regten mich derart auf und erfüllten mein Herz mit solch süßen Empfindungen, dass ich, halb besiegt, nicht mehr die Möglichkeit einer Sache bezweifeln wollte, die ich anfänglich als bloßes Geschwätz betrachtet hatte. Ich wiederholte meine Bitte mit großer Lebhaftigkeit, der Pater möge sich für mich verwenden, und bald ging mein Wunsch durch seine Vermittlung in Erfüllung.

Bis dahin lebte ich nur dem Gedanken, wie schön es sein werde, wenn ich erst als Mittelsperson zwischen den Sündern und dem allbarmherzigen Vater stehe. In den leuchtendsten Farben malte ich mir das Vergnügen aus, das ich haben würde, wenn ein junges schüchternes Mädchen zur Beichte käme, die nicht versäumt hatte ihrem Temperament ein klein wenig entgegenzukommen. Ich ergriff also vom Beichtstuhl Besitz.

Man berichtet von einem großen Philosophen, dass er die Eigenheit hatte in sein Heim zurückzukehren und den ganzen Tag zu Hause zu bleiben, wenn ihm auf dem Morgenspaziergang ein altes Weib als erste Person entgegentrat. Wenn ich mich nach dem Beispiel des Philosophen hätte richten wollen, ich wäre nach dem ersten Versuch nie mehr in den Beichtstuhl zurückgekehrt. Dennoch hielt ich stand, wappnete mich mit meinem ganzen Mute gegen die unausweichliche Langeweile und hörte die Beichte des alten Weibes an, das meine erste Besucherin war.

Ich hielt geduldig eine Flut von Zweideutigkeiten aus, die ich mit solch tröstlichen moralischen Worten erwiderte und auf solch heuchlerische Art abtat, dass die entzückte Alte mir auf der Stelle ihre Zufriedenheit bewiesen hätte, wenn nicht glücklicherweise das Gitterwerk zwischen uns gewesen wäre. Sie begnügte sich also damit, mir Anhänglichkeit zu geloben; alle Versuche der anderen Beichtväter sie von mir abzuziehen würden sie nur noch fester am mich knüpfen. Ich nützte ihre Verzückungen aus, um den größtmöglichen Vorteil daraus zu ziehen. Ich reihte sie sofort in die Klasse jener alten Schachteln ein, von denen mir Pater Simeon gesagt hatte, sie seien nur da, um gerupft zu werden. Ich musste das Terrain rekognoszieren. Die Alte war eine große Schwätzerin und so brachte ich das Gespräch zunächst auf die Familie. Sie erging sich in wüsten Beschimpfungen gegen den untreuen Gatten, der das Gut, das ihr gehöre, anderswo verschwende. Die gute Frau schien an ihrer empfindlichsten Stelle getroffen worden zu sein. Dann beschimpfte sie den

Schlingel von einem Sohn, der dem perfiden Vater nachgerate. In den Himmel erhob sie aber ihre Tochter, die all ihr Trost sei, ein Mädchen von erbaulicher Frömmigkeit, von engelhafter Reinheit der Sitten, das sich vom wüsten Treiben der Welt fernhalte und sich in ihr stilles Kämmerlein zurückziehe; ein Mädchen, dessen ganze Gedankentätigkeit auf Arbeit und Gebet gerichtet sei, das nur ausgehe, um sich in die Kirche zu begeben.

„Liebe Schwester“, sagte ich mit geheuchelter Frömmigkeit, *„wie glücklich dürft ihr sein, solch eine Tochter zu besitzen! Kommt diese heilige Seele in unsere Kirche? Wie glücklich wäre ich, mich an ihrem Beispiel aufrichten zu können!“*

„Sie ist jeden Tag hier“, fiel mir die Alte ins Wort. *„Ihre Frömmigkeit ist nicht auffallender als ihre Schönheit. Ach Gott, wie darf ich von Schönheit vor Euch sprechen, der Ihr ein Heiliger seid! Verzeiht mir!“*

„Liebe Schwester, glaubt nicht, dass wir der Schönheit, wo sie sich in den Werken des Schöpfers weist, die gebührende Bewunderung versagen, besonders dann, wenn so zahlreiche himmlische Tugenden das Weltliche der Schönheit wettmachen.“

Nun entrollte mir die begeisterte Alte ein Bild der Heiligen, in der ich eine bekannte Brünette wiedererkannte, die sich regelmäßig zur Messe bei uns einfand. Pater Simeon, sagte ich mir, du hast recht gehabt; so sind die frommen Seelen. Ich werde mir die Alte da warmhalten; an ihr könntest du noch zum Propheten werden!

Ich hätte die Mutter vielleicht erzürnt, wenn ich sie gleich beim ersten Gespräch bestimmt hätte mir ihre Tochter als Beichtkind zuzuführen; ich behielt mir das für eine spätere Gelegenheit vor. Um die Alte zu gewinnen, erteilte ich ihr volle Absolution für die Vergangenheit und die Gegenwart; ich hätte sie ihr sogar für alle Zukunft erteilt, wenn sie's gewollt hätte; das kostet ja nicht mehr. Ich forderte sie indessen auf oft wiederzukehren, um sich in den Wässern der Buße zu erfrischen.

Mir ist, als hörte ich euch, liebe Leser, sagen: Saturnin, da bist du ja auf dem rechten Wege, du gehst, wie's scheint, deiner Genesung entgegen. Ja, ja, lieber Leser, das heilige Mittel beginnt schon zu wirken. Gott sei gelobt! Wie mächtig ist doch seine Gnade! Der Schweif steht mir schon ein wenig und lässt mich hoffen, dass er bald mehr stehen werden.

Am nächsten Tage versäumte ich die Frühmesse nicht; den Grund kann man sich leicht denken. Ich sah meine Brünette, die aus tiefstem Herzen zu Gott betete. Das ist sie ja!, rief es selig in mir, das ist das reizende Kind, das Muster aller Tugenden! Welch ein zarter, schmackhafter Bissen! Welch berauschender Gedanke, ihr den ersten Unterricht in der Liebe erteilen zu dürfen! Vivat! Ich bin genesen, er steht mir wie einem Karmeliter; eigentlich hätte ich auch sagen können: wie einem Cölestiner, denn steht er diesem weniger steif?

Die fromme Kleine wirft mir einen Blick zu; hat ihre Mutter vielleicht von mir gesprochen? Schnell, schnell, ich muss das Feuer löschen, das ihr Anblick in mir entfacht hat, ich muss onanieren! Die Lust ließ meine Augen fürchterlich rollen; man hielt das für einen Ausbruch von übertriebener Frömmigkeit.

Das Vergnügen, das mir das Onanieren im Gedanken an die Beterin bereitete, bürgte mir für das weit größere, das ich empfände, wenn ich erst weiterkäme. Ich hoffte, durch meine Geschicklichkeit ein Glück zu erringen, das der Zufall mir einige Tage später verschaffte.

Eines Tages war ich aus dem Kloster fortgegangen, als ich zurückkehrte, sagte der Pförtner, der mir das Tor öffnete, dass eine junge Dame schon zwei Stunden im Konferenzzimmer auf mich warte und mich durchaus zu sprechen wünsche. Ich eilte hin. Wie groß war meine Überraschung, als ich in der Harrenden das von mir geliebte Wesen erkannte. Kaum erblickte sie mich, warf sie sich zu meinen Füßen nieder.

„Habt Mitleid mit mir, edler Pater“, rief sie aus. Tränen erstickten ihre Stimme.

„Was ist dir denn, liebe Tochter?“, fragte ich, indem ich sie zärtlich aufhob. *„Vertrau dich mir an, der Herr ist gut. Er sieht deine Tränen. Sie haben ihre Wirkung nicht verfehlt, schon wendet Er dir Sein Erbarmen zu. Erschließe Seinem Diener dein Herz.“*

Sie wollte sprechen, aber ihr Schluchzen hinderte sie daran. Erschöpft sank sie mir in die Arme. In Verlegenheit gebracht, wäre ich beinahe dumm genug gewesen Hilfe herbeizurufen; schon hatte ich einige

Schritte zur Tür gemacht, als ich mir überlegte, was ich zu tun im Begriffe sei. In diesem Augenblick fragte mich das süße Ding:

„Wohin willst du? Glaubst du, dass sich dir eine günstigere Gelegenheit bieten werde?“

Ich näherte mich ihr, schnürte ihr das Kleid auf und entblößte den Busen; ich hatte noch selten einen schöneren gesehen und glaubte im Paradies zu sein, nachdem ich Kleid und Hemd beiseite geschoben hatte. Meine Blicke ruhten auf zwei runden, weißen, marmorharten Kugeln; sie gaben unter dem Drucke meiner Hand nicht nach. Ich bedeckte sie mit Küssen und drückte sie an meine Wangen; ich presste meine Lippen auf ihre und trieb ihren Atem zu schnellerem Hauchen an. Ohne mir über den eigentlichen Grund meiner Unruhe Rechenschaft ablegen zu können, lief ich zur Tür und tat so, als öffnete ich sie und schlösse sie wieder. Dann kehrte ich zu meiner Kleinen zurück, nahm sie in die Arme und drückte sie liebevoll an mich. Plötzlich durchbebte mich große Erregung; ich ließ sie los und sah sie zitternd an. Neue Glut überkam mich, ich umfing sie wild und schrie auf: *„Liebe, steh mir bei!“*

Mit der süßen Last erreichte ich mein Zimmer. Gott, war sie leicht! Ich legte sie aufs Bett, schloss die Tür und zündete die Kerze an. Beim flackernden Scheine betrachtete ich meine Beute. Ich war aufgeregt wie noch nie im Leben. Die Kleine lag in einem Taumel der Berücktheit da und konnte nicht zur Besinnung kommen.

Ich entblößte ihr die Brust ganz, schürzte ihr die Röcke auf, gab ihre Lenden auseinander. Eine zartere Regung kämpfte gegen meine Geilheit an; ich hielt ein, widmete mich der Betrachtung und bewunderte. Welch begeilender Anblick! Die Liebe und die Grazien sind über ihren ganzen Körper ausgegossen: Weiße, Fülle, Festigkeit, Zartheit, alles wies er in Vollendung und in entzückendem Maße auf. Die weiße Haut war blau geädert und trat dadurch erst recht in ihrer Zartheit hervor, die dunklen Haare waren weicher als Samt und in ihrer Röte, die in der prächtigsten Weise abgetönt war, bot sich die Fut in wundervollem Kontrast dar. Man war im Zweifel, welche dieser Farben das berückende Bild vollendeter gestalte. Apelles, der du zehn Jahre lang die Züge der vollkommensten Schönheiten Griechenlands zusammentrugst, du hättest einzig und allein meine Schöne gemalt, wenn sie deinem Pinsel erreichbar gewesen wäre, und die Gottheit, die du abbilden wolltest, wäre vor Eifersucht vergangen!

Der bloßen Bewunderung müde, ließ ich Lippen und Hände auf ihrem Körper wüten. Kaum aber hatte ich ihn berührt, als die liebliche Kleine tief aufseufzte und Zeichen wiederkehrender Besinnung gab. Sie führte ihre Hand überallhin, wo sie meine spürte. Ich küsse sie, mein Mund ruht auf ihrem; sie will sich losmachen und stößt mich zurück; sie ist überrascht, erschreckt, sich auf einem Bette in fremdem Zimmer zu finden, sie sieht sich beunruhigt um, sucht zu erforschen, wo sie sei, sie will sprechen, die Zunge versagt ihr den Dienst.

Die Glut, die in mir tobt, übt auf mich die gleiche Wirkung aus. Ich lasse die Kleine nicht los, die noch immer gegen mich ankämpft. Ich leiste Widerstand und schleudere sie aufs Bett. Wütend erhebt sie sich und springt mir ins Gesicht, das sie zerreißen will; sie beißt und schlägt um sich; ihr ganzer Körper ist in Bewegung, der Schweiß rinnt ihr über die geröteten Wangen. Nichts mehr hält mich zurück; ich werfe mich keuchend auf sie; Brust auf Brust, Bauch auf Bauch, suche ich sie durch meine Last unter mir festzuhalten. Ihren Händen überlasse ich alles, was sie in ihrer Wut und im Eifer sich zu verteidigen anfällt; meine Hände aber benütze ich, um ihr die Schenkel auseinanderzudrücken, die sich immer wieder hartnäckig schließen. Ich verzweifle schon am Sieg, da die Raserei ihre Kräfte erhöht und meine Leidenschaft verringert. Ich reiße ihre Schenkel auseinander und knöpfe meine Hose auf. Der losgelassene Schweif springt in die Höhe wie ein Bäumchen, das zur Erde niedergebogen war und nun mit einem Ruck freigegeben wird. Ich bringe ihn ans Loch und stoße zu. Er dringt ein, das Rasen meiner Schönen lässt nach, sie drückt mich an sich, küsst mich … die Augen fallen ihr zu und von Geilheit überwältigt sinkt sie erschöpft zurück. Ich habe alle Besinnung verloren, stoße wie ein Wilder hin und her, dringe immer tiefer ein, berühre das tiefste Innere und überschwemme es mit einem Strom von Saft. Ihr kommt's zur selben Zeit … Bewusstlos bleiben wir aufeinander liegen; unser Geist hat sich vom Körper losgelöst und wandelt in seligen Gefilden, wo eitel Lust herrscht.

Die süße Gefährtin meiner Wollust kommt bald wieder zu sich, aber nur, um mich durch Liebkosungen zu verlocken, sie wieder in den früheren Zustand zu versetzen; sie umhalst mich und küsst mich glühend. Ich öffne die Augen und betrachte sie; ihre Blicke sind schmachtend auf mich gerichtet. Nun zucken ihre Augen … sie reißt sie weit auf … ihre Fut erglüht … ich komme mir vor wie in einem Backofen … mein Schweif brennt!

„Oh“, haucht sie, *„ich ersticke, ich vergehe …“*

Ihre Glieder steifen sich, ihr Hinterer beginnt zu stoßen, ich stoße zurück und zum zweiten Mal entladen wir gleichzeitig.

Unaufhörlich setzten wir unsere gottvolle Tätigkeit fort, bis unsere Kraft, die mit der Glut unseres Verlangens nicht Schritt halten konnte, uns im Stiche ließ und uns zum Ausruhen zwang. Ich benützte diese Pause, um in die Küche zu laufen, wo man mir alles gab, was ich für die Krankenstube brauchte – wo es die Kräfte mehr als eines Kranken wiederherzustellen galt –; ich hatte behauptet krank zu sein. Ich kehrte zu meiner Zelle zurück, wo ich die liebe Kleine in Trauer brüten sah; ich suchte sie durch Liebkosungen zu zerstreuen und hatte insofern Erfolg, als ich ein weit dringenderes Bedürfnis stillte, als es die Erkundung nach dem Grunde ihres Kummers gewesen wäre. Wir machten es uns dann beim Essen so bequem wie möglich und gingen dabei aufs Geräuschloseste vor, damit niemand den Schatz bemerkte, den ich bei mir verborgen hielt, und er nicht zugunsten der *„Klause"* – gemäß den Vorschriften des Ordens – konfisziert werde.

Da wir beide äußerst müde waren, dachten wir nicht ans Plaudern, sondern ans Schlafengehen. Nachdem wir unser Mahl beendet hatten, legten wir uns zu Bett. Kaum aber sahen wir einander nackt, als uns der Schlaf schon floh; ich griff der Kleinen ans Loch – die Quelle und das Grab der Wonne, die ich gekostet hatte – und sie hielt meinen Schwanz in der Hand und bewunderte seine Dicke und seine Länge sowie die Festigkeit meiner Eier.

„Oh", sagte sie, *„jetzt überrascht's mich nicht mehr, dass du mich mit einem Vergnügen versöhnt hast, das ich schon entschlossen war zu hassen."*

Ich dachte gar nicht daran, sie nach der Ursache dieses Hasses zu befragen, sondern einzig daran, sie von Neuem fühlen zu lassen, wie sehr sie im Unrecht war, solch einen Entschluss zu fassen. Sie nahm mich mit einer Lebhaftigkeit in ihren Armen auf, die mich selbst in den Armen des Todes versöhnt hätte; unsere Hintern hoben und senkten sich wie sturmgepeitschte Wogen, unsere Leiber waren wie Stahlbarren, die gerade aus dem Glühofen kommen, und wir hielten einander so fest umschlungen, dass wir kaum Atem schöpfen konnten. Es war, als fürchteten wir, dass uns die geringe Pause um den Genuss bringe. Das Bett konnte unseren Stößen kaum mehr aushalten, unsere Leiber drückten sich tief ein und es fing an furchtbar zu krachen. Ein süßer Rausch kam über uns und wir schliefen bald, aufeinanderliegend, ein; eng aneinandergedrückt, die Zungen gegenseitig im Munde, den Schwanz im Loch.

Der dämmernde Tag fand uns noch in derselben Lage. Vielleicht hatte die Fantasie während des Schlafes in uns gewirkt und jenen köstlichen Saft zum Fließen gebracht, der durch seine Menge den Grad des inneren Feuers anzeigt, vielleicht war es uns mechanisch gekommen, kurz: wir wachten völlig durchnässt auf; das Laken war überschwemmt und sogar die Matratze hatte teil an unseren Freuden. Wir ließen sie bald wieder aufleben, denn die Ruhe hatte uns gekräftigt und ich zog mich wie ein rechter Mönch aus der Affäre. Ich will nicht erst nachzählen, wie oft sie schob; ich brauchte nicht erst hineinzufahren, da ich schon im Loch steckte. Nun will ich aber berichten, wie meine Kleine den Weg zu mir fand.

Beunruhigt und betrübt saß sie da. Ihr Anblick schmerzte mich. Zärtlich bat ich sie sich mir anzuvertrauen und ruhig auszusprechen und überzeugt zu sein, dass ich ihren Kummer lindern werde, koste es, was es wolle.

„*Werde ich dein Herz verlieren, lieber Saturnin*“, fragte sie schmachtenden Blickes, „*wenn ich gestehe, dass du nicht der Erste bist, der mich die Freuden der Liebe hat kosten lassen? Beruhige mich doch, da mein Herz selbst mich im Stiche lässt und ich meine Betrübnis nicht verbergen kann! Ja, nur die Angst beunruhigt mich jetzt, dass ich dich verlieren könnte. Mein Schicksal lässt mich völlig kühl, da ich bei dir bin.“*

„Schätzest du deine Reize so gering ein“, erwiderte ich, *„dass du fürchtest sie könnten ihre Wirkungskraft einbüßen? Die Glut, womit sie mich beseelen, ist zu stark, als dass deine Furcht gerechtfertigt wäre. Wie wenig kennst du mich doch! Es ist eine Lächerlichkeit, zwischen einer Jungfer und einem Mädchen zu unterscheiden, das schon gevögelt wurde; ich kenne derartige Vorurteile nicht. Soll uns Schönheit nicht entzücken, weil sie andere vor uns entzückt hat? Wenn du auch die ganze Welt drübergelassen hättest – bist du darum weniger anbetungswürdig, macht dich das in meinen Augen weniger begehrenswert? Haben die Genüsse, die du anderen schenktest, die Lebhaftigkeit gemindert, womit du sie mir gabst?“*

„Du gibst mir das Leben wieder“, antwortete sie. *„Ich sehe keinen Grund mehr dir die Misshelligkeiten meines Daseins mitzuteilen, denen du ein Ende gesetzt hast!“*

Fortsetzung der Geschichte der Schwester Monika

„Mein Unglück hat seinen Sitz im Herzen, stammt aus dem unüberwindlichen Hang, den ich von Natur aus für die Liebeslust hege; ich bestehe nur aus Liebe; sie ist meine Gottheit, und ich bin nur für sie geschaffen, lebe nur für sie. Eine ungerechte und grausame Mutter bildete sich ein, ich müsse mich dem Klosterleben weihen. Ich war zu schüchtern, um meinen Willen gegen ihre strengen Befehle durchzusetzen; sie ließ nicht von ihrem Vorsatz ab: ich trat ins Kloster ein und nahm den Schleier. Der Augenblick nahte, wo ich mir das Todesurteil sprechen sollte; ich zitterte vor dem Gelübde, das ich ablegen musste. Der Schrecken, den ich vor der Einkerkerung im Kloster empfand, und die Verzweiflung, ewig meines höchsten Gutes beraubt zu sein, ließen mich in eine Krankheit verfallen, die meinen Leiden ein Ende gesetzt hätten, wenn sich meine Mutter endlich von meinem unglücklichen Zustand hätte rühren lassen und sich wegen ihrer Härte Vorwürfe gemacht hätte. Sie selbst aber war 'Pensionärin' in dem Kloster, wo ich den Schleier nehmen sollte. Der Gedanke an Zurückgezogenheit, den sie gefasst hatte, ohne ihr Herz zu befragen, hatte sie dorthin geführt, die

Überlegung aber brachte sie wieder hinaus. So tugendhaft Weiber auch sein mögen, verzichten sie dennoch nicht gern auf die Freuden des Daseins, sehen sie das Alter nicht ohne Kummer nahen. Das ist eine natürliche Empfindung, die sie wohl unterdrücken, nie aber ganz aus dem Herzen verbannen können. So kam meine Mutter, deren Temperament ihr selbst den heftigsten Widerstand leistete und die danach auf den schließen musste, der in mir tobte, dazu, auch mich aus meinem Kerker zu befreien. Sie erschien wieder in der Welt und tröstete sich schnell über das Schwinden ihrer letzten Liebe in den Armen eines fünften Gatten.

Ich kannte meine Mutter zu gut, um nicht zu wissen, dass es für mich eine große Gefahr bedeute, wenn ich ihr auf dem Pfade der Liebe im Wege stehe. Ich war überzeugt und ich durfte es sein, ohne als eitel zu gelten, dass ein Liebhaber, der sich einstellen könnte, nicht erst lange zwischen uns beiden schwankte und sich zu meinen Gunsten entschiede. Das war's, was ich fürchtete. Ich begriff, dass Liebeslust, auch wenn sie im Verborgenen blühe, nichts an Stärke und Pikanterie verliere, dass ich mir in der Zurückgezogenheit die gleichen Freuden verschaffen könne wie in der großen Welt. All meine Gedanken und Handlungen waren nur noch auf dieses System gerichtet und bald trat ich als Novize in ein Kloster ein. Die Ausführung meines Planes bereitete mir das größte Entzücken und ich sann nur darauf, wie ich meine geheimsten Absichten unter dem Deckmantel der hohen Tugendhaftigkeit verwirklichen könne, die mir zur zwei-

ten Natur geworden war. Diese Tugendhaftigkeit kam ins Wanken, als ich einem jungen Mann begegnete, den ich einst am Klostergitter gesehen hatte ...“

Hier unterbrach ich meine Geliebte. Ich erinnerte mich dessen, was Suzon mir seinerzeit von einer gewissen Schwester Monika und ihrer Abneigung gegen das Kloster, ihrer Leidenschaft für die Liebe, ihrem Abenteuer mit Verland, dem Charakter und dem Leben ihrer Mutter erzählt hatte, und ich verglich die Züge jener Schwester mit dem hübschen Gesichtchen, das ich vor mir hatte. Ich erinnerte mich sogar daran, dass Suzon mir gesagt hatte, Schwester Monika habe einen sehr großen Kitzler. In der Hoffnung, die Wirklichkeit werde meine Mutmaßungen bestätigen, drückte ich meine Geliebte auf den Rücken nieder und untersuchte ihr Löchlein mit einer Aufmerksamkeit, zu der mir die Leidenschaft keine Gelegenheit gelassen hatte. Ich fand, was ich suchte: eine schöne rote Klitoris, ein wenig größer, als sie gemeinhin zu sein pflegt; sie schien an dieser prächtigen Stelle nur zu sein, um die Lust zu erhöhen, die sie erweckte.

Ich zweifelte nicht mehr, dass ich Monika vor mir hatte, und umarmte die Geliebte in neuem Ausbruch meiner Liebe.

„*Teure Monika*“, sagte ich, „*liebliche Schwester, hat mein Glück dich zu mir geführt?*“ Sie entzog sich meiner Umarmung und sah mich erschreckt an.

„*Woher weißt du, welchen Namen ich im Kloster trug?*“ „*Ein Mädchen*“, erwiderte ich, „*dessen Verlust meine Tränen reichlich fließen ließ und vor dem du kein Geheimnis hattest, hat ihn mir anvertraut.“*

„Daran erkenne ich Suzon“, rief sie aus. *„Sie hat mich verraten!“*

„Ja, Suzon war's! Aber sie hat das Geheimnis nur mir anvertraut, und damit du ihr nichts mehr nachträgst, will ich gestehen, dass ich das Vertrauen meiner geliebten Schwester nur durch Zudringlichkeit errungen habe.“

„Deine Schwester?! Wie ... du bist Suzons Bruder? Ach, dann will ich sie nicht anklagen, und wenn ich's getan habe, so muss ich sie gegen die Anklagen schützen, die du vielleicht gegen sie vorbringen könntest, denn sie hat mir nicht verhehlt, was sich zwischen ihr und dir zugetragen hat.“

Wir betrauerten nun gemeinsam das Los unserer unglücklichen Suzon; dann fuhr Schwester Monika fort: *„Da Suzon dir alles erzählt hat und du auch mein Abenteuer mit Verland kennst, so bist du nicht länger im Zweifel, dass ich von ihm spreche. Die Wandlung, die in mir vorgegangen war, überraschte ihn. Beim Gitter hatte er mich lebensprühend, glühend und kokett gesehen, und eine mehrjährige Trennung hatte dieses Bild nicht aus seiner Erinnerung reißen können. Als er zurückkehrte, war meine Frömmigkeit in aller Munde; er wollte sich mit eigenen Augen von dieser merkwürdigen Wandlung überzeugen und er kam in die Kirche, wo er mich erblickte. Seine Neugier schlug bald in Liebe um und er konnte nicht anders, als mir auf Schritt und Tritt zu folgen.*

Meine Andachtsübungen hinderten mich nicht, ab und zu einen begierigen Blick auf meine Umgebung zu werfen. Ich bemerkte Verland und fühlte mich aufs Tiefste ergriffen. Ich errötete beim Anblick eines Mannes, der einst Zeuge einer schwachen Stunde bei mir gewesen war, und ich errötete erst recht, weil ich die Empfindungen meines Herzens nicht verbergen konnte. Er war älter und maßvoller geworden, das ließ aber seine Anmut nur stärker und rührender hervortreten. In seiner Gegenwart flammte mein Verlangen von Neuem auf, es trieb mich tagtäglich an denselben Ort und stets war auch er da, andächtig und zärtlich in meiner Betrachtung versunken.

Nur mit der größten Mühe hatte ich meine Blicke beim ersten Wiedersehen von ihm abgewandt; seine Ausdauer bezwang mich und ich konnte ihm nicht mehr verbergen, was in meinem Herzen vorgehe. Meine Blicke sagten ihm, wie mich sein Zaudern verstimmte, er verstand mich, und als ich eines Tages, verzweifelt über die Nutzlosigkeit meiner Bemühungen, die Kirche verließ, benützte er die günstige Gelegenheit zur Annäherung. Er folgte mir in einen dunklen und einsamen Gang, den ich durchschreiten musste, schüchtern trat er an mich heran und sagte:

'Reizende Monika, darf sich ein Mann, der beim ersten Mal, wo er das Glück hatte, Euch zu sehen, Euren gerechten Zorn heraufbeschworen hat, heute Euren Blicken zeigen, ohne die gleiche Gefahr zu laufen? Ihr kennt noch nicht meine ganze Schuld', sagte er, 'und

habt mir schon verziehen! Ich bedarf aber noch Eurer Nachsicht.'

Er schwieg und obgleich ich ihn verstand, erwiderte ich doch, dass ich nicht wüsste, was er meine.

Was soll ich dir sagen? Bei der zweiten Zusammenkunft wusste er schon, dass ich seine Liebe erwidere und dass ich die Schritte gutheiße, die er bei meiner Mutter unternehmen wolle, um meine Hand zu erhalten. Sie wies den Antrag zurück, was mich zur Verzweiflung trieb. Ihre Schroffheit wirkte auf unsere Liebe ein. Verland war niedergeschmettert. Der unkluge Schritt hatte uns alle Hoffnung geraubt; und was den Schrecken vollmachte: meine Mutter wurde mir zur Nebenbuhlerin. Sie verriet sich selbst durch die unaufhörlichen Lobpreisungen Verlands. Als Novize war mir jede Möglichkeit genommen, sie nach dem Grunde der Abweisung eines jungen Mannes zu fragen, an dem sie nur Vorzüge erblickte. Als trauriges Opfer der Frömmigkeit und der Liebe war ich gezwungen meinen Schmerz zu verbeißen und eine Gleichgültigkeit zur Schau zu tragen, die mein Leid noch grausamer gestaltete. Ich konnte mich dem Leide nicht verschließen; ich war auf meine Mutter und auf mich selbst wütend. Meine Liebe war zu allem fähig. Man hegte keinen Verdacht, dass ich Verland sehe, und so sah ich ihn alle Tage; ich konnte nicht mehr ohne ihn leben und auch er konnte nicht ohne mich sein.

Von der Glut seiner Liebe getrieben, von meiner eigenen besiegt, willigte ich in seinen Vorschlag ein mich zu entführen. Wir setzten Tag und Stunde fest und einigten uns über die notwendigen Maßnahmen.

Ich gab Verland das Zeichen, das wir für den Fall vereinbart hatten, wenn ich an der Ausführung unseres Planes verhindert sein sollte.

'Liebst du mich noch?', fragte ich ihn.

'Ob ich dich liebe!', erwiderte er mit bewegter Verzweiflung, die ihn am Weiterreden hinderte.

'Verland, geliebter Verland', sagte ich, 'der Schmerz, der in deinen Augen geschrieben steht, zerreißt mir das Herz; beklage mich und beklage dich über den Mangel an Mut, der uns unserer Leidenschaft auf immer entzöge, wenn die Verzweiflung mir nicht ein Mittel eingegeben hätte uns einander zu erhalten. Als ich dich fragte, ob du mich liebst, war es nicht, weil ich an deiner Liebe zweifle, sondern weil ich fürchte, du könntest mir den einzigen Beweis versagen, der mich beruhigte. Halt ein', sagte ich, als ich sah, dass er sprechen wollte, 'du willst mir Vorwürfe machen; sie wären ungerecht; ich wiederhole, dass ich nicht an deiner Liebe zweifle, ebenso wenig, wie du an meiner zweifeln darfst. Aber ach, wozu eine Flamme anfachen, die unnütz brennt, da meine grausame Mutter uns die Befriedigung unserer Wünsche versagt? Ah, Verland, Schamröte bedeckt mein Antlitz; lässt sie dich nicht das Mittel erraten, das ich dir empfehlen will?'

'Liebe Monika', sagte er, indem er meine Hand zärtlich an seine Lippen führte, 'lässt dich die Liebe endlich die Notwendigkeit einer Sache einsehen, die ich dir vergebens so oft vorgeschlagen habe?'

'Ja', erwiderte ich, 'du wirst mir nichts mehr vorzuwerfen haben; es ist nicht an der Zeit, dir länger die Kraft meines Verlangens zu verbergen, das mich überwältigt. Es bedarf nur eines Wortes aus deinem Munde, um uns vollauf glücklich zu machen.'

'Sprich', unterbrach er mich, 'was soll ich tun?'

'Meine Mutter heiraten!', erwiderte ich.

Verblüfft starrte er mich mit offenem Munde und mit aufgerissenen Augen an. 'Deine Mutter heiraten?!', rang es sich endlich von seinen Lippen. 'Monika! Was verlangst du von mir?!

Monika', sagte er daraufhin betrübt, 'liebste Monika, habe Mitleid mit mir, was willst du von mir haben?'

'Undankbarer, wenn ich meine Ehre und alles, was mir lieb ist, deinem Glücke opfere, wenn ich beim Wüten der Eifersucht unempfindlich bleibe und die Qualen meines Herzens ersticke, erbebst du! Und doch habe ich mich mit dem schrecklichen Gedanken versöhnt, dich in den Armen meiner Rivalin zu sehen, um mich dir mit größerer Leichtigkeit hingeben zu können und unaufhörlich den Genuss deiner Nähe und deiner Liebesbezeigungen zu haben. Hab ich mehr Gewalt über mich als du? Nein, aber deine Liebe ist nicht so stark wie meine!'

'Abgemacht', fiel er ein, 'du hast den Sieg davongetragen. Ich schäme mich meiner Unentschlossenheit. Herzen, die so leidenschaftlich schlagen wie unsere, dürfen sich von Gewissensbissen nicht beeinflussen lassen.'

Sein Mut entzückte mich, und wäre nicht der Ort gewesen, wo wir uns befanden, und die Furcht überrascht zu werden, ich hätte nicht die Kraft aufgebracht ihm den Beweis meiner Erkenntlichkeit zu versagen, den ich nun auf seinen Hochzeitstag verschob. Vielleicht hätte ich auch diesen Tag nicht erwarten können, wenn die Ungeduld meiner Mutter nicht ebenso groß gewesen wäre wie die meine. Verland hatte ihr einen Heiratsantrag gemacht und sie beeilte sich, entzückt von einer Eroberung, die sie nur ihren Reizen zuschrieb, dessen Früchte zu genießen; sie waren aber nicht für sie geschaffen.

Die Trauung wurde vollzogen und die Freude, die ich dabei empfand, brachte mir tausend Zärtlichkeiten von meiner Mutter ein, die ich mit minder ehrlich gemeinten lohnte. Verland war anbetenswert. Eine Fülle ungekannter Anmut war ihm eigen. Das geringste Lächeln entzückte, die unbedeutendsten Worte entflammten mich; kaum dass ich mich zurückhalten konnte, ihm in die Arme zu fliegen.

Während des größten Trubels flüsterte er mir zu:

'Ich habe der Liebe alles geopfert, wird sie nun nichts für mich tun?'

Ein Augenaufschlag war meine Antwort. Ich schlüpfte aus dem Saal; er folgte mir, und alles begünstigte unsere Flucht. Ich eile in meine Kammer, wohin auch er kommt. Ich werfe mich aufs Bett und er stürzt sich auf mich.

'Oh Mutter', rief ich in meiner Verzückung aus, 'deine Härte kommt dich teuer zu stehen!'

Mein Liebster war ein Zauberer; die Stunde unseres Beisammenseins verging ohne Pause. Stets neue Kräfte strömten ihm zu. Wie Anthäos, der, mit Herkules ringend, nur die Erde zu berühren brauchte, um seine Kraft zu erneuern, so ging mein Geliebter nach jeder Berührung meines Leibes mit frischer Kraft zum Angriff über. Man suchte uns schon seit geraumer Weile; man hatte sogar an meine Tür geklopft. Wir mussten nun Abschied nehmen, wollten wir nicht Verdacht auf uns lenken. Verland sprang durch Fenster in den Garten und tat so, als ob er auf dem Rasen eingeschlafen sei. Dort fand man ihn, wie er's vorausgesehen hatte. Man schalt ihn und stellte ihn zur Rede; eine geringe Erschöpfung kam ihm zu Hilfe, und er sagte, er habe sich englisch empfohlen, um die Lustbarkeit nicht zu stören. Man glaubte ihm seine Ermüdung umso eher, als ihn seine Tätigkeit bei mir tatsächlich ein wenig hergenommen hatte.

Ich zweifelte nicht, dass man auch mich suchen und sich vielleicht durchs Schlüsselloch von meiner Anwesenheit im Zimmer überzeugen werde. Ich brachte also die Portiére ein wenig in Unordnung, sodass sie das Schlüsselloch bedeckte, und da ich jemand nahen hörte, kniete ich vor dem Kruzifix nieder. Ich erreichte die beabsichtigte Wirkung. Man nahm an, dass ich mich in meinen gewohnten Andachtsübungen nicht durch die Lustbarkeiten stören lassen wolle, und erblickte darin einen weiteren Grund zu meiner Hochachtung. Von dem Augenblicke an, wo ich den Plan gefasst hatte meine

Mutter mit meinem Geliebten zu verehelichen, sann ich ausschließlich darauf, wie ich unsere Zusammenkünfte leicht ermöglichen konnte. Um jeder Überraschung vorzubeugen – da wir doch alle zusammen hausten –, heuchelte ich eine verstärkte Frömmigkeit und trug allen streng auf, dass ich nie in meinen Andachtsübungen gestört werden dürfe. Man wusste, dass man nie an meine Tür zu klopfen habe, da der Schlüssel ohnehin nie stecke. Verland wiederum gewöhnte meine Mutter daran, dass sie keine zu großen Aufmerksamkeiten von ihm verlange; er schützte Geschäfte vor und – schlich sich in mein Zimmer. Ich hätte geglaubt, dass unsere Lust ewig währen würde, hätte darauf geschworen, dass es in der ganzen Welt nichts Herrlicheres gäbe … Ein kurzer Augenblick belehrte mich eines anderen …

Ich begegnete eines Tages einer jungen Person, die ich von früher her kannte. Ich fragte sie, was sie in diesem Orte zu tun habe, worauf ich die Antwort erhielt, dass keine Bande sie an irgendjemand knüpfen. Ich nahm sie daher als Kammerzofe in meine Dienste. Aber … soll ich auch dich belügen, teurer Saturnin?! Höre und staune: die angebliche Kammerzofe war niemand anderer als Martin, von dem dir deine Schwester gesprochen haben muss, als sie dir meine Geschichte erzählte.

Ich hatte ihn seit unserer Trennung nicht mehr gesehen. Er war noch immer so hübsch und so liebenswürdig wie damals. Sein Kinn bedeckten kaum einige blonde Flaumhaare, auf deren stete Entfernung ich die größte Sorgfalt legte. Martin galt allgemein als hübsches Mädchen und nur für mich war er ein Mann von Wert.

Ich hatte Martin kein Geheimnis aus meiner Liebelei mit Verland gemacht. Er war meines Besitzes zu froh, als dass es ihn verdrossen hätte, mich mit einem zweiten zu teilen. Mich freute seine Nachsicht und noch weit mehr seine Kraft. Ich hatte mir das Vergnügen weise eingeteilt. Verland gehörte der Tag und Martin die Nacht. So brachen die Tage heiter und köstlich für mich an und entschwanden mir, um nicht minder begeilenden Nächten zu weichen. Nie hat eine Sterbliche größere Glückseligkeit genossen; es ist jedoch das Los aller Lust, von geringer Dauer zu sein.

Martin konnte, wie ich schon sagte, in seiner Weibeskleidung als hübsches Mädchen gelten. Der undankbare Verland! … Ach, wie darf ich ihn übrigens undankbar schelten –, wurde ich denn nicht zuerst schuldig, und war mein Herz darum eher freizusprechen?

Verland also stellte meiner 'Kammerzofe' nach und vernachlässigte mich. Durch die Freuden der Nacht entschädigt, war ich mir noch nicht recht des Abkühlens jener klar geworden, die mir Verland tagsüber schenkte. Die Fasttage nahmen zu … Verland wusste mich so gut in Sicherheit zu wiegen und ich fühlte mich zu glücklich, als dass er mir erst besondere Gründe für sein Fernbleiben hätte angeben müssen. Mitunter wollte ich ihn schelten … da kam er aber, lächelte und küsste mich, und unter seinen Zärtlichkeiten schwand mein

Zorn. Und dann: nach einem Tage der Ruhe erschien mir die Lust viel größer! Überdies machte er mich glauben, dass unsere Sicherheit meine Abwesenheit bedinge. Ich billigte den neuen Modus und der unverwüstliche Martin war nun auch an diesen 'Ruhetagen' mein Gast.

Gestern nun, an diesem Unglückstage, an den ich nur mit tiefer Abscheu zurückdenke, gestern war einer dieser Ruhetage. Ich war mit Martin allein im Zimmer und nur die Liebe war Zeugin unserer Lust. Ich lag mit entblößter Brust und aufgeschürzten Röcken auf dem Bette und wartete, nach der ersten Nummer, mit gespreizten Beinen auf Martins Stöße. Er war nackt. Seine Schenkel umschlossen meinen rechten, die eine Hand lag auf meinen Brüsten und die andere spielte auf meinem linken Schenkel. Gerade als er Augen und Mund in Bewegung setzte, um sich zu neuen Taten zu begeilen, trat Verland, ohne dass wir ihn hörten, ein und überraschte uns in dieser Stellung. Er fand noch Zeit die Tür zu schließen und auf uns zuzueilen, ehe wir uns vom Schreck erholt hatten. – 'Monika', keuchte er, 'ich will dir dein Vergnügen lassen, du musst mir aber das gleiche Entgegenkommen beweisen. Ich liebe Javote' – das war Martins Mädchenname – 'und fühle mich kräftig genug, um euch beide zu befriedigen!'

In diesem Augenblick will er Martin umarmen, er entreißt ihn meinen Armen, steckt ihm die Hand zwischen die Beine und findet … Oh, die Überraschung! Ohne Martin loszulassen sieht er mich empört an, wagt aber nicht seinen Zorn über mich zu ergießen, sondern wendet ihn in aller seiner Gewalt dem unschuldigen Opfer zu. Liebe wandelt sich in Wut, unbarmherzig schlägt er auf den unglücklichen Martin los, und da er ihn an seiner empfindlichsten Stelle traf, verwundete er auch mich.

Ich werfe mich zwischen die Kämpfenden. 'Halt ein', rufe ich Verland zu, indem ich ihn umarme, 'halt ein, mein lieber Verland, berücksichtige seine Jugend! Im Namen unserer Liebe, im Namen unserer Lust, halt ein! Verland, hab doch Mitleid mit seiner Schwäche!'

Verland lässt von Martin ab; der aber, der sich aufgerafft hat, ist nun wütend geworden, stürzt sich auf Verland und packt ihn beim 'Schwert'. Dieser Anblick treibt mich in die Flucht, ich renne über eine Hintertreppe davon, eile hierher und ... das Übrige weißt du."

Monikas Stimme erstickte in Tränen.

„*Ach*", rief sie, „*welches Schicksal harrt meiner?*"

„*Das beste*", erwiderte ich. „*Beruhige dich, liebste Monika, du hast die Tränen grundlos vergossen, wenn du den Verlust deiner Vergnügungen beklagst – hier erwarten dich größere.*"

Ich sah die Unmöglichkeit ein sie länger gefahrlos in meiner Zelle zu behalten. Ich musste alles befürchten, wenn ich's hätte wagen wollen. Ich war der Ansicht, es gäbe nichts Klügeres und Besseres als ihre Einreihung in die „*Klause*", und ich wollte sie angenehm damit überraschen, ohne ihr erst langatmige Erklärungen abzugeben. Ich glaubte ihr nicht zu viel zu versprechen, als ich ihr sagte, die Freuden, die sie bisher genossen habe, seien nur ein schwacher Abglanz der bevorstehenden. Ein Ort wie die Klause müsse ein gottvoller Aufenthalt für ein Temperament wie das ihre sein.

„Liebster Freund“, sagte sie, mich umarmend, *„verlass mich nicht, sag mir, ob ich bei dir bleiben darf? Dein Ja oder dein Nein entscheidet mein Schicksal! Wenn ich dich verliere, werde ich ewig unglücklich sein.“*

Ich versprach, dass es für uns keine Trennung gäbe.

Ich ahnte, was sie mir nicht zu gestehen wagte, und erbot mich Nachrichten über ihre Liebhaber und über den Eindruck ihrer Flucht einzuholen. Sie dankte mir, ich ließ sie in der Zelle zurück und machte mich auf den Weg, nachdem ich ihr versprochen hatte bald wiederzukehren.

Ich durcheilte die Stadt und fragte allerorten nach den letzten Neuigkeiten. Ich suchte sogar die Nachbarschaft Verlands auf. Man wusste von nichts und ich nahm an, dass die Liebhaber es bei der Flucht Monikas bewenden ließen, die man wohlweislich den fremden Leuten verbarg. Ich kehrte zurück, um meiner Kleinen die gute Nachricht zu übermitteln; schon wollte ich das Kloster betreten, als mir ein Laienbruder entgegeneilte und mir mitteilte, Pater Andreas habe ihm aufgetragen mich zu erwarten und mir einen Brief und ein Säckchen mit Geld zu übergeben. Ich werde darin beiläufig 100 Pistolen finden. Ich war der Meinung, der Pater wolle irgendeinen Auftrag durch mich erledigt wissen, über den mir der Brief Auskunft erteilen könne.

Ich riss diesen also auf und las:

Du hast Dich durch die Vorsichtsmaßregeln verraten, die Du ergriffst, um Dich verborgen zu halten; man schöpfte Verdacht, öffnete die Tür Deiner Zelle und fand den Schatz, den Du nicht mit Deinen Brüdern teilen wolltest. Man ergriff von ihm Besitz und hat die Kleine in die „Klause" getan. Du kennst den Charakter der Mönche …, flüchte Dich, Pater Saturnin, fliehe und entziehe Dich den Schrecknissen einer Einkerkerung, die erst mit Deinem Tod ihr Ende fände.

Pater Andreas

Wenn der Blitz vor mir eingeschlagen hätte, ich wäre weniger überrascht gewesen als beim Lesen dieses Briefes. Ich war wie gelähmt und kam nur zur Besinnung, um die Schwere des Schlages zu empfinden, der mich getroffen hatte.

Oh Gott, rief ich aus, was soll aus mir werden?! Soll ich mich der Rache einer Bande von Barbaren aussetzen? Soll ich fliehen? Unglücklicher, zögere nicht, fliehe!, raunte mir eine Stimme zu. Aber wohin? Wo bin ich vor ihrer Wut sicher?

Ambroisens Haus tauchte vor meinem verlorenen Geiste auf. Das wäre das sicherste Asyl … Ich fasste einen mutigen Entschluss. Wie glücklich war ich, dass mich die Großmut des Paters Andreas in die Lage versetzte mich dem Grolle der Mönche zu entziehen!

Unter Tränen verließ ich die Stadt, wo meine Ruhe, meine Lust und mein Glück zurückblieben. Ich beweinte den Verlust Monikas; aber ihr günstiges Los stillte meine Tränen. Von Gewissensbissen zernagt, von Verzweiflung niedergedrückt langte ich im Hause des Ambroise an. Ich fand nur Toinette, der ich mein Unglück erzählte. Sie ließ sich erweichen und gewährte mir alle Hilfe, die in ihrer Macht stand. Sie gab mir einen Anzug von Ambroise und ich beschloss, am nächsten Tag nach Paris aufzubrechen, in der Hoffnung, dort irgendeinen Beruf ergreifen zu können, der mich für den Verlust meines bisherigen Standes entschädigte.

Ich schied, nachdem ich, wie die Apostel, den Staub meines undankbaren Vaterlandes von den Sohlen geschüttelt hatte, und marschierte zu Fuß, einen weißen Stock in der Hand, fast nur bei Nacht, um meine Fährte zu verschleiern. Endlich langte ich in Paris an.

Ich hoffte dem Zorne der Mönche Trotz bieten zu können, da mich Pater Andreas' Geschenk und das, was ich von Toinette erhalten hatte, für einige Zeit sicherstellten. Zunächst wollte ich eine Stellung als Präzeptor annehmen und warten, bis mir das Schicksal etwas Besseres zuführe. Einige Bekanntschaften, die ich in Paris hatte, konnten nur dabei dienlich sein; aber es war zu gewagt, sie in Anspruch zu nehmen.

Um leichter fortzukommen, hatte ich in einem Trödlerladen meinen Bauernkittel gegen einen vornehmeren Anzug eingetauscht. Ich war überhaupt glücklich aus der Kutte gekommen zu sein, mit der ich auch meine schlechten Eigenschaften abgelegt hatte. Der schwere Kummer, der mich bedrückte, ließ mich glauben, dass ich mir dies selbst zuzuschreiben habe. Ich hatte mir's zugeschworen, anders zu werden! Ich wollte mich durch einen Eid binden, ich – den die festesten Ketten nicht hatten fesseln können! Wie schwach ist doch der Mensch!

Heut in der Mönchskappe, morgen im Helm – Beim geringsten Windstoß wackelt der Schelm ...

Ich wackelte auch ... ich fiel ... Der Windstoß war nicht sehr heftig ...

Es war nichts weiter, als dass eine Dirne mir einen Rippenstoß versetzte und sagte:

„Herr Abbé, wollt Ihr nicht mitkommen?"

„Aber mit Vergnügen", erwiderte ich, von einem natürlichen Verlangen getragen. Die Überlegung kam zu spät; ich konnte nicht mehr zurück.

Wir gingen durch eine finstere, enge Gasse, und als wir dann in einem Hause eine Wendeltreppe hinaufstiegen, glaubte ich mir bei jedem Schritt den Hals zu brechen. Die Stufen waren glitschig und uneben, sodass ich in einem fort stolperte. Das Dämchen führte mich an der Hand.

Ich will gern eingestehen, dass ich mich – hatte ich mich doch noch nie in ähnlicher Lage befunden – einer gewissen Angst nicht erwehren konnte, die meiner Führerin von guter Vorbedeutung zu sein schien; sie hätte über meinen Zustand gelacht, wenn er ihr klargeworden wäre. Nach vielen Gefahren langten wir endlich vor der Pforte des Tempels an. Wir klopften an und ein altes Weib, viel älter noch als die Sybille von Kumä, machte die Tür halb auf.

„Mein Herrchen, hier ist alles überfüllt. Steig eine Treppe höher und warte dort.“

Das war leicht gesagt. Wir waren doch schon unter dem Dache! Nein … da war noch eine Tür, die dem Drucke auf die Klinke sofort nachgab. Ich schlüpfte schnell ins Innere, damit mich ja niemand sähe. Die Dirne war zurückgeblieben.

Mir selbst an diesem schaurigen Orte, am Ende der Welt in fremder Umgebung, überlassen, überkam mich unabweislicher Schrecken. Ich vergegenwärtigte mir die Gefahr, worin ich schwebte, und sagte mir: Nütze diesen Augenblick der Klarheit und fliehe!

Ein Gefühl, das stärker war als die Vernunft, hielt mich zurück. Mir war, als täte sich meinen Blicken ein ungeheueres Meer auf, dessen Küsten ich nicht erreichen könne …

Senkt der Himmel Vorahnungen künftiger Geschehnisse in unser Herz? …

Ja … zweifellos … ich habe es an mir selbst erfahren.

Die Tür geht auf, man ruft mich und ich steige die Treppe hinab. Ich lief ins Verderben … doch … welch große köstliche Freude sollte ihm noch vorangehen …

Schüchtern betrete ich den vom flackernden Scheine einer Lampe erhellten Raum. Ich setze mich, ohne ein Wort zu sagen, auf einen Stuhl und stütze den Ellbogen auf den davorstehenden wackligen Tisch. Ich bedecke die Augen mit der Hand, als wollte ich mich der Fülle trüber Gedanken entziehen, die mich überfallen. Eine geldgierige Kupplerin nähert sich; ich werfe ihr so viel Geld hin, als mir gerade unter die Hände kommt, und sie bedankt sich für die ungewohnte Großmütigkeit. Ich achte nicht auf ihr Geschwätz und hänge meinen schmerzlichbewegten Gedanken nach. Diese traurige Haltung im Tempel der Freude überrascht die *„Priesterinnen"*. Die Alte erkundigt sich teilnehmend nach der Ursache meiner Betrübnis. Brutal stoße ich sie von mir weg, worauf sie zu heulen beginnt.

„Lassen Sie's gut sein, Madame", sagt ihr eine Junge, *„man kann doch Kummer haben."*

Der Klang der mir bekannt erscheinenden Stimme drang mir tief ins Herz, ein Beben durchläuft meinen Leib, ich fürchte mich der süßen Hoffnung hinzugeben, die mich erfüllt, fürchte, dass der Traum zerstieben könnte, fürchte den Blick auf die holde Sprecherin zu richten ... Ich drücke die Augen fest zu ...

Bald aber mache ich mir Vorwürfe wegen meiner Gleichgültigkeit, ich will klar sehen, öffne die Augen und schreie auch schon auf:

„Götter! Das ist ja Suzon!!"

Wenn sie auch gealtert ist – ihre Züge sind mir zu tief ins Herz gegraben, als dass ich sie verkennen sollte. Ich stürzte ihr wortlos in die Arme, Tränen entströmten meinen Augen, meine Seele strömt den Lippen zu und will sich dem Hauche Suzons vermählen. Suzon aber entwindet sich meinen Armen.

„Schwesterchen“, ringt es sich von meinen Lippen los, *„erkennst du deinen Bruder nicht mehr?!“*

Sie schreit und sinkt ohnmächtig dahin.

Die verblüffte Alte eilt herbei, um Suzon beizustehen. Ich stoße sie fort, drücke meine Lippen auf die meiner geliebten Schwester, damit sie unter der Glut heißer Küsse zu neuem Leben erwache. Ich drücke sie innig ans Herz und benetze ihr Antlitz mit meinen Tränen. Nun schlägt sie die tränenfeuchten Augen auf.

„Lass mich, Saturnin“, sagt sie, *„lass eine Unglückliche!“*

„Liebste Schwester“, rufe ich aus, *„erfüllt dich Saturnins Anblick mit Schrecken? Du weigerst ihm deine Küsse, deine Zärtlichkeit?!“*

Von meinen Vorwürfen gerührt, gibt sie mir die feurigsten Beweise der Freude, die sich nun auch auf ihrem Antlitz ausprägt. Freude ergreift auch die Alte, der ich noch Geld einhändige, damit sie uns ein Souper bereite. Ich hätte alles hergegeben … Ich hatte doch Suzon wieder – war ich da nicht reich genug?!

Während das Essen zubereitet wurde, hielt ich Suzon unablässig umfangen. Wir hatten es noch nicht über uns gebracht, einander danach zu fragen, welchen Schicksalsfügungen wir die Vereinigung so fern unserer Heimat zu verdanken haben. Wir waren in gegenseitige Betrachtung versunken, unsere Seelen sprachen aus unsern Augen, denen Tränen der Freude und des Leids entströmten; nur diese beiden Empfindungen beseelten uns. Das Herz war uns so voll, der Geist so benommen, dass unsere Zungen wie gelähmt waren. Wir seufzten, und wenn wir den Mund öffneten, um zu reden, entschlüpften ihm nur unzusammenhängende Worte. Alles ordnete sich dem Glück unter, dass wir nun endlich vereinigt seien.

Ich brach als Erster das Schweigen.

„*Suzon*", sagte ich, „*Suzon, dass ich dich wiedergefunden habe? Welch glücklicher Zufall führt dich mir in den Weg? Doch an welch einem Orte!*"

„*Oh Gott*", erwiderte sie gepressten Tones, „*du siehst eine Unglückliche vor dir, die viele Schicksalsschläge erduldet hat! Ein stetes Opfer der Raserei, bin ich gezwungen in einem Leben der Liederlichkeit zu verschmachten, das meine Vernunft verurteilt und mein Herz verabscheut, die Notwendigkeit aber unerlässlich macht. Ich will deine Geduld auf keine zu große Probe stellen und dir erst ein langes und breites über mein Missgeschick berichten. Ich empfinde die Schande dir mein wüstes Leben zu enthüllen geringer als den Genuss Schmerz in deiner Brust zu senken und will dir daher ein aufrichtiges Geständnis ablegen.*

Du … du bist die Ursache all meines Leids! Aber mein Herz ist mitschuldig oder vielmehr: mein Herz allein hat alles Unglück verschuldet, hat den Abgrund gegraben, in den ich gestürzt bin. Ich habe dich stets geliebt. Erinnerst du dich noch der glücklichen Zeit, wo du mir solch eine naive Schilderung deiner keimenden Leidenschaft gabst? Seit jenem Tage betete ich dich an. Als ich dir die Abenteuer Monikas erzählte und dir un-

sere tiefsten Geheimnisse anvertraute, wollte ich dich entflammen, wollte ich dich belehren, und ich erkannte mit Freude die Wirkung meiner Rede. Ich war dann Zeuge deiner Liebeslust bei Frau Dinville und die Zärtlichkeiten, womit du sie bedachtest, waren Faustschläge, die du deiner armen Suzon versetztest. Als ich dich in meine Kammer zog, verzehrte mich eine Glut, die du nicht zu löschen vermochtest. Damit begann die Zeit meines Missgeschicks.

Du kennst noch immer nicht die Ursache des schrecklichen Lärms, den wir hörten. Schuld trug der verfluchte Abbé Fillot, den die Hölle ausgespien hatte, damit er mich zugrunde richte. Er war zu mir in Liebe entbrannt und wollte sie um jeden Preis befriedigen. Er hatte die Nacht zur Ausführung seines teuflischen Planes erkoren und sich zwischen Bett und Wand versteckt, um nach deiner Flucht deinen Platz einzunehmen. Ach, er hatte leichtes Spiel mit mir Unglücklichen, die der Schreck um die Besinnung gebracht hatte; er tat mit mir, was er wollte. Von Lust hingerissen und von meiner Leidenschaft getäuscht, glaubte ich dich, meinen lieben Saturnin, auf mir zu haben; ich überhäufte ein Ungeheuer mit Genüssen, das ich beschimpfte, als ich zur Besinnung kam. Er wollte mich durch Liebkosungen besänftigen; angeekelt stieß ich ihn fort. Er drohte, er werde Frau Dinville erzählen, was ich mit dir getrieben habe. Der Unwürdige richtete dieselben Waffen gegen mich, deren ich mich hätte bedienen können. Durch die Drohungen erreichte er, was seiner

Liebe nie gewährt worden wäre. So wurde diesem Manne, den ich verachtete, alles zuteil und der, den ich anbetete, war meinen Armen entrissen. Es dauerte nicht lange und ich wurde mir der bitteren Früchte meines Leichtsinns bewusst; ich verbarg meine Schande, so weit es ging. Ich hatte dem Abbé Fillot den Laufpass gegeben und nun tröstete er sich in den Armen der Dinville. Ich musste den Ungetreuen zurückrufen, ich enthüllte ihm meinen Zustand, er heuchelte Mitgefühl und bot sich an mich nach Paris zu bringen, wo er mir das schönste Los bescheiden wolle. Er verlangte keinen anderen Lohn als den, mir seine Dienste leisten zu dürfen. Ich wieder wollte nur rasch an einen Ort kommen, wo ich meine Last loswerden könne, und so war mir seine Hilfe gerade recht, die ich allerdings nur bis zu dem Zeitpunkt in Anspruch zu nehmen beabsichtigte, wo er mich bei einer weisen Frau untergebracht habe. Ich ließ mich durch seine Versprechen verführen und willigte ein ihm zu folgen. Als Abbé verkleidet verließ ich mit ihm die Heimat.

Die Aufmerksamkeiten, womit er mich unterwegs bedachte, ließen mich nicht bereuen ihm mein Vertrauen geschenkt zu haben. Der Verräter verbarg nur zu gut die Verruchtheit seines Herzens unter der täuschenden Maske der Liebenswürdigkeit!

Die Erschütterung der Wagenfahrt machte mir einen Strich durch die Rechnung und ich brachte schon eine Meile vor Paris das scheußliche Unterpfand der Liebe eines Elenden zur Welt. Jedermann staunte das Wunder an und lachte! Ein Abbé, der ein Kind gebiert! Mein niederträchtiger Reisebegleiter machte sich sofort aus dem Staube und überließ mich der Pein und dem Elend. Eine Dame, die mehr Herz hatte als er, nahm mich in ihrem Wagen nach Paris mit und setzte mich vor einem Spital ab. Sie hat mich dem Tode entrissen, aber nur um mich dem Elend preiszugeben. Ich hätte die Dürftigkeit nur zu stark empfunden, wenn ich nicht die Bekanntschaft eines Mädchens gemacht hätte, das mir den Beruf, den ich heute ausübe, zur Genossin gegeben hatte. Nun begann ein Leben voller Freuden und Leiden, oder vielmehr: ständiger Leiden. Wenn die Lust mitunter in meinem Herzen einzog, so war es nur, um dessen Kummer greller hervortreten zu lassen.

Ach … nun, wo ich dich wiederhabe, hat all mein Leid ein Ende. Aber jetzt erzähle du, liebster Bruder … Bist du aus dem Kloster fort? Welcher Zufall hat dich nach Paris geführt?"

„Ein Missgeschick, das deinem ähnelt", erwiderte ich, *„und das deine beste Freundin heraufbeschworen hat!"*

„Meine beste Freundin? Habe ich denn noch Freundinnen auf der Welt?", seufzte sie. *„Ach, das könnte nur Schwester Monika sein!"*

„Ja, sie war's", antwortete ich. *„doch: die Geschichte würde uns zu lange aufhalten. Komm, lass uns essen!"*

Es war das schönste Mahl meines Lebens, das ich an Suzons Seite genoss; wir beendeten es dennoch rasch, da ich schon vor Sehnsucht verging, mit ihr allein zu sein, und sie neugierig war, meine Abenteuer zu hören. Wir zogen uns auf ihr Zimmer zurück, wo wir uns auf dem Bette niederließen. Das Schwesterchen saß auf meinen Knien, mein Gesicht war an ihres gepresst, und nun erzählte ich, was sich seit meinem Abschiede von Ambroisens Haus zugetragen habe.

„Ich bin also nicht deine Schwester“, rief sie aus.

„Bedaure nicht den Mangel eines Bandes“, sagte ich, *„das vom Blute und nur selten vom Herzen geknüpft wird. Bist du auch nicht meine Schwester, so bist du doch der Abgott meines Herzens. Liebstes Kind“*, fuhr ich fort, indem ich sie zärtlich an mich drückte, *„lass uns unser Unglück vergessen! Rechnen wir unser Leben erst von dem heutigen Tage an, der uns zusammengeführt hat!“*

Bei diesen Worten küsste ich sie feurig auf die Brust; ich wollte sie hinlegen und hatte schon die Hand zwischen ihren Schenkeln.

„Halt ein“, schrie sie entsetzt auf und entwand sich meinem Griffe, *„halt ein!“*

„Grausame!“, entgegnete ich. *„Welchen Dank soll ich dem Schicksal wissen, wenn du die Beweise meiner Liebe nicht annehmen willst?!“*

„Unterdrücke dein Verlangen, dessen Erhörung mich zur Verbrecherin stempeln würde. Meistere deine Leidenschaft, wie ich die meine.“

„Ah, Suzon, du liebst mich nicht, wenn du so reden kannst! Warum sollte ich mich beherrschen, da doch nichts unserem Glücke im Wege steht?!“

„Nichts steht unserem Glücke im Wege? Ah, wäre es doch nur wahr!“

Tränen rollten ihr über die Wangen. Ich bestürmte sie mir den Grund zu sagen.

„Willst du mit mir den traurigen Lohn meiner Liederlichkeit teilen? Und wenn du schon wolltest, dürfte ich die Grausamkeit haben dir den Willen zu lassen?“

„Und glaubst du“, warf ich ein, *„dass ich mich so leicht abweisen lasse? Ich würde den Tod mit meiner Suzon erleiden und sollte fürchten ihr Unglück zu teilen?!“*

Ich drückte sie aufs Bett nieder und war bereit ihr zu beweisen, dass ich keine Gefahr fürchte.

„Saturnin“, schrie sie auf, *„du rennst ins Verderben!“*

„Dann will ich ins Verderben“, rief ich im Taumel der Leidenschaft aus, *„und ich such es in deinen Armen auf!“* Sie gibt nach, ich stoße zu … Ich überlasse dir, lieber Leser, und deiner Fantasie die Ausmalung meiner Lust. Euch aber, die ihr wie die Irrfahrten der Liebe durch den Besitz des einzig geliebten Wesens abgeschlossen saht, euch bitte ich, dass ihr euch die Lust dieses Augenblicks vergegenwärtigt. Sie ist noch immer geringer als die, die ich empfand. Doch … ein Dämon, der meine Ruhe eifersüchtig aufstört, lässt mich in der Erinnerung an diese Lust nur heiße Tränen vergießen! Ach …, ich komme zum Ende …, ich erliege meinem Schmerz …

Der Tag leuchtete schon hell ins Zimmer, als wir noch immer nicht die Freuden der Nacht entschwinden fühlten. In Suzons Armen, die mich umfangen hielten, seitdem wir uns niedergelegt hatten, vergaß ich meinen Kummer und die ganze Welt.

„Verlass mich nicht, liebster Bruder", sagte Suzon; *„wo fändest du ein zärtlicheres Weib, wo fände ich einen leidenschaftlicheren Geliebten?"*

Ich schwur ihr, ewig bei ihr zu bleiben. Ich hab's geschworen, aber, ach …, wir mussten trotzdem auf Nimmerwiedersehen auseinandergehen! Der grausame Sturm tobte uns zu Häupten und nur der sanfte Reiz der Illusion verschloss unsere Ohren und Augen seinem Wüten.

„Rette dich, Suzon!" Mit diesem Rufe stürmte eine vor Schreck halb tote Dirne ins Zimmer. *„Rette dich über die Hintertreppe!"*

Erstaunt wollten wir uns gerade erheben, als auch schon ein wild aussehender Gerichtsdiener eintrat. Die zitternde Suzon warf sich mir in die Arme, aus denen er sie riss. Trotz meiner Anstrengungen zerrte er sie fort. Götter! Dieser Anblick machte mich rasend, die Wut lieh mir neue Kräfte, die Verzweiflung machte mich unüberwindlich! Eine Feuerzange, die ich ergriff, wurde in meinen Händen zur tödlichen Waffe. Ich warf mich auf den Häscher.

„Lass ab, unglücklicher Saturnin!", rief Suzon.

Es war schon zu spät, der Schlag war geführt, der Räuber Suzons stürzte zu Boden.

Man warf sich auf mich, trotz meiner Gegenwart unterlag ich und wurde gefesselt. Kaum dass man mir erlaubte mich anzukleiden.

„Lebe wohl, Suzon!“, rief ich, zärtlich die Arme nach ihr ausstreckend. *„Lebe wohl, liebste Schwester!“*

Man zerrte mich über die Treppe, sodass mein Kopf an den Stufen aufschlug. Ich verlor das Bewusstsein … Soll ich hier die Geschichte meines unglücklichen Lebens beschließen? Ach, lieber Leser, wenn in deinem Herzen Raum für Mitleid ist, zähme deine Neugierde und begnüge dich damit, mich zu beklagen …

Hab ich nicht Tränen genug vergossen? Ich bin nun im sicheren Port und kann noch nicht die Schrecken des Schiffbruchs vergessen! Lies nur weiter …, und du wirst die traurigen Folgen der Ausschweifung kennenlernen … Sei froh, wenn du die Lust nicht so teuer bezahlen musst wie ich!

Als ich aus der Betäubung erwachte, fand ich mich im schmierigen Bett eines Hospitals. Ich fragte, wo ich sei. Im Bicêtre, erwiderte man mir. Oh Gott, im Bicêtre! Der Schreck lähmte mich, ich wurde vom Fieber gepackt und als es schwand, verfiel ich in eine schrecklichere Krankheit: die Lustseuche. Ohne zu murren nahm ich diese neue Geißel des Himmels hin. Suzon, sagte ich mir, ich würde mein Los nicht beklagen, wenn du nicht dasselbe Unglück ertragen müsstest!

Mein Leiden trat so heftig auf, dass man die radikalsten Mittel zu seiner Vertreibung anwenden musste, und man machte mir die niederschmetternde Mitteilung, dass ich mich einer kleinen Operation unterziehen müsse. Ich verfiel danach in eine Schwäche, dass man glaubte, mein letztes Stündlein habe geschlagen. Ach, wäre es doch nur der Fall gewesen!

Als der Schmerz verflogen war, griff ich dorthin, wo er am ärgsten gewütet hatte. Oh, du mein Gott! Ich war … kein Mann mehr! – Ich brüllte, dass man's im ganzen Hause hörte, aber bald erholte ich mich wieder von meinem Schmerz und wie Hiob auf dem Trümmerhaufen, vom Leid durchwühlt und den Fügungen des Himmels ergeben, rief ich in der Bitternis meines Herzens aus: Deus dederat, deus abstulit.

Ich wünschte mir nur noch den Tod, da ich keine Möglichkeit mehr sah das Leben zu genießen. Ich wollte völlig vergessen, was ich einst gewesen war, und dachte nur mit Schrecken an die Gegenwart.

So sieht nun, sprach es in mir, so sieht nun der unglückliche Pater Saturnin aus! Den die Weiber so sehr liebten – er ist nicht mehr! Ein grausamer Schicksalsschlag hat ihn seines wertvollsten Gutes beraubt. Er war ein Heros und ist nur noch ein … Stirb, Unglücklicher, stirb! Kannst du den Verlust überleben? Du bist nur noch ein Eunuche …

Der Tod verschloss sich meinem Flehen. Ich gesundete, aber meine Schwäche machte mich zu Diensten im Hospital unfähig, und so entließ man mich.

„Ich bin frei?", fragte ich den Krankenhausvorsteher. *„Frei?! Ach, wozu soll mir die Freiheit? Das ist das schlechteste Geschenk, das man mir in meinem ge-*

genwärtigen Zustande bereiten konnte! Gestattet, guter Herr, dass ich mich bei Euch nach dem Schicksal eines jungen Weibes erkundige, das man am gleichen Tage hergebracht hat, wo ich herkam.“

„Sie ist glücklicher als ihr“, erwiderte er kurz, *„sie starb während ihrer Krankheit.“*

„Tot?! Suzon tot?! Oh Himmel! Und ich lebe noch!“

Ich hätte mich garantiert auf der Stelle umgebracht, wenn man mich nicht daran gehindert hätte. Man schützte mich vor meiner Wut und setzte mich dann vor die Tür.

Einen Augenblick war ich wie vor den Kopf gestoßen. Nur meine Augen, denen Ströme von Tränen entflossen, bezeugten noch, dass ich lebte. Ich war am Ende meiner Kraft, aber auch Verzweiflung und Raserei hatten aufgehört. Schlecht bekleidet und kaum mit dem Nötigsten versehen, um einen Tag lang leben zu können, wusste ich nicht, wohin ich mich wenden sollte, und überließ mich der Führung der gütigen Vorsehung. Ich ließ Paris im Rücken und schlug den Weg zu den Karthäusern ein. Die tiefe Einsamkeit, worin sie leben, erleuchtete meinen Geist von Neuem.

„Glückliche Sterbliche“, rief ich aus, *„die ihr in dieser Weltabgeschiedenheit lebt, weitab vom Wüten des Schicksals, euer reines, unschuldiges Herz kennt nicht die Schrecken, die meines zerfleischen!“*

Der Gedanke an ihre Glückseligkeit flößte mir den Wunsch ein sie gleichfalls genießen zu dürfen. Ich warf mich dem Oberen zu Füßen und erzählte ihm meine traurige Lebensgeschichte.

„Preise Gott, lieber Sohn", sagte er, indem er mich herzlich umarmte. *„Er sicherte dir diese Zuflucht nach all den Fährnissen. Lebe hier und lebe im Glück – wenn es dir möglich ist."*

Eine Zeit lang blieb ich ohne Beschäftigung; bald aber gab man mir Arbeit. Ich rückte allmählich zur Stellung eines Pförtners auf und als solcher bin ich allerorten bekannt.

Hier, in der Karthause, hat sich mein Herz im Hasse gestärkt, den ich für die Welt empfinde. Hier erwarte ich den Tod, den ich weder fürchte noch ersehne. Ich möchte nur, dass man – wenn er mich aus der Zahl der Lebenden gestrichen hat – in mein Grabmal in goldenen Lettern diese Worte meißle:

Hic Situs est DOM-SATURNIN,
fututus, fututit.